天涯海角

福爾摩沙抒情誌

簡媜 著

盡情謳歌之後

願　這土地

得庇佑

目次

浪子

獻給先祖

我想，這島之所以雄偉，
在於她以海域般的雅量匯合每一支民族顛沛流離的古事合撰成一部大傳奇；
我從中閱讀別人帶淚的篇章，
也看到我先祖所占、染血的那一行。

前言

每一支姓氏遷徙的故事，都是整個族群共同記憶的一部分。當我們追索自身的家族史，同時也鉤沉了其他氏族的歷史。唯有大時代足以歌泣時，我們自身的故事才足以歌泣。我選擇從這扇視窗往外看，對聚集在島上一批批宛如漁汛般的移民浪潮懷著全體吸納的渴望。我想，臺灣之所以雄偉，在於她以海域般的雅量匯合每一支氏族顛沛流離的故事合撰成一部大傳奇；我從中閱讀別人帶淚的篇章，也看到我先祖所占、染血的那一行。

1 九字密碼

然而，沒有任何族譜或文獻可以確定地告訴我，先祖們從渡海來臺到定居宜蘭的這一段墾拓史；同樣，也沒人告訴我，為什麼我說的閩南語帶著濃厚宜蘭腔，甚至成為他人戲謔的對象？

三十歲以前，我的確對自己的身世一無所知。

這是可以理解的，在那個強迫失憶的年代，課本是一切知識的基礎。教科書沒教的，代表不存在。再者，像大多數清貧農村一樣，在漁牧農耕之外，長輩們幾乎不曾對我陳述家族史或提及三代以前的舊事。其原因不難臆測：十七世紀中葉起的大規模移民中，或因復明旗幟號召而投身軍旅，或因原鄉貧敝而不得不加入墾拓行列，與其說他們是移往已開發、富庶安定社會的「移民」，不如說是一條命不值幾兩銀的墾荒部隊，為尋找富足生活而冒險渡海，因此鮮少將族譜與祖宗牌位一併攜來。就算有所傳承，對我家這脈先祖而言，入臺後的墾拓路線由西而北而隨吳沙於一七九六年穿山越嶺入墾宜蘭直抵冬山河流域噶瑪蘭族聚落，幾經播遷分黌，著實不易保存族譜史料。況且，人皆有據地定居，以休養生息、繁衍子裔的天性，我的祖先們竟然到十八世紀末還在當第一線墾民，可見當時不是得勢與得意者，才需另闢蹊徑，直搗噶瑪蘭族巢穴。如此赤手空拳的墾民，別說族譜不存，恐怕連上一代的墳在哪裡都找不到。不過，這些因素都比不上父、祖早逝的影響巨大，家族歷史一向由父系長輩主述，既然口述者不存，也就等同封口了。

聽族親提過，應有一本族譜，我猜是入墾宜蘭後才修纂的。這本族譜，就像家族特有的不安靈魂，也有其荒謬旅程。聽說它跟隨叔公一家播遷花蓮，叔公早已作古，這本族譜遂以孤本姿態在各房親間傳閱、徘徊，還一度遺失甚久，後來被善心人士送回，據云在火車上撿到。難道先祖們有靈，又要流浪到遠方？

我相信大多數人跟我一樣，身世難辨。要認真追索家族歷史，猶如雨夜觀星，除了一身淅瀝，還能得到什麼？如果，「原鄉」意謂父系、母系雙脈族史，對我而言，原鄉是一團迷霧。所幸，拜父系威權紀錄法則，就父系這一脈來說，我還有幾個啟示錄式的符號可以追蹤：簡、范陽、南靖。

簡是姓，無須解釋，南靖、范陽則是偶然抓住的線索，純屬意外。

小時候，逢清明節到廣興墳場掃墓，常四處逛墓園。那時已入學，極愛念墓碑上的文字，發覺每塊墓碑上頭橫書兩個大字，如：「龍溪」、「晉江」、「南靖」、「安溪」、「平和」、「南安」等，由於當中也有「冬山」、「順安」等熟知的鄉、村名，我即刻明白那是地名，然而因鐫刻格式左右不辨，我以已知的地名作準，便一直把「南靖」誤作「靖南」、「平和」訛為「和平」。至少在大學畢業以前，我所寫的祖籍資料上偶爾可以發現「靖南」二字。至於「范陽」，那是有一次爬上八仙桌偷拿祭拜用的金桔吃，心裡有點虛，彷彿祖宗們睜著大小眼怒視這個不受教的小孩，我難免有一番合情合理的說辭在心裡跟他們「溝通」，因此眼睛直視祖宗牌位甚久。除了再多拿幾個桔子也不會有罪惡感外，我看到寫在祖宗牌位上，灰撲古舊的「范陽」二字。

彷彿一隻蜘蛛回到昔年海邊，尋找當年被風吹落大海的那張網般困難，我探求先祖軌跡，只得到五字訣。嚴格說，連這五字都是空殼子。首先，我不知道簡姓如何傳承（曾有一段時間，我憎惡這個福佬音同性愛，常被庸俗男性借題取笑的姓），再者，「南靖」、「范陽」位在哪裡？無從求解。直到大學，曲折得知「南靖」大概位在福建省內，稍稍可以推斷自己屬閩南人。至於是泉州還是漳州？我又糊塗了。數年前清明掃墓，至曾祖父母公墓處祭拜，意外發現墓碑上刻著「十九世」，推算自己應屬「二十二世」，總算可以在「簡、南靖、范陽」後掛上「二十二世」，勉強把五字訣撐成九字密碼。

如同智慧需從生活經驗裡提煉，一個人對家族歷史的興趣也必須等到青春烈焰燃盡了，眼瞳裡沒了火苗，才能靜心尋找先人足跡，然而，一人、一家、一族歷史皆是時代洪流之旁支，我沿著幽深的時光甬道洄溯，原以為會找到我的先祖——他年輕力壯，在彼端等我，沒想到一攤開臺灣開發史，出了時光甬道，赫然看到成千上萬荷鋤戴笠，正等待船隻欲尋找海外天堂的浪子。

他們面目黧黑，衣衫襤褸，眼睛裡閃著最後一絲希望。

他們生死未卜。

他們之中大部分成為各姓宗祠裡虔誠禮拜的「入臺開基祖」。

2 浪子旅途

一六六一（清順治十八、明永曆十五）年辛丑，高舉「反清復明」大纛的鄭成功於兩年前率軍北伐金陵潰敗後元氣大傷，退守金門、廈門兩地，亟需謀求能夠寓兵於農、養精蓄銳之基地。恰逢曾任荷蘭通事的何斌攜臺灣地圖來獻，稱許臺灣「田園萬頃，沃野千里，餉稅數十萬」，極力遊說鄭成功攻打由荷蘭人殖民占領的臺灣。

這年三月，鄭成功率二萬五千餘官兵、分乘五百多艘舢板船從金門料羅灣發兵，先抵澎湖，靜待天時。三月三十日晚，海面風暴稍息，鄭氏傳令開駕。這支盛大海軍，靜肅迅捷，宛如暗夜鬼魅飄遊在海路上，絲毫未驚動任何一朵擅長告密的浪花。四月一日破曉時分，大軍開入鹿耳門外，離荷蘭人心臟地帶「熱蘭遮城」僅咫尺。荷軍以為鹿耳門水道已淤積，大船無去駛入，故防禦不嚴。鄭成功事先得知這水道未廢，漲潮時巨鯨仍可破浪前進。他精算潮汐、觀測風向，虔心祈求一場濃霧。

清晨，果然大霧，為鄭軍作掩護。鄭成功於主船上設香案，恭請媽祖聖像，焚香祝禱，祈求一場勝仗。傳說潮水大漲，兵船速速駛入鹿耳門溪，在北線尾附近登陸。次年，荷蘭人降，自此撤離臺灣。

這一仗，雖為鄭成功取得霸業根基，但至終圓不了「恢復中原」大夢。船總是離了這岸、靠了那岸，這是海洋的道理，是以回航甚難。三百多年來潮汐反覆推敲，才弄明白那一日媽祖振袍起霧、頓足興浪不是為了朱家天下、鄭姓王朝，是為無數被飢餓所困的浪子開路。這一仗後，香火南來。

整整三百年後的一九六一年，仍是辛丑，我與一批同齡嬰兒在蘭陽平原冬山河畔農村誕生，一六六一與一九六一，這兩組冷冰冰數字跟稻米年產量、牲口數無關，亦不指涉幸福，然而對我而言卻是奧祕之數。如果，歷史上不曾存在鄭成功這人，一六六一年以後的臺灣也許會繼續由「荷蘭東印度公司」及其他歐、亞勢力割據殖民而在兩三百年間自成一語言混雜、人種殊異、文化奇特之無國界混血島，那麼一九六一年的我應該誕生在福建一個叫「南靖」的地方，而不是臺灣東北濱臨太平洋一個叫「宜蘭」的小水鄉。即使命運的內容包含地理位置，則生在蘭陽平原的我也應該操荷蘭語懷念「偉大祖國」之鬱金香花或說西班牙方言歌頌鬥牛士之英勇或以葡萄牙文追溯航海先祖們如何在「尋找胡椒與解放靈魂」的旅途中發現了「美麗之島」福爾摩沙，而非成長於閩南人村落且持中文筆墨。一六六一年鄭成功大軍進駐臺灣之時，這島人口有原住民十五至二十萬，漢人只五萬。一七二一（康熙六十）年，漢人增至二十六萬，至一八一一（嘉慶十六）年，漢人超過二百萬，平埔族只五、六萬。總計一百五十年間，漢人增長一百九十五萬。換言之，扣除在臺誕生者，有數十萬甚至近百萬人懷抱「蓬萊仙島」夢，千里迢迢橫渡黑水溝且僥倖未葬身魚腹、未遭番刀刎頸、未被瘴癘吞沒，成為其姓氏支派的入臺開基祖。這一想，令我不寒而慄，在生命存在之前，一條看不見的世代鎖鏈已預先替我決定這一生將在哪塊土地扎根。那彷彿是一條以紅色血液染成的絲線，一圈圈繫在每一世子弟腕上。我開始好奇，十六至十九世紀之間某年某月某一天，那個穿草鞋走山路，從福建南靖縣一路播遷到臺灣本島的簡姓男子到底長得什麼模樣？我好奇，他出發那日是好天氣還是飄雨？

3 溯洄南靖

雖然這島缺乏歷史感，活在當代，即使不讀史亦無礙於縱橫商場或仕途得意。然而，那個穿草鞋走山路的簡姓男子卻在我的腦海沉浮。有時，他鑽出我的腦袋如同穿透一座山，沿著我那被風吹拂的髮絲就這麼走下來；戴著斗笠，身上斜綁小布包，朝前方趕路。

我看見他的背影，似真如幻。想喊他，倏然驚覺兩、三百年之隔，我的聲音抵達不了他的耳朵。

一九九三年秋，一個奇異的機會意外降臨。在報社副刊籌畫下，我與幾位同屬祖籍福建的作家各自展開尋根之旅，那是我第一次踏上與臺灣最具親戚關係的對岸土地。

我心想，這必是先祖在暗中與我應答。

一行人先抵福州，從福州乘小巴士專車西行往泉州，小歇片刻，接著交由漳州趕來待命的楊君接手，小巴士繼續向西疾駛，朝漳州行。

沿途所見景致，確是南方風采。某些路段甚至與臺灣南部高、屏一帶的田園景色頗為相似。經濟躍進的浪潮已經撲濕這個省分的臉龐，擁擠的交通與灰塵遮蔽的天空說明了現狀。臺北的黑暗交通塞的是摩托車、小轎車，那兒塞大卡車、貨車，載滿鋼筋、水泥、石材的砂石車不時呼嘯而過，你不難感受到整個省分充斥著現代化的吶喊，一路上各色車輛猛按喇叭，那種連續性的急躁氣氛可以用來注解一個社會，不管稱作「商業眼」或「錢眼」位置，福建開始踏上她那生龍活虎般的道路。

次日，正式展開尋訪。楊君問我是否知道祖先原居地址？我一臉茫然，如走失之三歲稚童，掏了掏口袋，只搜出「箇、范陽、南靖、二十二世」九字如九塊碎金，讓他人去判斷這孩兒到底是誰家子孫？

「那就先去南靖縣打聽打聽！」他搔了搔腦袋說。

他們說，那裡是閩南金三角著名的林果之鄉，聽起來像風光明媚之地。不過，接下來的話就顯出遲疑了，他們婉轉地叫我要有心理準備，那縣分比較窮，山多。

在地理位置上，南靖縣與鄰近平和縣的大部分鄉村，位於閩西與閩南交界山區或九龍江西溪之沿岸谷地。縣內一半屬山區，另一半為沖積平原。由於山群叢生，溪流錯綜，使得耕地有限，俗稱「八山一水一分田」。森林及林產作物豐富，山區竹林面積遼闊，盛產各類竹筍，是福建最大的筍產地。相較之下，糧產較窘，若遇天災兵禍，很難不蒙受威脅。縣內四、五十座千公尺以上山峰在北、西、南及東北方向布陣，圍成甕口形勢。既然倒提一甕，甕底明珠勢必滾落。

南靖縣城距離漳州市三十八公里約需兩小時車程，這還得車速飛快才能趕到，可見地處偏遠。一路上忽高忽低隨山勢蜿蜒，車行顛盪、崎嶇，幾次差點把人從窗口彈出去，實在讓過慣平地生活的人重新排列五臟六腑，而且首先把胃給弄翻了。我暗自搖頭，別說兩三百年前去開墾，就是現在叫我從南靖走出來去臺灣「享福」，我看我一定半路就「不測」了。

託佛祖保佑，一行人終於抵達南靖縣城。下車時，兩腳不免微微發抖。縣城是一縣最繁榮之處，我先祖絕不可能住縣府大街，過著穿絲綢品香茗的生活。換言之，八成住在偏僻處（也就是山外山），那是何方寶窟？我完全沒譜。

尋根尋到這兒，得靠當地耆宿指點門路了。蒙「南靖縣對外文化交流協會」盛情款待，長桌上擺滿南靖名產：香蕉、青蘋果及碩大蜜柚，頗有把酒話桑麻的氣氛。他們一聽是尋姓簡的，立即派人去請簡姓宗親，就住在附近，騎單車一會兒到。

這讓我微微一驚，聽那口氣姓簡的在這兒不算少數。我生平一直感到「簡」字太孤單，自小學至大學畢業，同學中除去有親戚關係的，僅碰到兩位姓簡的。出社會就業，進出數間公司，尚未遇見同姓同事。無怪乎有一回坐計程車，看駕駛臺上的執照牌寫著簡姓，隨口說：

「我也姓簡」，那司機轉頭好好看我一眼，原本緊繃的臉霎時浮起笑容，下車時堅持不收車資。這種舉措完全是弱勢之姓的本能反應。簡者，竹間也，族人喜歡隱藏在濃密的竹林之內。原來，藏身之地就是植有兩千多萬支竹子的南靖。

等待之時，我看見牆上貼一張密密麻麻的南靖地圖，問及簡姓宗族聚集之處。毫無疑問地，熟稔縣誌的前輩一指往西北方向指去：「長教」姓簡的最多，那兒是簡姓開基之地。

「那是什麼地方？」我問。答曰：山，還有世界聞名的奇特建築「土樓」，也產煤礦、香蕉，是客家人。

「客家人？」我心頭一震，怎會是客家人？驚覺這身世文章另有隱文，不免起了一種歷史的暈眩感。

「今天去長教看看，來得及嗎？」我問。每個人不約而同輕呼一聲，搖頭，好像我剛提了一個荒謬要求。

有一波詭異的情緒從心底慢慢溢出來，好似千里迢迢赴一場前世之約，卻發現昔時田野已成滄海。人在岸邊，心卻沒著落；你無法呼喚浪花，叫它變回你熟悉的那塊桑田。

我萌念去一趟長教，與其說基於探討先祖原籍的尋根心理，不如說開始從整個尋根行動中抽離而出，剎那間，對一名早已散作九天灰塵、但確實存活過且曾被我想像過的男子起了強烈愛意——血緣親情之愛。我多麼想站在他面前，深深地望入他的靈魂深處，問他為何捨棄家園投奔未知的荒島？多少次，我試圖從鏡中揣摩他的臉，自咽喉處模仿他的聲音，揮動身手重塑他的身軀，但都比不上此時此刻想貼近他的心情，問他：置之死地而後生的決心是怎麼下的？害怕嗎？恐懼的氣味到底像腐肉、死魚，還是像乾乾淨淨、找不到一粒米的竈頭？

去不成長教，也好。或許這是冥冥之中的旨意，怕我去了那裡，不知該心疼那塊土地還是慶幸自己生於海島？心情若變得沉重，就不是祖宗疼兒孫的意思了。

4 入臺開基祖

南靖縣民自何時起向臺灣移民？至今不可查考。據林嘉書先生彙整南靖五十三姓譜牒文獻撰成《南靖與臺灣》書中所載，明代起各姓族譜即常見若干祖先去向不明或無考情況，研判當中應有遷往臺灣者。據文獻統計，南靖縣民在明代（一六四四年以前）遷臺的有一百四十八人左右，主要集中於蕭、黃、莊、簡、吳、張、劉、沈、林、賴等姓。例如：

一五〇〇年之前，奎洋下峰林氏二世三兄弟遷臺。

一五〇〇年左右，龍山吳氏六世遷臺。

一五六六年之前，奎洋莊氏九世遷臺。

一五七二年前，和溪徐氏八世、梅林簡氏遷臺。

一百四十八位移民不能算多，與日後鋪天蓋地的移民潮相比，不過是滄海一粟罷，然而卻是有趣的少數。證諸歷史：一六二一年，海盜顏思齊率其黨人入臺，安營紮寨，據此縱橫東南海域。一六二二至二五年間，海商李旦積極鼓勵福建漳、泉兩府百姓來臺墾荒。一六二八年左右，海疆梟雄鄭芝龍「貴震於七閩」，逢福建連年災荒，巡撫熊文燦無策，求謀於鄭芝龍；鄭乃招募飢民萬人，人給銀三兩，三人給牛一頭，以海舶載至臺灣，令其開墾荒土為田。又，荷蘭人自一六二四年占據臺灣後，或透過李旦、鄭芝龍管道，或自行招募農耕技術優於原住民的漢人來臺劈闢草萊，種植稻米、蔗田。這些在清朝統治臺灣以前的入臺移墾紀錄已經夠早了，可是與南靖縣一百四十八名壯丁相比，至多晚了一百多年。既然族譜上明明白白寫著先祖跨海步跡，推算自十六世紀起，「Taywan」（原住民語，漢人音譯「大員」、「臺員」、「大灣」、「臺灣」等）已漸漸成為南靖縣民唇齒間的一片浮雲，每當夜來因飢腸轆轆而輾轉反側，聽聞幼嬰、稚子哭餓時，每一戶屋簷下，愁苦男人的心中共同浮起「大員夢土」那遍野稻糧的黃金印象；既然活著等死，不如赴死，說不定反而存活。

一批批浪子就這麼出發了，告別乾枯的土地，飄洋過海，為了尋糧，為了親自學寫一個「活」字。

若繼續待在南靖縣，真的活不下去嗎？

據方志、史籍所載，明末及清代南靖，乃是天災與兵匪糾纏之地：

清順治五年（一六四八），飢……。

七年，飢。十二月，地大震。

中，又以泉州府、漳州府佔大多數。

•清朝台灣漢人移民的原鄉：以閩粵兩省之十府（州）為主，改繪自《台灣歷史圖說》

十一年、十二年，俱飢。

康熙四十年（一七〇一）、四十一年，連歲大旱。

四十九年，大旱，飢。

五十二年，大水，田廬淹損甚多。

雍正二年（一七二四），大水。

四年，大水。是年大飢，民多採樹葉雜食之。

五年，大水。

八年，大水。

九年，大水沖壞田廬無數……淹壞倉粟四千餘石……

天災厄運延至乾隆年間更加慘烈，旱災水潦、蝗鼠瘟疫、地震接踵而至。乾隆總共六十年，卻發生大災難二十次。這種天誅地滅的日子，只能用後見之明歸結：就是要把整個縣的民丁趕去開墾臺灣。要不，無法解釋老天為何對這個與世無爭的小山城下這種毒手。

潮浪總是呼喚更壯闊的潮浪，在清朝（一六四四—一九一一）二百六十七年之間，近三千五百名南靖縣民渡海來臺，主要集中於乾隆至嘉慶年間（一七三六—一八二〇）。可見對這個藏身閩西、閩南山區的縣分而言，移入臺灣的關鍵動力是饑荒（其鄰縣平和縣亦如是），相較於晉江、南安、安溪、龍海等沿海縣分之移入或受鄭氏父子號召的情況略有不同。

雖然早在西元一五七二年左右即有簡姓遷臺紀錄，但我不確定與我血緣最近的先祖何時渡海。我只知他非常幸運能夠橫渡黑水，我猜當他下船、腳踩岸邊軟沙時，一定微微發抖。

望著牆上那張老舊的南靖縣大地圖，密密麻麻的地名讀來非常陌生，卻漸漸有了溫度。等待的時間裡，內心思緒複雜，如墜入情感叢林。眼睛盯著西北方名叫「長教」那兒看，彷彿看見一個男子剛踏出家門，要從天涯走向海角。我不知道他如何邁開腳步，我想問他是否心如刀割？

然而，歷史現場總是冷酷，它只處理群體問題，個我早已失去意義；是否心如刀割或能否存活都是無意義的提問。注定留在現場的人，就只能活在現場，不能逃亦無處可逃。人是什麼？蟻窩之一蟻，恆河沙之一沙，如此而已。

所以，怎能停止我的想像？越逼近冷酷本質，越想看見先祖血路。我用他遺留給我的想像力重建渡海現場，閉眼之間，彷彿看見無限遼闊的巨濤猛浪正逗著一艘船戲耍。船艙內一張張布滿驚懼的年輕莊稼漢的臉，在蒼天面前如螻蟻、蜉蝣般卑賤，他們的姓名沒有意義，前程失去價值，此時此刻，只是司掌移墾命運之神座前的牲禮，誰存誰亡，無關乎祖上積德，乃繫於僥倖與否。然後我看見他，從擊碎的水浪中抬頭望著茫茫蒼天，那是家族標誌，在極度驚懼時習慣以冷漠神情凝視未知與災難。我認出他，有著高顴骨的黑瘦男子，我家系譜上的入臺開基祖。

5 問籤

或許，受了瀕臨現場的情緒影響，當一行人走訪縣城內幾處舊街、古廟時，我特別想要虔誠地上香、祝禱。按照家族習俗，每當有人出遠門求學、就業，一定會到香火最盛的寺廟祈拜、抽籤、許願、求平安符，有時會上兩三處廟宇，以求庇佑之厚。我想，當年那位入臺先祖一定曾到南靖縣城「祖師廟」祭拜、求籤，說不定還得了好籤，添幾斤膽量。我彷彿聽到時間的潮浪以喧譁的聲音逆溯而去。同樣是晚秋黃澄澄的陽光，同樣的窗櫺投影在地上不悲也不喜，他進了殿，站在我身旁，一身灰舊布衫，兩隻泥腳。我看到他高高地拈著三炷香貼著額頭，壓低聲音說：幾天幾夜睡不著，無法做決定要不要去「大員」？聽講那裡的土地真肥，有種作就有收成，實在是日子無法過了，去好還是不去好？他祈求祖師公賜一支籤，到底前程如何？我凝望身披錦袍、斂目垂憫的「荊山開山祖師公」，心裡默禱：隔了三百年，我要問跟我先祖一樣的問題，當年，他得什麼籤，此時，我也得那籤。

求得第二十九籤：「祖宗積德幾多年，源遠流長慶自然；若更操持無倦已，天須還汝舊青氈。」是上上籤。

好一個「源遠流長」啊！既回答他的，也回答我的。在不可思議的瞬間，這位不曾謀面的先祖的一生與我的命運接續起來；驚濤駭浪般的歲月靜默了，不驚擾我與他的會面。

隨後，在「登雲巖」，亦以同等虔誠問卜，薄如蟬翼的紙上印著一首朱色小詩：「綠柳蒼蒼正當時，任君此去作乾坤；花果結實無殘謝，福祿自有慶家門。」也是上上籤。

當日從南靖往平和縣，驅車隨山路迂迴而上，至名聞東南亞的千年古剎「三平寺」參訪。據當地友人說，數年前山路未通達時，信眾需齋戒沐浴，走一夜的山路參拜「三平祖師公」。我心下一動，既然靈驗，不妨再求一籤，人云事不過三，第三支籤會說什麼？「衛護壇場壯壽基，壽如山固不須疑；好作蓬萊三島客，要見長生不老期。」仍是上上籤。

三首籤詩都像在回答即將出遠門的人。巧妙的是，層層推進，如金石堅定。我不禁眼眶微熱，三詩皆指同一方向，彷彿說：去吧！去天涯海角傳血脈。

6 簡氏遷徙史

溯洄南靖，我那九字密碼只解開「南靖」二字，餘七字未解。待見了同宗族親，一席話中又添「長教」新謎，算了算，仍是九字。

蒙族親指點簡姓入籍長教始末及張、簡兩姓奇緣典故，回臺後若有神佑，意外得《簡氏族譜》之助，繼之搜羅專書、史料佐證，燈下抽絲剝繭，筆錄譜系傳承、繪遷徙圖，總算有個粗枝大葉印象。一部歷史，往往就是一部流浪史。簡姓如此，他姓亦如是。差別只在東西南北哪一方？前腳至還是後腳到？

簡氏開族始祖為東周襄王時代之周大夫簡師甫（同「父」），與周同姓姫，皆為后稷後裔，以謚為氏。《左傳》載：周襄王十六年（西元前六三六），襄王有難，出奔鄭國，命簡師甫赴晉求援，遂解危。原居於東周畿內（今洛陽），經戰國兵亂及秦朝遷民，後代遂遷至涿郡，即范陽也。（漢置涿郡，三國曹魏時改為范陽郡，晉武帝改為范陽國，故城在今河北省涿縣。）

三國時（約西元二二一年），簡雍佐劉備定蜀地，封昭德將軍。自此，簡氏宗族隨簡雍入蜀，居於四川牛靴賴之西南，其後子孫繁盛，數十里無異姓。至隋代，其地置簡州（今四川省簡陽縣）。

五代南唐時期（約九三七—九五八年），簡慶遠出川，赴袁州（今江西省宜春縣）為官，生二子，兄弟倆本欲返回四川，遇兵禍阻路，遂定居江西，自此分出江西一脈。另有簡一山於後梁時期（約九一三—九二三年）遷至廣東，南海系於焉肇基。

江西簡氏世代繁茂，至南宋高宗時，金兵入侵，天下大亂，部分簡姓宗人為避禍而他遷。其中，簡會益自江西遷至福建汀州府寧化縣石壁村授生徒，再於孝宗乾道二年（一一六六），遷至汀州府上杭縣居住。會益生三子：驅、驥、騄，驥、騄移廣東，驅之子致德卜居永定縣

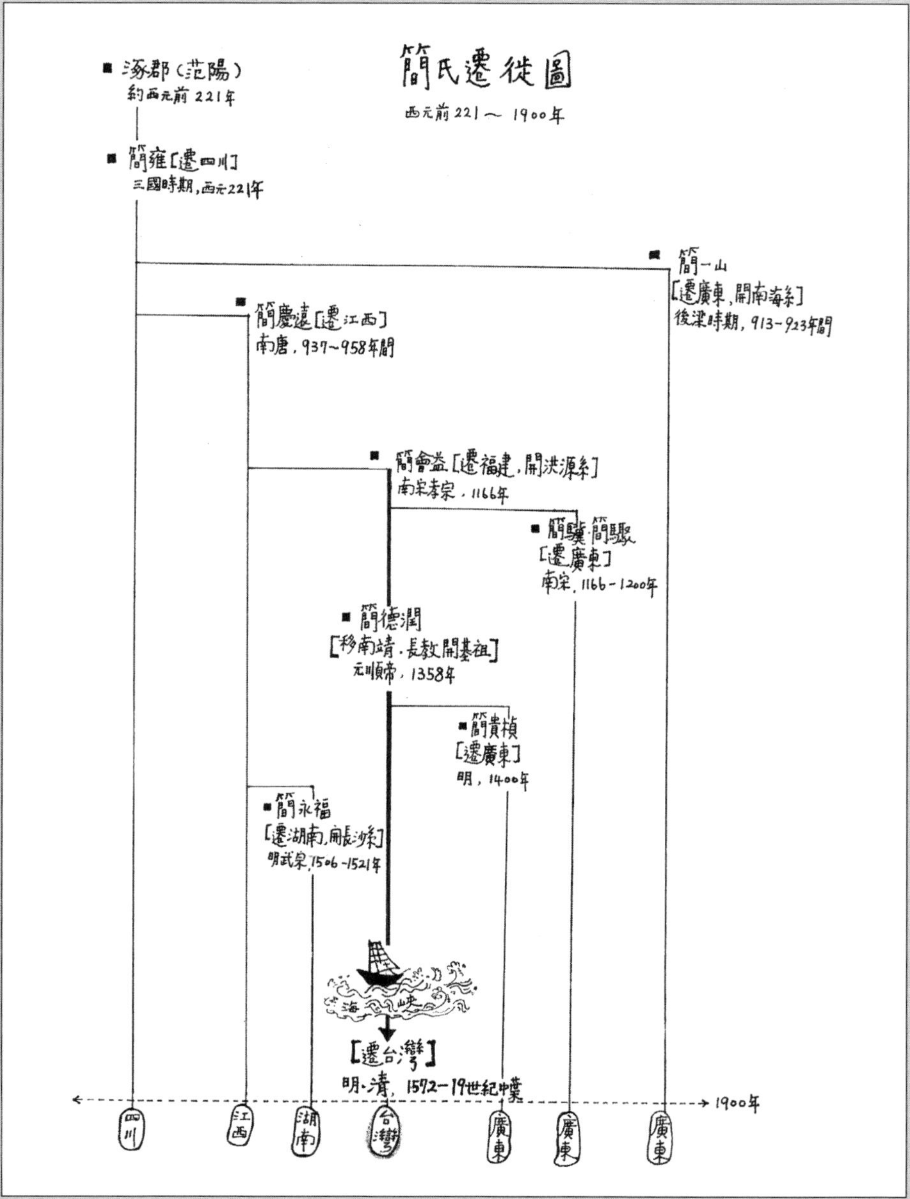
簡氏遷徙圖
西元前221～1900年
涿郡(范陽)
約西元前221年
簡雍[遷四川]
三國時期,西元221年
簡一山
[遷廣東,開南海系]
後梁時期,913-923年間
簡慶遠[遷江西]
南唐,937~958年間
簡會益[遷福建,開洪源系]
南宋孝宗,1166年
簡驥.簡驟
[遷廣東]
南宋,1166-1200年
簡德潤
[移南靖.長教開基祖]
元順帝,1358年
簡貴楨
[遷廣東]
明,1400年
簡永福
[遷湖南,開長沙系]
明武宗,1506-1521年
海峽
[遷台灣]
明.清,1572-19世紀中葉
1900年
四川
江西
湖南
台灣
廣東
廣東
廣東

太平里洪源村，為洪源開基之始，奉會益為一世祖。

洪源系傳至第九世簡德潤（即簡薙第三十三世孫），又有一次影響深遠的遷徙。他自洪源村南徙至漳州府南靖縣（原名南勝），入籍長教，為長教開基祖。在塵沙飛揚的流浪地圖上，簡德潤踏出關鍵的一步，就是這一步把強悍的流浪因子遺傳下來，他的後裔追隨海洋，於明、清兩代踴躍奔赴南洋、臺灣。

值得一提的是，原居江西之簡氏，有一支於明武宗年間（約一五〇六—一五二一）避亂遷至湖南長沙，長沙系自此開基。後代子孫於一九四九年隨國府來臺，成為所謂「外省族群」之一。歷史的狡猾面目在此顯現無遺；即使同宗，福佬簡與湖南簡不僅言語不通且硬被分為不同族群。可見本省、外省之分沒什麼道理，端視各房各派是否勤於遷徙。

原有的九字密碼至此全解。想來深深覺得不可思議，自周大夫簡師甫至今超過兩千六百年，居然只用四把鑰匙：姓、堂號、祖籍、世系即可打開身世暗櫃，不得不佩服中國人高超的記錄法則。

年輕時曾聽說「張、簡、廖三姓半邊厝內」，有同宗關係不可結縭，不知何故？又有一回，一位同姓前輩問我屬「南靖哪一房」？亦令我墜入雲霧。這些疑難雜題，都跟「長教」開基有關。

簡德潤留了一段風雨知交、兩姓糾纏的故事給後代。

7 長教開基祖

生於元順帝元統元年（一三三三）的簡德潤，世居福建永定縣太平里洪源村，於六兄弟中排行第四，自幼文墨過人，博通經史。其青年時期正逢元末天下大亂，農民揭竿、群雄並起，鋪天蓋地的起義軍蜂擁而出，齊力撼動腐敗的元帝國。在江南，有陳友諒起義，擁兵數十萬，戰火延燒各地，甚至逼近原本與世無爭的福建邊陲地帶。

成長於動亂之中的簡德潤雖飽讀詩書，想必無法去除知識分子的痛苦，漫漫亂世無窮無盡，一介書生豈能扭轉乾坤？亂世中，人不過是尚能呼吸的幽魂，項上人頭不比樹上的一片葉牢固。興許在這種心理背景下，年屆二十五歲的簡德潤仍隻身未娶，進而更加放懷飄遊，行走四方，要尋一個與世隔絕的隱居地。

這雙尋覓夢土的腳，偶然踏進漳州府南靖縣西北山區永豐里一個名叫「梅林村坂上」（今名下坂）的地方。此處方圓數里，散居幾十戶農家，長教溪從東面流入，環繞成腰帶形勢，再從北面出口，使此地三面臨水、一邊倚山，自成山明水秀格局。尤其，此地乃閩南、閩西邊緣，群山重疊，綠煙長鎖，實是躲避兵燹、不受世局干擾的桃花源國度。一三五八年，德潤不再飄浪，決定在此落腳。他設了書館，教山民子弟讀書，甘願在這兒當一個異鄉客，造自己的書香生涯。

德潤是個溫文儒雅、為人和善的讀書人，短短兩年，即名揚四里，廣受村人尊敬。某日，天外來了一位客，乃江西贛州府興國縣三寮村的曾茂廷巡官（即地理師），因避風雨而投宿德潤的書館。兩人雖初識，數日把酒暢言、談論古今，頗有江湖知己相逢恨晚之感。曾巡官鑽研地理勘輿之學至深，臨別之際，有感此後各自天涯，難再謀面，為了報答德潤盛情，乃擇吉地一穴，位於坂上對面山之梅林九龍埔，形如「走馬攀鞍、踏凳穴」，以此吉祥風水相贈。二人依依不捨，曾巡官抬眼梭巡四野，再三叮嚀德潤，緣法若至，西南十里長教一地可以開基。

這一年，德潤已逾二十七，仍是形單影隻，可見頗有勘破世情、隱逸終老之志。曾巡官看來具兄長風範，一場風雨論交，更添憐才之心，不忍見他孤絕，才指點吉地，贈以無盡的祝福。

這個祝福被德潤當作傳家之寶，流傳至今六百餘年。

長教，原名張窖（後亦稱長窖），位於南靖縣西北山區，四面環山，堪稱遺世獨立之山城。其東南通往南靖縣城，西北貫通閩西龍巖。長教溪自南面流入，貫穿長教，沿北面梅林而出。由於穿鑿群山，長教溪床亂石如雲，水流湍急，兩岸時有驚險風景。地勢舒緩處，則有沃土可供種作，曲阪、梯坡縱橫，植水稻為主，形成山耕特色。由於受地理環境所限，村民多在長教溪兩岸或背山面田處構築屋舍，世代躬耕，田園傳家，不問改朝換代之事，實是隱士之樂土。

元末明初，長教居有張、邱、鄒、鄭、王、牛、黃、陳等姓。當時，村內有一戶殷實人家，名張進興，亦是德厚之人。張家獨生一子，不幸於弱冠之年卒，門戶無續。其媳劉十姐，因念及公婆，不肯他嫁，張進興感其孝行，欲求一賢士為義子，與劉氏成婚，卻經年不可得。

一日，德潤偕生徒遊賞長教，張進興早已風聞德潤之人品學識，遂特意設宴款待，並留宿數日。德潤遍覽長教風光，見山川娟秀，沃土膏壤，且人民善良純樸，心中頗有開闢土寧之志。德潤返坂上後，張進興立即託媒說親，祈德潤入贅張家，結成良緣。經過深思，德潤以張、簡門戶兩存而答應入贅。自此，張進興視之若子，德潤亦待之如父。家室既定，德潤返回洪源村將曾祖骸罐遷於曾巡官所言之梅林九龍埔吉穴安葬，之後仍教讀於坂上。數年後，張進興逝世。直至明洪武四年（一三七一），政局已定，三十九歲的簡德潤始入籍長教。

這一段姻緣，說的是人間美好。

對年邁的張進興而言，張家香煙無續及劉氏一生無所託是他心中的磐石，一日不放，一日難安。對年輕守寡的劉十姐來說，喪夫烙印永難磨滅（遑論當時，即使今日，剋夫謬論仍深入民間），既已嫁出即回不了娘家，若謀再嫁，遇虎遇狼難料，也是險路；況且，基於情義，亦不忍公婆二老悒鬱以終。張家屋簷下，一盤困局。

這困局，由德潤解危。想來，他必定先受張家二老與劉十姐之情義所感，才願意共同成就「三全其美」情事。二來，德潤定非迂腐之輩，故能不掛意「入贅」之舉。德潤與張家既非世交且無淵源，竟能應允「兩姓並傳」，讓子孫或姓張或姓簡，實是豁達、瀟灑之人。

所謂「張、簡同宗」及臺灣有人複姓「張簡」，皆源自德潤的這一門婚事。姓氏本是符號，可輕可重，德潤以「張簡」二字標記一段善緣，這份祖產，可謂情深義重。

究其實，「張、簡、廖同宗」分屬兩個故事，一是簡德潤之「張、簡兩姓並傳」，故同屬一脈。另一是張、廖兩姓亦曾招贅婚配，屬另一脈。

事在明初洪武年間，福建詔安縣人張元子（一說張原仔）入贅廖家，岳父囑他必須傳廖姓香煙，張元子立誓。此派族裔，以張氏郡號「清河」、廖氏郡號「武威」各取一字合成「清武」為堂號。另有「生當姓廖死必歸張」之議，即戶籍上姓廖，死後之神主牌改姓張，所謂「廖皮張骨」、「活廖死張」就是指此。

德潤在長教開基之後共生八子。與劉十姐生：一貴甫、二貴玄、三貴禎；繼娶盧氏生：四貴仁、五貴義、六貴禮、七貴智、八貴信。其中，三子貴禎與父親不和，移居廣東省潮州府。長教簡氏自此枝繁葉茂，以後來居上之勢成為當地主姓。四世以後已擁有雄厚財力，建立宗祠；七世後，設置祭祀田業，獎勵仕進，編修族譜，建立宗族制度；八世後，因人口眾多，逐步往外搬遷，擴至楓林、書洋、船場、冷水坑等鄰近地區；九世以後開始長途向臺灣、南洋移墾；十一、十二世值明末鄭成功舉兵戈亦有響應渡臺者；十三、十四世屬清代年間，南靖災禍不斷，大批簡氏子弟渡海尋找新天堂。

尋根至此，總算真相大白。然而，當時面牆流覽南靖地圖時，當地前輩隨口稱「客家人」一事卻仍未解，到底我的祖先講福佬話還是客家話？

明清兩代入墾臺灣的漢人主要來自福建省泉州府、漳州府及客民（指客家語系，不全來自廣東，也有來自福建。清代「禁渡令第三條」禁粵民渡臺，據此判斷，來自福建的客家人不在少數）。泉、漳屬福佬語系，南靖在漳州府，所以，我以為自己是福佬人後代。

直到翻閱「土樓」資料，卻看到客家人線索。

中國南方的土樓民居，是建築史上的奇葩。據劉敦楨《中國住宅概說》研究，明清時代的中國住宅依型態可分為九類，如：橫長方、三合院、四合院、三合與四合院混合、窯洞、曲屋、圓形、環形等。依高度言，又有平房、半樓房、全樓房之分；另外，庭院有封閉、開放之別，屋數有單棟、組群之不同。土樓之妙，在於除了未含窯洞形態外，上述所有種類均納入其中。

南靖縣，是土樓文化極發達之地，與其他位於閩西、閩南交界山區的縣分如：平和、永定、龍巖一樣，均是土樓國度。

關鍵性的一段描述出自林嘉書《南靖與臺灣》：「南靖縣的土樓家族絕大多數由閩西客家地區，且多由永定、上杭遷來，他們幾乎都出於寧化石壁。」

查閱簡氏遷徙路線，南宋時，簡會益由江西遷至福建汀州府寧化縣石壁村，正是「寧化石壁」，又遷至「上杭」，其孫卜居「永定」，完全吻合閩西客家地區。

「就南靖縣土樓分布而言，最多的是書洋、梅林、奎洋這三個與閩西永定、龍巖相鄰的山區鄉鎮，它們都在九龍江西溪上游。」

簡德潤自「永定」遷至南靖縣的梅林村坂上，又居長教，皆屬「梅林」範圍。毫無疑問，住在土樓裡。

「以方言民系而言，書洋、梅林的客家家族的傳統住宅都是土樓。所有出於客家地區的姓氏家族，都是土樓家族。沿九龍江西溪而行，越靠近下游，越近平原，土樓越少。而南靖境內的民系分布是：客家人和出於客家的閩南方言人口高度集中於山區鄉鎮，來自東面沿海的閩南人則高度集中於近平原與平原的鄉鎮如靖城、山城與龍山……」

書中清查南靖縣十七姓氏所居之各種形式土樓及民系關係，最多的是張氏有一百四十座土樓，屬客家；簡氏有六十七座，亦屬客家。

原來我的祖先具有客家成分。在使用福佬話之前，應有很長一段時間，他們以流利的客語呼喚彼此名字，以客語祭祖、誦詩及商量遷徙地圖。

無從推則他們從什麼時候開始講福佬話，在南靖或來臺之後？不知道他們用語言換取身分抑是隱藏身分？我只願意這麼想：土地因擁有多種語言而肥沃，語言因土地不同而抽長新芽。我的祖先最後入墾宜蘭，留下一口據說摻了南島語系的宜蘭腔福佬話給後代，完全遺忘客家淵源。或許，這就是土地的力量吧！

南靖縣長教開基以德潤為一世祖，二世第七房貴智一脈傳至第二十二世就是我所在的位置。

我在臺灣。

8 偷渡

從彼岸到此岸，唯靠媽祖與船。

一六六一年，鄭成功深知僅靠金、廈兩地不能自保，驅逐荷蘭據守臺灣成為唯一活路；次年，這島果然成為明鄭棲身地，從此定了島性，成為漢人避亂島。一六六四，金、廈為清兵所陷，鄭經撤至臺灣，從此真的只能靠這座海島。在這荒涼夢境，由征夫與浪子捨命屯墾的所在，沒有原鄉與家室的溫暖，只有生了根鬚的孤獨，及圈在脖子上被汗水與泥土染黑的護身符。

然而橫渡之路，從來不曾風平浪靜。

一六六〇年，時當鄭成功北伐戰敗退守金、廈，尚未攻臺之際，清廷為了徹底消滅鄭氏勢力，實施隔離政策，頒布「遷界令」，強迫沿海省分居民向內陸搬遷三十至五十里，築起邊界防線，嚴令「寸板毋下海，粒米毋越疆，犯者死連坐」，以期斬斷鄭氏與大陸的依存關係，迫使鄭軍「海上食盡，鳥獸散」。隨後更實施「海禁」苛政，嚴禁閩粵居民出海，不擇手段禁止任何一種有「通賊」嫌疑的行動，務使臺灣孤立，讓島上之亂臣、賊子、盜匪、流寇、頑民、土著自生自滅，讓海成為臺灣的牢。

一六八三年，施琅率清兵攻打臺灣，鄭克塽降清，明鄭亡；次年，臺灣納入清版圖，隸屬福建省。

即使如此，清廷視這海外彈丸之島如毒瘤而非明珠，立即頒布渡臺禁令，撮其要：一、嚴禁無照渡臺；二、不准攜眷；三、禁粵民來臺（清廷認為粵地乃海盜淵藪，非良民，若來臺，必增亂源）。自一六八四至一八九五年割臺為止，清廷治臺凡二一二年，施行禁渡令的時間極長，直至一七八八年後才解除攜眷禁令，欲渡臺之百姓若屬良民，不論攜眷與否一律發照，准其渡臺謀生。算一算，有一百多年海禁期，其間雖有幾次短暫鬆綁，大抵而言，海仍是臺灣的牢。

然而，海也是臺灣的門。

一六八四年，臺灣納入清版圖之初，約有漢人十五至二十萬，一八一一（嘉慶十六）年，臺灣人口超過二百萬。這一百二十多年人口竄升速度對照前述一百多年禁渡防線，只證明一件事：海洋的力量不是長戟與磚牆擋得了的。海，從不拒絕船。

偷渡的船，必在暗夜出海。連星、月都是多餘的，一船船永遠拿不到執照、沒有身分的人，只帶著兩手兩腳一口氣，祈禱自己是橫渡惡水的幸運者，他們向媽祖發誓，若能爬上臺灣海岸，一定好好幹活。

偷渡之路「六死、三留、一回頭」，人命如浮萍。

《臺灣縣志》記載：「更有『客頭』（即專營偷渡之人蛇集團）串同習水積匪，用濕漏小船收載，數百人擠入艙中，將艙蓋封釘，不使上下，乘黑夜出洋，偶值風濤，盡入魚腹。

比到岸，恐人知覺，遇有沙汕，輒趕騙離船，名曰『放生』。沙汕斷頭距岸尚遠，行至深處，全身陷入泥淖中，名曰『種芋』。或潮流適漲，隨波飄溺，名曰『餌魚』。」

不忍的是，如此悲慘遭遇竟被戲稱為「放生」、「種芋」、「餌魚」。一條海峽，不知收留多少魚群般的浮屍？他們大多是年輕男子，他們死不瞑目。

執是之故，那上岸的人怎能不回頭記取海中數以萬計的羨慕眼睛？怎能不虔誠合掌，向好兄弟道謝？

古早臺灣，一人之生，往往建築在眾人的死亡上。

9 落籍噶瑪蘭

歷來都說臺灣是美麗之島、寶藏之地，然而這島曾經讓康熙皇帝頭痛了一會兒。

那是一六八三（康熙二十二年）的事。施琅拿下臺灣的消息傳到北京，大殿內，君臣正在想像狂風巨浪中一座島的形狀，他們都暈了船。

「此一塊荒壤，無用之地耳，去之可也。」某大臣說，眾大臣附和，點頭如搗蒜。

康熙撫額，他從小就怕水，不耐煩地拂了手：「臺灣僅彈丸之地，得之無所加，不得無所損。」眾臣齊讚：皇上英明。

有人提議乾脆把臺灣租給荷蘭人或西班牙人，省去麻煩。要不是施琅氣急敗壞找皇上理論去，這孤島搞不好真落入紅毛口袋。只有施琅看出這彈丸小島乃海洋穴道，丟了她，一塊大陸遲早會被點穴。與其說康熙君臣因施琅的一席戰略高論而茅塞頓開，不如這麼說，他們真受不了他的糾纏。

所以，一六八四年，臺灣納入中國版圖，設一府三縣，隸屬福建省。一府為臺灣府，三縣由南而北是：鳳山縣（縣治在今高雄市）、臺灣縣（縣治在今臺南市）、諸羅縣（縣治在今嘉義市）。行政區規劃畢，也派人治理，態度仍然消極。

臺灣之開拓，經荷蘭時期打底、明鄭時代奠基，一路斧如風鋤如雨。除了明鄭末年曾抽丁前往大陸作戰致屯墾速度衰退，又清定臺灣後為消滅鄭氏餘燼，將文武官員、將卒及眷口遷回大陸安插，致使各省墾民亦有回流現象，一度造成墾業荒廢之外，大抵而言，開墾腳步未曾停歇。清廷的冷漠與墾民之熱情恰成天壤之別。

開拓趨勢，由南向北，先西後東。至乾隆末年，西部肥沃平原地帶已開盡，遂擴及較瘦狹地區及山麓，而後攀山越嶺，直抵原住民世代生息之地。

一七九六（嘉慶元年），六十六歲的漳州人吳沙帶領漳、泉二府及客籍墾民一千二百多人，入墾尚未納入清朝版圖、不屬於漢人的噶瑪蘭。

噶瑪蘭即今之宜蘭，地處臺灣東北部群山峻嶺之中，為三面環山一面瀕海之扇形沖積平原。天候多風災、雨水，地性兼蓄山崖氣概與似水柔情。對外交通不便，陸路為群山阻隔，水路亦波濤凶險。

此一封閉國度原居有人數較少的高山族群「泰雅族」及占多數的平埔族群「噶瑪蘭族」（kavalan）；泰雅族活躍於深山峻嶺之中，額刺「王」字圖案，身手矯捷、攀樹盪藤以狩獵為主，性凶悍，有獵人頭祈求豐年之習俗。居於平原之噶瑪蘭族，或耕作、漁獵、養畜飼鹿，kavalan 意即「平原的人類」。族人居於三十六處番社，沿濁水溪（今蘭陽溪）南北分布，溪北二十社（稱西勢），溪南十六社（稱東勢），各社自立酋長及小頭目，互不統屬。為母系社會，行一夫一妻制，夫從妻居，子女從母住。一六五〇（明永曆四年、清順治七年）時，約有九千七百多人，族人不在少數，外人遂以族名稱此地為噶瑪蘭，亦作蛤仔難、甲子蘭等。

無論泰雅族或噶瑪蘭族，他們從未夢到祖靈警告將有失土厄運，從未料到漢人如浪般湧來，從未見過大隊人馬持斧荷鋤扛犁對他們說：這荒地需要開墾。

那是一七九六年秋天，吳沙等一千二百多人越山而入，進據烏石港南方，合力築土圍為根據地開始拓墾，此即頭圍（今頭城）。這一支有組織有計畫、侵犯性強的開墾隊伍很快引起噶瑪蘭族的強烈反抗，雙方戰鬥激烈，均有死傷。吳沙研判，以武力蠻墾絕非上策，遂率墾民暫時退回三貂嶺觀望，尋思安撫之道。他派人遣送俘虜回番社以示好，並向族人謊稱海盜即將來襲，恐有滅族之災，官府派他率眾來此屯兵墾田，以護族人免受海寇侵擾。族人信以為真，戰鬥稍告平息。不久，番社流行天花傳染病，族人飽受疫病之苦，吳沙贈藥，救活

【噶瑪蘭廳地輿全圖】
改繪自《噶瑪蘭廳志》(1852年)
——2001.媜
西
大陂山十里
五方旗山
大陂
枕頭山
三貂嶺
西勢大溪
四圍
鳥頭山
三圍汛
白石山腳
北
淡蘭分界
西門
常平倉
武營
武文昌廟
城隍廟
北門
巡檢署
廳署
東門
二圍
金面山
奇武蘭港
六十五里
縣丞署
頭圍街
頭圍汛
烏石港館
炮台
嶐嶐嶺汛
淺澳
北關
大里簡
沙崙舖
過嶺仔十五里
烏石港口
龜山
大海
東
水程九十五里
洋面交界
淡蘭

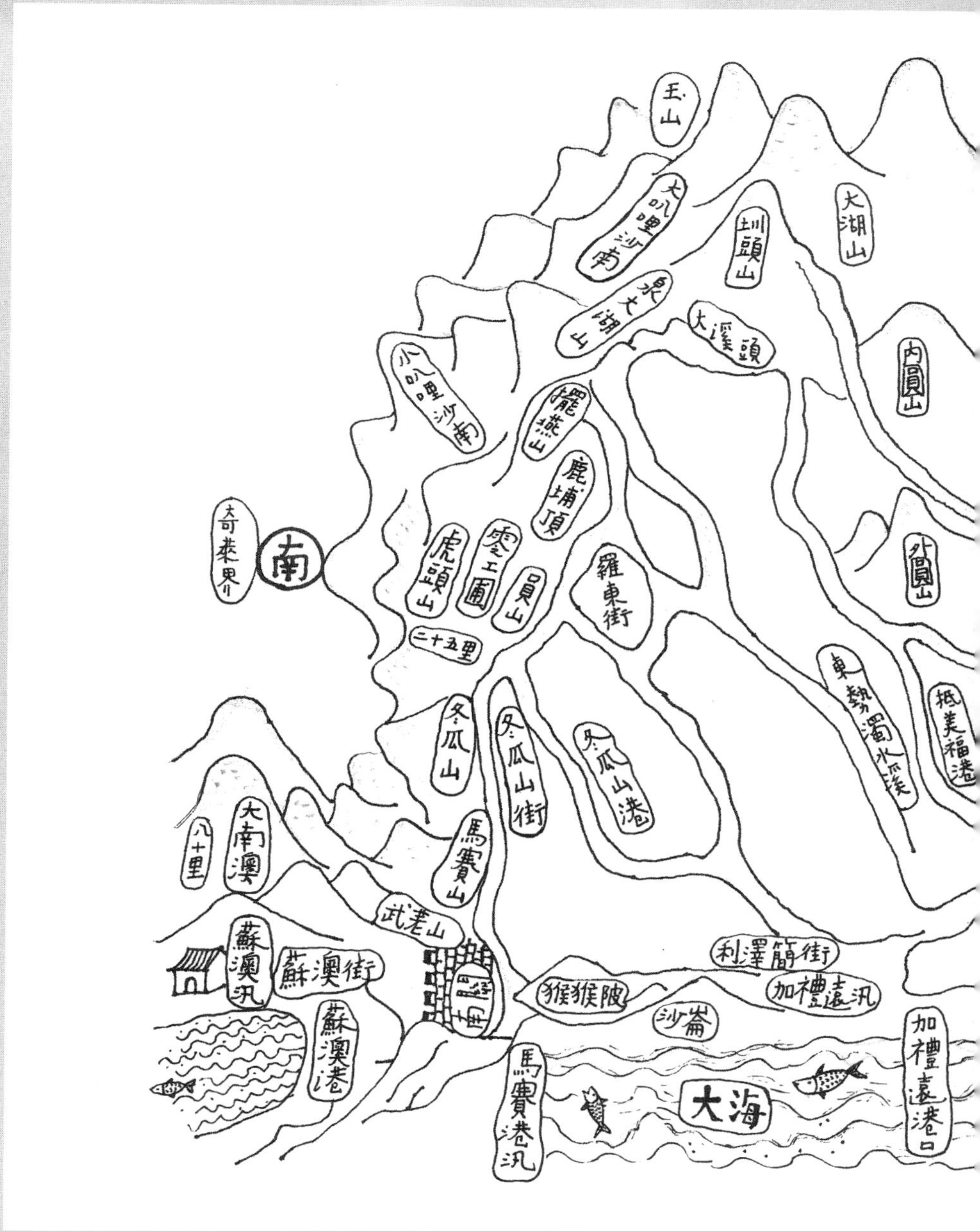

玉山
大叭哩沙南
圳頭山
大湖山
大溪頭
內員山
小叭哩沙南
鹿埔頂
奇萊界
南
虎頭山
零工圍
員山
二十五里
羅東街
外員山
東勢濁水溪
抵美福港
冬瓜山
冬瓜山街
冬瓜山港
八十里
大南澳
馬賽山
武荖山
蘇澳汛
蘇澳街
蘇澳港
利澤簡街
加禮遠汛
沙崙
加禮遠港口
馬賽港汛
大海

百餘人，族人感激，雙方的敵意消融，族人更分地給吳沙等人開墾，吳沙亦與族人埋石設誓（依平埔族群舊俗，意即：只要石頭存留於地下，誓約永不更改），共約互不侵擾。既取得噶瑪蘭族同意，墾拓之速如火燎原，二圍、三圍陸續築出，開闢之地漸廣。

墾路既開，各地流民聞風而至，墾務熾烈，不可澆滅。至一八一〇（嘉慶十五年），蘭陽溪以北平原墾盡，原居之二十番社在短短十五年間潰散、他遷，溪北已完全成為漢人社會。

接著，蘭陽溪以南，包含今之羅東、冬山河流域、蘇澳等地，亦擋不住斧斤鏗鏘，那是開墾之聲，也是無數次械鬥的聲音。

吳沙所領三籍墾民以漳州人最多，泉州次之，客民最少；墾民地域觀念極強，三籍之間為爭土奪地大打出手，械鬥成為開墾的唯一伴奏。

一八〇六（嘉慶十一年），自彰化遷來的阿里史流番協助泉州人攻打漳州人，泉人失敗；阿里史流番渡蘭陽溪至溪南羅東一帶居住，自此，溪南帷幕被掀開。

一八〇九（嘉慶十四年），漳泉械鬥又起。漳人數百人趁夜潛至羅東，攻擊阿里史流番，占領羅東。溪北之械鬥歇息後，泉人及客民亦至溪南開墾。墾線越拉越長，抵近山地帶。

一八一二（嘉慶十七年），噶瑪蘭正式納入清帝國版圖。

原居溪南之十六番社，奇武荖社、里荖社、打蚋米社、珍珠美簡社、穆罕穆罕社、加禮遠社、奇澤簡社、流流社……亦逐一潰散，或融入漢人社會，或遠走他鄉。

一八一〇（嘉慶十四年），噶瑪蘭地區有漳人四二五〇〇、泉人二五〇、客民一四〇人，噶瑪蘭族卻不到五千人。至一九〇八（光緒三十四年），只剩二千八百多人。至今，蘭陽平原已聽不到他們的歌聲。

即使誓言就是堅硬的石頭，也會在風吹雨淋之中化為沙塵啊！難道浪子宿命就是要把他人變成浪子，才得以停泊？

我的祖先入墾溪南，住在冬山河畔噶瑪蘭族的穆罕穆罕（武罕）社。他央人把「范陽、南靖」寫在紅紙上糊成祖先神主牌，早晚膜拜。

一個貧窮的南靖人，落籍噶瑪蘭。

10 浪子之歌

怎能停止對你的想像？
你必定持一把舊斧，跟隨開墾隊伍隱入曖曃綠霧
那是山豬與野熊嬉遊的森林
蟒蛇模仿藤，枝幹間練習舞步
你們遇到喧鬧的猴群，上下跳盪，丟擲野果

你看那果子成熟的模樣，猜測中秋已過

想像你們合力築出土圍之後埋鍋造飯
你坐在高處扒食，抬頭看見
藍色海洋，鷗鳥迴飛，白浪裝飾海岸
海中有一座小島與你對望，問名字
答曰：「龜嶼」
你因此埋一個吉兆在心底當作祕密
歸，永恆的戶籍
你凝視龜山小島，肅然有願
願　這孑然一身不再飄浪
願　這美麗土地收留你的骨血
願　子子孫孫至少有一世有一人偶然望見
龜山島，明瞭你入墾之時
一眼愛上噶瑪蘭

想像你彎腰割草，揮斧砍樹

你的勇氣在千二百人中排行第幾？汗流量
是否勝過噶瑪蘭秋雨？黃昏收工
你那件破衣可以擰出幾兩鹽？入夜
躺在美麗星空之下，你懷抱的是
一捆草，還是遍野的螢火蟲？

想像你們各以鄉音對噶瑪蘭族勇士叫囂
眾鳥飛離山林，河魚退回海洋
你的臉捱了一拳，血染紅木棍，你回身
敲斷長髮族人的膝骨
遠處有人呼嘯：不想當浪子的
去拚個你死我活

你記住噶瑪蘭族少女發抖的模樣嗎？
你記住番社焚燒之後，灰燼的氣味嗎？

橘子園的蜜蜂遷徙了

噶瑪蘭的太陽漸漸西斜
漢人的石頭聚訟，一隻野鹿的前途

鋤頭總是嚮往美麗新世界
在河左岸，或溪南
聽說善舞的土番酷愛米酒
一罈換半座荒山

夜半丁丁，不是耕歌是械鬥
你潛入沙洲芒叢，嚎啕
破衣上，他人之血開始溶解
酹著你的第一筆土地
半邊菜園，半邊水田

你說：永遠不要繼承海路
只有落籍才能減輕浪子的痛苦
白鷺鷥站在水田，望天

這天就是我們的天

你說：豪雨季節要記得編理竹柵
看緊每一間茅屋，每一頭牲畜
沒什麼能留給嬰兒，只有
善遷徙的家族史，一把爛斧頭
簡姓一字

某一場大水之前
你用柔軟的噶瑪蘭腔
交代遺言

刊於二〇〇二年一月《聯合文學》

浮雲

獻給母靈

發生在這塊土地上的事，有的不斷被提起，有的永遠被遺忘。
記取與遺忘之間，天理似有還無。
一八二〇年代，蒼翠且美麗的濱海平原噶瑪蘭已成為漢人新樂土，
自一七九六年吳沙率墾民入蘭短短二十多年間，噶瑪蘭變了天。
原居平原的族人整理行囊、攜家帶眷，開始走入永劫不復的歷史黑洞，
失去姓名、面目、聲音與姿態，失去了故事。
歷史不過是滿山遍野之白骨，若有人注視且不忍離去，
那堆枯骨才會恢復血肉，幽幽地說出它自己的故事。

妳揹著一只藤編大簍，步履歪斜，從山腳處向平原走來。

在妳背後的山巒有火焰紛紛竄起，獵犬奔跑、吠叫，鴟、鷹猛然飛離叢林，如一朵朵黑雲迅速掠過天際。那是遷徙前最後一次「出草」狩獵，十多名族人執鏢槍、操起弓箭，依俗在春深草茂季節向山靈展示勇敢。他們以火燃草，用烈焰逼出野鹿行跡，復以鏢槍射之。鹿驚而奔逃，獵人們高聲呼嘯，竄過老藤纏繞的古木，自各處超澗越嶺，齊力追捕；有矯健者，撲身擒鹿，以雙腳鎖住鹿身，速速抽出短刀刺中鹿喉，一陣風颯颯吹過，鹿氣絕如風中飄葉，獵人收刀，俯身吮吸鹿血。

整座山的體溫升高，獵與被獵，均已帶血。

•

一切都是吉兆。數日前，善聽鳥音以占卜吉凶的老覡站在森林入口，閉目凝神，自喧騰的鳥鳴之中辨別「華雀」之歌，這長尾白鳥是祖靈使者，唱出祖先對狩獵的預測。Ssin-ssin-ssin……彷彿說：「我的獵人，我世世代代的子孫，這山已被我祝福過，河流及平原也瀰漫我的氣息。去吧！帶著你們的弓箭，取你們所需，不可殺絕。要生起豐收的火把答謝星空，要飲酒，以歌聲和舞蹈取悅我。」

妳也聽到華雀吟唱的歌聲。春日清晨，有風穿過竹籬牆，送來淡淡花草香，那是只有女人的鼻子才聞得到的大地氣味，帶著引誘，一種潮濕的引誘，要剛睡醒的女子在霧茫茫、天

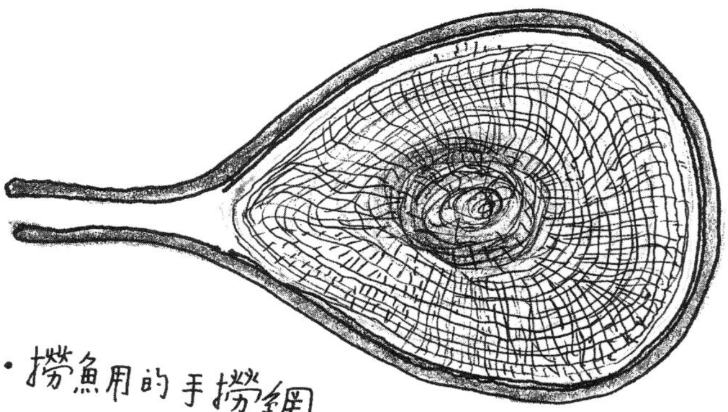

・撈魚用的手撈網
—繪自「馬偕博士收藏」

初亮的時刻，以臉龐、手臂，以胸部、腳趾接受露珠的膜拜。通常，妳會展臂小跑，撩開清晨霧幕。妳三兩步爬上離住屋不遠、綻放乳色香花的那棵濃蔭大樹，脫去衣服、首飾，站在橫枝上，開始跳躍。一整夜才結成的露珠如春雨落在妳的裸身上，沐浴著妳，滲入妳的肌膚凝成一層薄薄香霧。妳被這股沁涼弄得極度歡愉，忍不住移往另一處枝幹，再次縱身跳躍。妳那黑綢般的長髮也濕了，黏搭著肌膚，如百隻燕子摟緊妳身。末了，妳折下一截帶葉小枝，輕輕甩打全身，用酥麻之感趕走塵垢，結束妳的清晨樹浴之典。妳穿好衣服，自樹中躍下，東升的太陽正好三分熟，妳仰坐，將髮披散於大石上，曬。在曬髮的時間裡，妳開始思量今日要摘哪一朵花插？或學驪鳥啁啾，惹得林子裡一陣清脆。時而，妳不思不唱，只是怔怔地看著天空浮雲，妳不知道這些雲要往哪裡遷徙？

妳已很久沒上那樹，失去露珠滋潤的花朵會漸漸枯萎吧！想要再次深深嗅聞花草淡香，卻只聞到四周穀物與醃肉混雜的氣味。妳盯著自茅草屋頂射入的一道陽光裡的浮塵野馬看，任憑思緒隨塵埃迴旋，如在不可測的星系、無法飛越之鴻溝。妳覺得孤獨，孤獨時應有孤獨的歌，然而隱匿在放置存糧的小小「禾間」內，妳不能放歌。卜聽鳥音的族老已返回社內，妳從他的隨身老狗的吠叫可以得知，好心情的他也一路哼唱，迫不及待要與族人分享吉兆。妳羨慕他們何等自由，天寬地闊皆收在喉頭之間。正當惆悵之際，懸在橫梁的連穗稻穀，忽然散落了幾莖，打在妳頭上以及窩在妳懷中、正專心吸奶的嬰兒身上。

妳忍不住哭了起來，雖然哭也有哭的歌曲，但妳此時此刻完全不愛以前的哭歌。妳壓弱聲音，如耳語又似默誦，就這麼對著小花朵一般的嬰兒唱。妳的聲音斷斷續續像一條迷路的蛇，像找不到結局的故事，像水被困在甕裡而甕被埋在地底。妳唱著：

有一個小男孩，躲在我的懷裡安睡。可是，我的田還沒有耕種，布還沒有織，我的鹽還在海裡。

紅紅的刺桐花已經開了很久，好朋友們也搬走很久。我再也沒心情嚼米釀酒，因為，沒有歌舞相伴的酒會割痛喉嚨，一個人唱歌又會被歌聲困住，像中箭的鹿掉進瀑布。

九芎樹發芽了，有一個不愛哭的小男孩陪伴我，可是我不知道應該把你放在哪裡？放入「蟒甲」獨木舟，你會被海浪欺負；放在路旁，會被雨水淋濕；放在樹上，你會被老鷹啄、被野豬吃掉。只有死去的人才被放在水邊木架上，你不是死人，你是會長大的小男孩。放在這裡，生病的我沒有父母兄弟姐妹可以幫忙，族人也不喜歡我們，再說，他們也會搬離，最後還是只剩我們兩人。

我希望一直唱一直唱下去，唱過太陽又唱過月亮，祈求神讓我長出翅膀，這樣我就可以抱著你飛起來，像浮雲一樣。

在美麗且芳香的清晨，在華雀鳥唱出吉兆的時刻，竟有姑娘懷抱她的初生兒躲在昏暗的穀倉飲泣，這事讓天地不忍；因其不忍，她的聲音、情懷與淚水竟凝結成不可思議的幽冥力量，灌入唱辭中提到的每一處自然景物中；在水田、海洋，在刺桐花、瀑布、九芎樹，在雨水與太陽，月亮與浮雲。多年以後，這男嬰長大成人，總會莫名地落入似曾相識卻宛如夢幻的情感深淵；當他彎身插秧，從田水中看見自己的倒影，當他路過綻滿花朵如棲著千百隻火紅小鳥的刺桐樹，一股憂傷就這麼淹上心頭，他在這瞬間停頓——拈著秧苗的手停在半途或回頭又看一眼刺桐花，如孩童透過窗紙上的小洞想窺視室內情景，卻不可得。終其一生，他感受過無數次奇妙的剎那，卻不知道那就是時光的破洞，源自某個春日早晨，在即將凋零的部落裡，他的年輕母親耗盡情思唱出的一首歌。這種情感直覺最後變成另一種血統，傳給他的子孫的子孫，每當他們站在大海面前，或置身於煙雨平原而陷入情感蔓藤之中，那時光破洞又出現了，只是，窺視者是他們想像不到的一位年輕女子的靈魂。

飽足的嬰兒睡著了，他像妳有著坳深的雙眼，卻配了Vusù（漢人）的扁鼻。妳用僅剩的一塊布包裹他，再以麻繩綁著，他喜歡這塊布的味道，睡得又香又甜不亂哭鬧。那是妳織的第一塊布，紋路不夠整齊像河上獨木舟曳出的波紋，妳穿著它從少女變成女人，那上頭有鹽的鹹味、魚的鮮味、花的香味還有酒，有妳的一切快樂沒有哀愁。妳相信嬰兒睡在快樂的布裡會得到庇護，惡靈不敢靠近。

妳用小石子計算月亮次數，從他出生到現在已存了五十多個石頭，表示已看過這麼多個月亮。其實，妳沒有時間概念，也不需要。族人跟妳一樣不辨四季，時間像神用織布機織出的一匹無止境的布，只在每隔一段距離留下密碼而已。你們靠九芎樹打信號，樹發新芽、脫皮，便是耕種時刻。妳幼時陪母親下田，最喜歡幫九芎樹剝去紅褐色老皮，讓它快快露出光滑的灰白樹幹，妳覺得它像被罰站的大蟒蛇，仍然必須遵守脫皮的禮節。刺桐花是神送你們的火焰密碼，屬於戀愛與節慶的約定。當平地、山麓的高大刺桐樹一齊綻放深紅色花串，於空中點燃火焰花海之時，你們會刷洗牛車，每一位姑娘皆盛裝打扮：纏好黑布頭巾，穿衣、繫裙、裹腿，頭上斜插一枝嬌豔薔薇。戴上瑪瑙珠與螺貝編成的五彩項鍊，再用各色果實種子穿成珠串，一圈圈裝飾著手臂。香花與芳草織成一把香扇，遮日、驅蟲或用來迷戀想要迷戀的人。你們相偕坐上牛車，由善歌的「麻達」（未婚青年）執鞭駕駛，前往鄰社訪友、郊遊。若途中遇到相識的朋友，呼而不應，你們便以歌聲唱出他的名字，取笑他的耳朵是否塞了兩條魚？該去採虎耳草，搗碎和鹽，治一治耳聾。那被取笑的人臉紅，一躍入樹，採摘野果，丟擲報仇……妳記得很久以前曾被一枚綠果擊中，那果實大小和妳此時手中的石頭差不多。

又看過一個月亮，妳把石頭放入計數堆中。這麼多個月亮代表什麼意思？其實妳不確知。只是覺得應該做一件事來記載那個有月亮的夜晚：妳獨自在河邊沙洲草叢上，生下嬰兒。

起初，妳只看到銀白晶亮的星子撒滿夜空，接著在陣痛之間看見一閃一滅的螢火蟲，粧點著微涼的河灘，在妳身旁繚繞。妳慶幸是個夜晚，因為黑暗讓痛苦減輕，彷彿有無數幽靈黑手，扶妳、推妳向前，妳只需半夢半醒地依照事件發展的節奏前進，無須被細節干擾而擱淺在痛苦的陷阱裡。或許是全神貫注之故，那星子與螢火蟲看來比以往明亮，因其明亮，遂成為孤

・刺桐花，繪自《台灣賞樹情報》
《噶瑪蘭廳志》：「番無年歲，不辨四時，以刺桐花開為一度。」
花紅似火。

軍奮戰的妳的唯一依靠、唯一祝福。妳稍稍可以不計較天為什麼這麼寬闊，地為什麼這麼遼遠，為什麼只有妳一人被困在迷惘與孤獨裡？臨盆的妳已被痛楚折騰得滿臉涕淚，繼而忽蹲忽跪忽趴忽臥。幾個時辰中，蛙鼓與蟬鳴響過了，夜梟與水鴨經過了，疲憊的妳甚至一度昏睡片刻又被入骨的痛楚刺醒。妳披頭散髮，面目猙獰，伸手摸到那把要用來斷臍的匕首，挺身跪起，右手握緊刀柄，斜斜對著自己的心腹，妳大哭，渴望終結一切痛苦，叫夜神帶妳們遠走高飛。忽然，大量的血腥氣味使妳清醒，妳以嘴咬刀，雙手捧出嬰兒，如從崩落的岩石縫隙救出奄奄一息的小獸。妳依照往昔協助他人生產的經驗，依序料理這一場分不清是痛苦還是解脫的血腥戰役。嬰兒啼哭並未驚動星夜，卻讓妳恢復力氣。妳緩緩站起，手中握著胎盤、臍帶，使勁朝河對岸樹林擲去，妳絲毫不知被擊中的是野鹿最愛食其枝葉的鹿仔樹，這樹從此漸漸凋零，秋日未到即整棵枯死。妳也不知次日有野鼠、水鳥舔食妳遺留在沙洲上的血塊而一一夭亡。妳更不知當妳抱著嬰兒坐在河中石頭上，掬水洗淨身上汙穢時，血的鐵鏽味令半條河的魚昏厥。妳並不想傷害任何生靈，是藏著孤獨與哀愁的鮮血有不可思議的力量，能致人於死啊！

　　就在淨身之時，妳發現一彎美麗的上弦月從樹林背後升起，癡癡地照著妳與嬰兒。這是生命中唯一一次妳感覺神與妳站在一起。黑夜為妳擦亮月牙，月光下，妳看出這軟綿綿的小生命會長成強壯男孩，終有一天，變成勇敢的男子漢。於是，妳開始祝禱，對嬰兒說：「kimrihie，你的名字就叫 kimrihie（金鯉魚），因為今晚的月亮像金鯉魚。有權力的男人最喜歡用金線纏成弓弦形狀或是半個月亮模樣，掛在脖子上，讓別人知道他有傳家寶。我的家人從未戴過金鯉魚，所以我希望你是，每個看到你的人，不管是族人還是漢人都把你當作珍貴的 kimrihie，永不丟棄。」

因為月亮的緣故，妳的祝福都算數。

這就是妳記錄月亮的原因吧，情感太重了，必須挖一個出口、找一種依靠，才不會溺斃。妳不能摘花為記，花會凋謝，不能依鳥計數，鳥總是飛的，所有變動之物都不能好好看顧妳心中那份永恆不變的情愫。所以妳選擇石頭，可以把玩、計數、保存、隱藏；族人一向有埋石盟誓的傳統，相互約定誓言像石頭不朽。妳彷彿也在與人盟誓，跟嬰兒及他那未曾謀面也不知有這小生命存在的父親，跟視妳如一株野花般不足惜的這一方天地盟誓；可以像茅草被野火燒盡，像花蕾被暴雨打落，但妳的靈魂永遠不走。

晨曦已轉成暖陽。占卜的老覡正召開會議，商討狩獵及社中之事。妳聽到男人們激越的語聲，近乎鼎沸，「淡巴菰」（菸）的氣味如一道霧，自茅屋飄出。

有人談到隨時有溫泉湧出的「抵百葉社」被漢人騙去保留地的事；漢人通事帶助手挑著鹽、糖、酒和嗶嘰布跟族人訂契約，紙上寫的都是漢字，通事用族語翻譯條約給族人聽，要族人以指頭蘸墨捺印，永遠遵守約定。等到土地被開墾透了，漢人不納租穀，才知道紙上寫的條約跟說的完全不同。漢人人多勢眾，族人除了妥協、搬離也想不出好辦法。另一個蒼老的聲音慨嘆：祖靈憤怒了，祖靈不喜歡漢人來開墾才會連續兩年降下大風災，讓族人、漢人

・「金鯉魚」（Kimrihie）飾物
繪自《平埔族調查旅行》譯者
楊南郡提供之照片——出自馬偕《台灣遙寄》一書。
《噶瑪蘭廳志》：「蘭番常以低金
絲線，作一弓一弦之勢……，以金線堅
纏於弓弦之際，狀似扁梳，
懸於眉額，名金鯉魚。」

傷亡無數，牧場裡的牲畜都死了，茅屋也全倒……妳都聽到了。男人的煩惱也像樹葉，老葉飄落又有新芽冒出。

雨季剛過，茅屋與牧場四周的雜草一夜間又茂盛許多。妳揹起竹筒要到河邊汲水，遂聽到男人的苦悶。妳隱約覺得有一個美麗世界要崩毀了，從一束茅、一寸土開始掉落，原先捍衛這世界的勇士們（包括妳的父兄）卻逐一潰亡，或死於與漢人的爭鬥、糾紛之中，或誤入深山部族的領地遭到狙擊，或被連年不斷的風災、洪水奪命，或因染病而不得不傷殘……男人變少了。妳記得幼年時，男人們聚在空地上比賽製作弓箭的盛況；他們屈竹為弓，再用藤皮緊緊纏繞，弦則用苧繩浸鹿血搓成。一條條紅色的繩絲永遠在妳的記憶裡搖曳，一雙雙豔紅的手掌如出洞的紅蝙蝠在笑聲或歌吟中迴飛。妳永遠記住那些歡樂時刻。如今，不需要那麼多武器，會射箭、擲鏢槍的人少了。

少的還包括戀歌。在月夜，愛慕的男子在姑娘家附近吹奏口琴或鼻簫，悠揚的樂音帶出夢幻小徑，彷彿隱於蓊鬱森林或潛入深潭底，那小徑只允許兩人幽會，如水遇到水，火引誘火，不怕天地議論。善歌者，還會模擬獨木舟划水的聲音或某種鳥鳴，暗示明日幽會地點在河邊或是樹林。一家有戀歌，總會把其他家少男、少女的夢給弄濕了。

沒有戀歌的世界，注定是廢墟啊！

妳走過以一排雜樹為標記的「界址」——廳府為了阻擋墾民侵犯族人的屋舍、田園，特地依族社大小劃出保留地，於四周堆石或種樹為記，不准漢人越界開墾，也不准交易。界外的土地，若漢人開墾，則必須向族人納租。妳記得多年前設界址時，乃是砌石堆為記，全社老小揹起藤簍到處撿拾巴掌大的石頭。邊界砌成後不知過了多久，有人懷疑石堆是不是長腳怎麼向內移了？加之被颱風吹倒、牛隻衝毀，種種事故之後再堆起的界線顯然又向內移了一箭射程的一半。後來改用種樹，原先方正的邊界變了形，一排樹站得像一群無所事事的烏鷲。

族人與漢人的糾紛從未間斷，傷亡的消息像田裡的白鷺鷥飛來飛去。聽說廳府通判為了調和瀰漫在這平原上的武力氣氛，打算設壇祭拜開墾以來的幾千名亡靈，漳州人、泉州人、客家人及所有為了保護自己的家園、土地而身亡的族人。

然而在日升月落之中，你們也從漢人那兒習得一些耕種技術與不同品種的稻米。妳的田裡原先種食用的「倭」米及用來釀酒的「烏占」，後來也得到米粒純白的「占仔」品種，收割了兩次。稻米改變了妳的人生，或者該說，妳用青春換得不同品種的稻穀——雖然開始時，一切都是善意。

如果那位向族人承租土地在界外開墾的老漢人不病故，他的年輕親戚就不會來這裡耕種；如果他不來，當妳在斜風細雨中鋤地時，他就不會從遠處田寮扛犁走來助妳一臂之力順道向妳討一捆乾木柴要煮飯。如果妳返家取柴時不隨手用螺碗舀酒答謝他，也許就田歸田、水歸水。當妳贈酒，如果他嫌棄不喝也就罷了，偏偏他一飲而盡，而且用漢語夾雜幾句族語加上比手劃腳說了一串話，妳約略猜測他說的事跟米有關。他倒出幾滴餘酒在掌上，又指了指遠處他耕種的那塊已插秧的田，忽而作勢飲酒忽而扒飯，妳恍然大悟，他要給妳不同品種的秧苗，讓妳的田種出漢人的米糧。

如果他不曾出現，妳仍會像往昔一樣收割糯米，以木杵、木臼舂之，再抓一把米嚼碎唾入甕內，利用口水做酒母，藉以發酵、釀酒。一日三餐，妳仍會用 vokkao（木扣）土燒鍋放在三塊石頭圍成的竈上，起火煮飯。妳習慣用手指捏一小團飯送入口中，佐以沾鹽的海魚、河蝦，再喝一碗自己釀的「打喇酥」（酒）。妳擁有全社最漂亮的一只木甑，蒸出的蕃薯與芋頭鬆軟可口，最適合在祖靈祭時用來待客。如果他不曾出現，如果漢人不來，妳仍是快樂的平埔族女子，勤快地梳理樹皮、葛絲及染得五彩斑斕的獸毛，織一匹美麗的「達戈紋」當作嫁裳。妳仍會在野貓嬉戲的春夜，幻想明日到山澗沐浴，妳暗戀的那個「麻達」摘鮮花向妳求愛，說妳的氣味害他無法打獵，妳的長髮教他不能安睡，懇求妳到他懷裡坐坐。妳要生很多小孩，教他們攀樹盪藤、潛水過河。妳會在孩子們腰間繫幾個大葫蘆，帶他們像魚一般游到海口，告訴他們，海洋就是幫我們保管鹽與夢想的地方；要學習追逐海浪，捕捉沙灘上的白色泡沫，用布袋裝好，帶回家煎熬成鹽。妳會傳授女兒們追蹤大海螺的方法，螺肉鮮美，螺殼可以當碗。最重要的，要懂得撿拾扇貝，辨識貝殼上的花紋代表好夢或厄運，用好夢串成項鍊戴在頸上才能得到海洋的力量，這力量讓女人既美麗又雄壯。

如果他不曾出現，妳會舞動巧手用竹篾、篾皮綴成許多只老鷹風箏，當秋風初起，帶孩子們到曠野奔跑，送老鷹上天，啄浮雲。

如果漢人不來，如果這莽莽蒼蒼的綠色平原未被驚動，世界會不會忘了老？

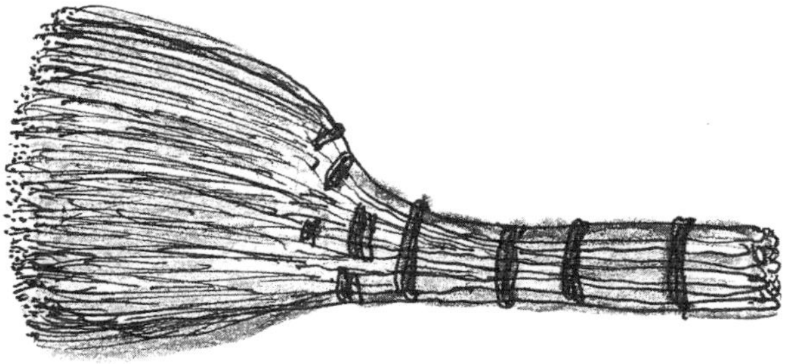

·除惡靈用的小掃帚，棕色。以稻草穗編製，是噶瑪蘭族巫師治病時使用之法器。
——繪自順益原住民博物館「馬偕博士收藏台灣原住民文物展」，2001.6.

妳已來到河邊，身體虛弱以至於微喘。不遠處，戲水的孩童朝妳發出怪聲，又擲石濺水，妳一身濕。誰都不喜歡被惡靈纏身的人啊！妳的家人接連亡故，葬在田邊，從此族人改道，不經過妳的屋與田，避免沾染厄運。去年，妳的茅屋被颱風吹翻，無人敢幫妳重建，妳不時眺望遠處田中那間被風摧折的田寮，是否來了熟悉的身影？後來有一位漢人指給妳那人居住的地方，繞一山、渡一河、經過一社一村落……妳沿著他指的方向望去，只看到飄泊的雲。

妳裝滿一桶水，摘一把野菜，已無力入河網魚。坐在河邊梳洗，妳忽然看見對岸岩塊凹處，擱淺了一隻獨木舟，想必船底破了，只留一圈邊框，圍住了天光雲影。水鴨覓食經過，站在舟框處，展翅搧風，又低頭啄食水中浮萍，遠去了。那破舟隨水盪了盪，恢復安靜。剎那間，妳幻覺那是一具孤獨的屍體，兀自吐露星星點點的浮萍語言，猶有心願未了，所以不願腐朽。妳因這幻覺險些失足墜河，妳滲出一陣冷汗，明白惡靈已站在身邊。

男人的聚會甫散，妳在禾間旁空地烹煮時，聽到空氣中振動著一波波出草的消息以及遷徙決議。鍋內，芋頭正在哼歌，所以妳下定決心之後也開始低低地回答：

啊！時間到了。

謝謝你，芋頭。謝謝你，強壯的木扣鍋。

謝謝你，火，還有燒黑的石頭。

妳唱的〈告別歌〉深入地底，周圍半里內，從此不長草，石頭們睜著眼睛望天，複誦妳的感謝。

回到禾間，嬰兒仍熟睡。妳拉出父親編的那只大藤簍，又找出多年前做的老鷹風箏，放入簍內。

妳躺在嬰兒旁邊，深深嗅聞這孩兒的香味，淚緩緩滑下，耳中彷彿又聽到華雀之歌。

•

獵人的火燒紅了天。妳揹著大藤簍一路步履蹣跚，繞過雜樹叢生的山丘，渡過小河，妳以前常去訪友的一處族社只剩老人與狗，那狗吠幾聲、隨妳幾步又轉頭回去。現在，耕種時節，妳進入漢人村落。

高高的竹籬之內，有六、七間屋，每間都是茅草屋頂、泥牆，編竹柵當作門。竹籬內空地種樹、養雞、置幾塊大石。樹未成蔭，雞啄餘穀，大石是讓守夜人站崗的，以防械鬥之後有人趁夜放火。

耕種季節午後時分，妳坐在樹下餵嬰兒吃奶，打量這個只飄著男人汗味的地方。聞不到香花與芳草，聽不到歌聲、舞蹈。屋外曬的都是男人的泥色衣褲，牆角堆放鋤頭、犁與刀斧。妳認出那副犁，他確實住這裡。

一名拄枴杖的半盲老人站在門口問妳是誰，妳謊稱是趕路人在此暫歇。他看妳正在餵奶，

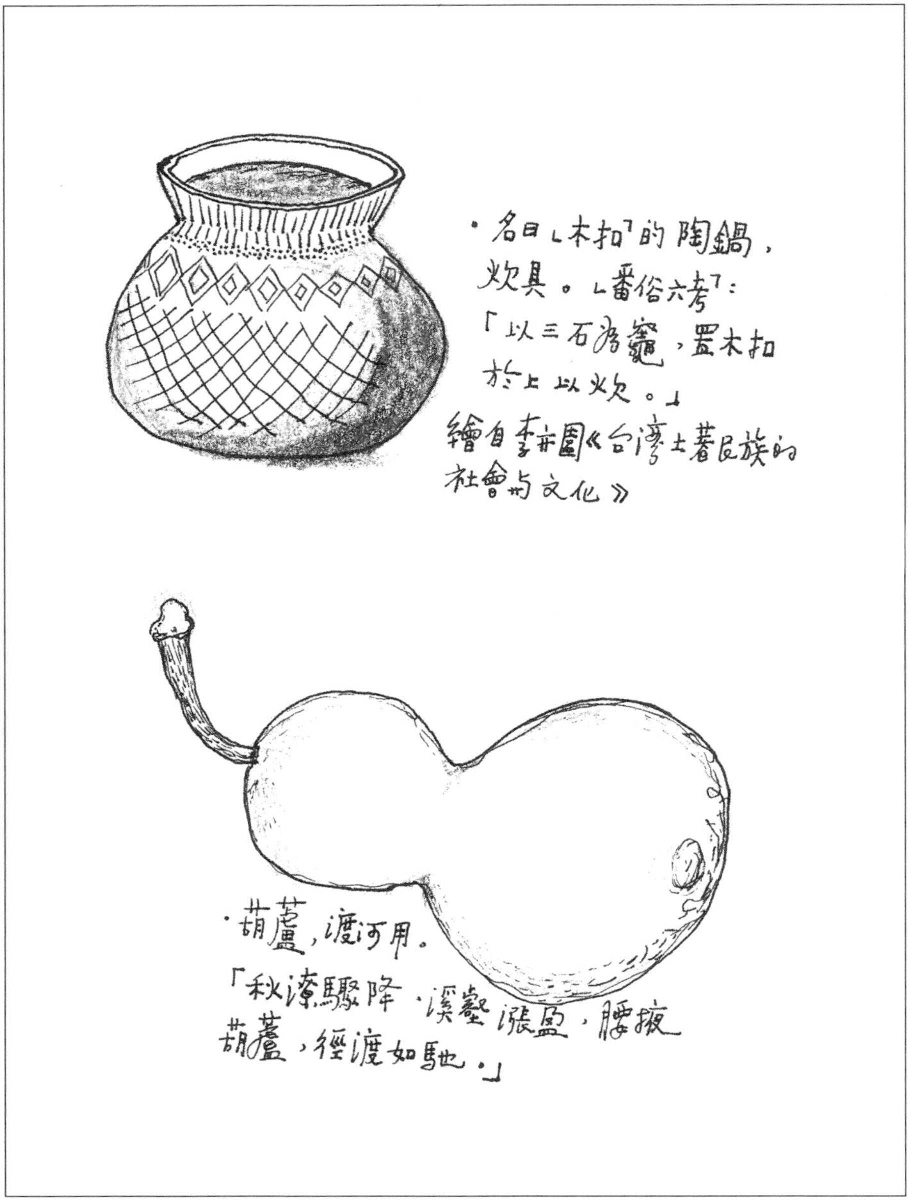
・名曰「木扣」的陶鍋，
炊具。「番俗六考」：
「以三石為竈，置木扣
於上以炊。」
繪自李亦園《台灣土著民族的
社會與文化》
・葫蘆，渡河用。
「秋潦驟降，溪壑漲盈，腰掖
葫蘆，徑渡如馳。」

央求妳給他半碗滋補病體。妳要他拿兩只碗，將身上餘奶全部擠出不剩一滴。一碗五分，一碗全滿，放在屋內飯桌上。妳想，那一碗夠妳的孩兒撐半日一夜。

妳忍不住緊緊摟著嬰兒，對他說：

「無須害怕，放心長大吧！我會在暗處看著你，看著我的金鯉魚。長大後你會娶妻生子，雖然你不記得我的模樣，但你的孫子的孫子必有一代抬頭尋我，必有一代在午睡時牽祖母的手臂數一數青筋，就在筋絡之間看見我的臉，她會長得像我，那時就是我回來的時候！」

妳把嬰兒放入簍內，藤簍放在犁旁邊，犁放在門前，而後消失無影。

黃昏，返家的男人們圍著藤簍，嬰兒不哭不啼，睜著大眼覷一張張黝黑臉龐覺得有趣竟笑了。最後進門的年輕男人長得跟嬰兒一模樣，人們懂了，這孩子是他的故事。

藤簍內，還有一條鹿肉乾，一束連穗的「占仔」稻穀，一個螺碗，一匹布，一只破舊風箏，及無人能懂的五十九顆黑色小石頭。

半盲老人嘆一口氣：「明日，這嬰仔就滿兩個月了！」他說：「是個聲音很好聽的姑娘，可惜沒看清她的臉。」

雲在天上飄，日子得往下過。

門前的樹已成蔭，雞仍啄食餘穀。十年過去，茅草屋頂被颱風掀了幾次，理一理仍能擋風遮雨。稻在田中，魚在河裡，有一個男孩在屋內。深秋某日，涼風習習，男孩在穀倉角落找到藤簍。簍內的布，他不喜歡；一堆石頭，不喜歡；螺殼，跟他無關。單單有只風箏吸住他的眼睛。

是一隻破舊的老鷹，沒線索。男孩像忙碌的小鹿，補了補，又繫上一條長長的麻繩，煙也似地溜出門。

收割後的田野只有風與飛舞的枯葉，男孩偏著頭快跑，放牧老鷹。手裡揪著麻繩不太順勢，風箏跌跌撞撞。

男孩想到離屋不遠的那樹林，說不定可以撿到樹枝輔一輔。就在林子裡，被大水、地震、狂風造訪過的軟土上，男孩拾得一根如象牙般發亮的骨頭，敲一敲，聲似女人哼歌。

男孩將麻繩綁在骨頭上，果然十分順手。有風吹來，他高高地舉起骨頭奔跑，風箏倏地上了天，男孩快樂地大叫。

那是第一次，他有力氣讓他的母靈飛了起來。

刊於二〇〇一年六月二十～二十二日人間副刊

朝露

獻 給 一 八 九 五 年 抗 日 英 魂

讓我跨過簡大獅的屍身，
跨過滿坑滿谷的骨骸回到一八九五年春天。
我盡量做一個靜默的旁觀者不踏破任何一朵浪、不驚動一草一木，
我只是想弄清楚給自己一個交代，
我們做子孫的如何生，而他們怎麼死？

前言

一九九三年旅途中，一個明亮的秋日早晨，我遇見一塊碑。

地點在福建省漳州市，旅程接近尾聲，一行人無所事事地穿巷走弄，遊覽異地風采。看飽了名勝古蹟，反而特別想要呼吸平民百姓的煙塵。於是，穿過人聲鼎沸的市集，又小跑步過馬路，拐幾個彎，就這麼迷入一條狹仄小巷。這巷談不上特別，無非是新日子趴在舊磚瓦上。再怎麼滄桑的建築，一旦晾出被單、衣褲，思古幽情立即雲消霧散，耳邊聽到時光趕路之聲，二十世紀只剩最後一小截尾巴。

毫不提防，那塊石碑擋了路。它的位置對路人而言真是礙手礙腳，不僅瓜分人行道，又擋住某公家單位大門，你得側身扭腰才能避開它。這碑絕非名勝亦缺乏古蹟氣勢，約高一百四十公分，水泥砌成，碑座簡陋，一旁還堆著廢磚料、舊桌椅及路人丟擲的垃圾，立碑者乃「漳州市人民政府」，一九八八年六月十日公布，並列入「市級文物保護單位」，碑文僅六字：

「簡大獅蒙難處」

碑背面簡述其抗日事蹟及在此被清兵逮捕經過。因著同宗，同行友人詢我其人其事，我啞口無言。當時，我對臺灣歷史僅具膚淺常識且毫無知識可言，我熟稔秦始皇如何統一六國，

卻對《馬關條約》後臺灣所進入的「日本殖民時代」一片空白。

這塊碑擋我去路，難道不是為了問：「為什麼？」

即使事隔八年，我依然清楚記得，當時我忍不住回頭又看了那碑一眼，剎那間，彷彿看到數十名官兵強押一名帶血帶傷男子，而他抬頭怒視，逼問：「妳不認得我嗎？妳不認得我嗎？」的驚悚意象。

一場跟臺灣無關的戰爭卻決定臺灣命運。那是一八九四（光緒二十）年歲次甲午，清朝與日本在離臺灣千里遠的中國戰場開打，砲火硝煙從未隨季風飄至臺灣上空，臺灣亦未有一兵一卒、寸草寸糧參與那場戰事。住在這「海外孤島」的漳、泉、客三籍移民經過數代經營已取得主導優勢，與逐漸凋零、漢化的原住部族之間堪稱和平相處。居民各自寶愛自己的土地，日出牽牛犁田，日落荷鋤而歸，天高皇帝遠。

甲午之戰，日軍節節勝利，直逼京城。清大敗求和，兩國派全權大臣李鴻章、伊藤博文在日本本州下關（即馬關）簽訂《馬關條約》，約中第二條明定，清國將臺灣本島及其附屬島嶼、澎湖列島等地之主權永久讓與日本。簡言之，「割臺」。

割的何止是一塊碎肉地，還包括扎根於這土地上、有血有肉的二百五十多萬名百姓。任何人若是這二百五十萬分之一，便能想像乍聞青天霹靂所生的那份驚恐，將這驚恐乘以二百五十萬倍，即能體會當年「臺民悲憤至極」、「無天可籲、無主可依」之悲景。

既言「割」，就政治層次及家國意涵而言，臺灣成為「棄兒」，任何一個意識清楚的棄兒不管被賣入豪門還是賤戶，他首先必為自己的尊嚴與自主權遭到踐踏而起身反抗。因為，棄兒也有棄兒的骨氣啊！

一八九五（光緒二十一、日本明治二十八）年歲次乙未，五月二十九日（陽曆，以下均同）浩浩蕩蕩的日軍近衛師團自北臺灣澳底登陸，從這一天起，臺灣這個棄兒為自己的尊嚴打了一場有史以來最慘重、卻也在百年後被後人（包括我）淡忘的血戰！甚至到一九三〇年殖民後期，由莫那·魯道領導的「霧社抗日事件」依然有超過九百顆高山族老人、勇士、婦女、兒童的頭顱奉獻給懸崖、給溪水與沙洲、給祖靈盤據過的巨樹，給善忘之島。

以「集體記憶」籠統地陳述或回顧某歷史事件所帶來的影響，是有陷阱的。一事件發生，位在不同地域、不同社會階層、受到不同待遇的一群人對此事件之經驗與記憶、愛恨與評價便截然不同，且是天壤之別。是以，「集體」之上需冠以「階級的」方能輔助理解；從「階級的集體記憶」這扇窗口潛回日治時期，有人恨意難消，有人卻緬懷那美好年代。

距離光復十六年後，我生長在宜蘭一個幾乎沒有日本遺風的農村。村中擁有日本名字的長輩不超過三位，父祖輩無人講日語，也未曾聽說誰懂日文。除了因靠海緣故常吃生魚片外，從未吃過諸如壽司、味噌、黃蘿蔔醃漬物等日式食物。左鄰右厝家中無任何足以聯想到日本的藝伎、木屐、小扇之類擺飾或富士山、大阪城風景月曆。無人聽日文歌。沒有人去過日本，當然也就沒有日籍友人寄來問收成、道平安的航空信了。二十歲以前，我沒見過榻榻米，不知道和服長什麼樣？如果不是歷史明明記載臺灣被日本殖民五十年，如果不是父祖輩偶爾於言談中憶及「日本時代」刑事如何酷刑而他們為了糧食不被徵收殆盡又如何冒險藏穀……如果不是這些蛛絲馬跡，我真不敢相信日本曾經統治過這村子。

我不得不疑惑，是這村子土壤貧瘠、人丁駑鈍到不值得殖民者大駕光臨加以「皇民化」，還是過往那一段太不美好以致光復後村人立即「集體失憶」不願再提？

來自於底層的成長背景，決定了當我遇見「簡大獅蒙難碑」時的情感態度與觀察視角，我心中沒有任何「天皇恩典」的簾子可供遮掩，以致尾隨蒙難碑進入叢林般臺灣被殖民史時，我首先看到的是反抗者的屍體。

讓我跨過簡大獅的屍身，跨過滿坑滿谷的骨骸回到一八九五年春天。我盡量做一個靜默的旁觀者不踏破任何一朵浪、不驚動一草一木，我只是想弄清楚給自己一個交代，我們做子孫的如何生，而他們怎麼死？

1 春帆樓之咒

沒有人聞得出一八九五年微微的春風之中有一股甜腥氣息，暗示番薯即將糜爛、鐵鍬生鏽以及血的流向。海洋平靜，浪花拍岸，這蒼翠的海外孤島一如往昔升起太陽。

這島屬大清國土，自從一六八四（康熙二十三）年納入大清版圖以來兩百多年間，來自福建、廣東各省墾民歷經數代墾拓已將這裡闢成豐饒的糧倉。他們說著各自的母語，住在自己的村莊；每逢年節必恭敬祭祀，祈求五穀豐登。渡海的鹹味淡了，祖祠雖還在唐山，新墳卻一座座埋在島上。你若問任何一個頭上盤辮子、身著粗布唐衫在田間鋤地的壯丁是哪裡人？他說了祖籍地之後必說現此時是「臺灣人」。問今年歲次，乃光緒二十一年，乙未，肖羊。

羊年的春風透著詭異的冷。田間，莊稼人扶犁、老牛負軛而行，一步步翻土，準備種下今年的稻秧。冰冷的田水如無數細針刺著農夫、農婦的腳，但他們未曾抱怨，能夠站在自己的土地上耕種已屬幸福，他們想的是如何更賣力回報這塊沃土。冷，算不得什麼。

但是在千里之外，冷的確嚇壞一個七十多歲老頭子。船舶航行期間，侍從們想盡法子也無法使他的關節靈活些。他的骨頭當然有理由僵硬，眼下，即將頹傾的大清帝國得靠他的三寸不爛之舌穩住，即使紫禁城內的皇帝賜與舉世無匹之尊榮，也無法抹滅此行需向強敵俯首求和的屈辱。行前，他從皇帝手中接過「全權委任狀」時曾暗示要有割肉飼虎的準備，頭痛欲裂的主子以手撫額，拂了拂手，說：「大清疆土，你比我熟！」從那一刻起，他的膝蓋開始不自主地抖。

春寒料峭的三月十九日，載著大清國談判團的「公義號」、「禮裕號」兩船停靠在日本國下關碼頭。老頭子戴好圓框眼鏡，習慣性地摸搓那一口灰白山羊鬍，欲藉此壓住自己的疲態與病容，至少撐出半點兒泱泱大國全權大臣的氣派來。奈何骨頭不聽使喚，不得不命兩名護衛左右攙扶下船。他一踏上日本國土就心裡有數，這回上談判桌，不僅沒討價還價的空間，更有可能被豺狼虎豹啃得體無完膚。從碼頭至下榻旅館途中，他看到一個新興帝國傲然地向他炫耀實力與野心，終於明白對方堅持要他到這兒談判，意在展示國威。剎那間，他竟有哽咽的衝動。他知道大清國快亡了。身為敗國重臣，心底的最後一道信心防線已被擊潰，前所未有的疲憊感攫住了他。

三月二十日談判開始。

老人真的累了，累得只想把停戰協定、講和條約速速簽了，早日返回熟悉的京城。他壓根兒沒想要拍案怒斥對方所提之幾近生吞活剝的不合理條約，或趁自己於三月二十四日遇歹徒行刺受傷、驚動天皇一事興風作浪以扭轉頹勢，或不惜要脅在談判桌前效其人之道切腹濺血以保全老臣謀國之凜凜氣節……七十多歲老人家不做這些「血氣方剛」的事，他要以大局為重，唯社稷是念，要為大清國祚、黎民百姓珍愛自己的寶貴性命，故不會以身相殉！

正當兩國代表李鴻章、伊藤博文等在春帆樓議和期間，日軍的南征策略亦如火如荼開展，視談判、議約為武力豪奪後之文書認定而已。常備艦隊已悄悄南下，由比志島義輝率領的「比志島混成支隊」於三月二十三日在澎湖「裡正角」登陸，次日擊破「拱北砲臺」防線占領馬公城，澎湖這個極具戰略價值的小島納入日軍手中。幾日後的三月二十七，一份名為「臺灣實測地圖」的印刷品在日本內地廣泛發行，圖中鉅細靡遺地標示臺灣本島各城鎮港口、山川湖泊、鐵道馬路、堡壘砲臺的位置，足以供官兵們臥遊；此圖更標明從日本各主要海港至臺灣各港口的距離，如橫濱距基隆港一三八一浬，馬關至基隆港則只有七九一浬……這些「休閒讀物」改變了日本軍人的世界觀與航海興趣。當住在貢寮或枋寮的村民睡在床上鼾聲大作時，同一夜、另一島國上，高階將官攤開臺灣地圖正在計算潮汐、尋找貢寮或枋寮的最佳登陸點。他們對臺灣愛不釋手。

所以，想像春帆樓庭院裡的櫻花一夜間盛開，率領大清國談判團的老頭子卻一日比一日佝僂。想像臺灣島上人民一早起來喝粥餵牛準備下田幹活，兒童在田間奔跑、呼喚友伴名字，而在春帆樓會議室內，依然是那把紅底盤鳳紋椅面、自椅腳至扶手為靛藍底繪一株金色菩提葉的高背座椅，四月十七最後一次簽約日，當大清帝國欽差頭等全權大臣「太子太傅文華殿大學士北洋通商大臣直隸總督」李鴻章一落座，想像那繃得飽飽的紅布椅面噴濺鮮血。

那注定是，臺灣人民的血。

2 澳底登陸

恐怕是有史以來第一次，那麼多官紳賢達、志士菁英勇敢地站出來，義憤填膺、慷慨激昂地要「與臺灣共存亡」。這是歷史上第一次，「生命共同體」的意識在臺灣島內成形。

《馬關條約》「割臺」條款傳至臺灣，「臺人驟聞之，若午夜暴聞轟雷，驚駭無人色，奔走相告，聚哭於市中，夜以繼日，哭聲達於四野。」官紳紛紛提出聯名上書，嚴正抗議；臺灣最高行政長官臺灣巡撫唐景崧，亦數度電奏清廷臺灣紳民強烈反對割臺之意志，北京當局的覆電令人心寒齒冷，大意是：「割臺係萬不得已之舉，臺灣雖重，比之京師則臺灣為輕。倘敵人乘勝直攻大沽，則京師危在旦夕。又臺灣孤懸海外，終久不能據守。」這番話無非又是「以大局為重」邏輯之下必然結論。言下之意，臺灣紳民若再憤憤然擾攘不休，不懂得體諒朝廷之艱難、無奈、權衡輕重，則顯得無理取鬧了！割臺已成事實，北京總理衙門的指示十分清楚：「交割臺灣，限兩月，餘限二十日。百姓願內渡者，聽；兩年內，不內渡者作為日本人，改衣冠。」

五月是歌哭的季節。凱歌響自扶桑之國，哀哭籠罩福爾摩沙，籠罩這海外孤島。

五月十日，與臺灣夙有淵源的樺山資紀被任命為臺灣總督，全權指揮天皇之親衛軍「近衛師團」及「常備艦隊」，並包含當時已占領澎湖之「比志島混成支隊」，督辦接收臺灣事宜。日軍如一支訓練有素之虎狼隊伍，迅速動員，蓄勢待發。

樺山資紀，這位野心勃勃的海軍大將多年來一直視臺灣為生命中不可錯失的一枚勳章。一八七一年十一月，六十六名琉球人因船難漂流至臺灣南部，不料有五十四人被原住民殺害，日本藉機挑釁，首度暴露對臺灣之垂涎，於一八七四年發兵攻臺，是為「牡丹社事件」。樺山資紀在此役中扮演關鍵角色。一八七一年事件發生後，次年，三十四歲的樺山曾假扮煤炭商來臺探勘，蒐輯情報。臺灣的美及富庶撼動了這位壯年軍人的內心，他情不自禁向擔任嚮導及翻譯的水野遵流露感情，他說臺灣是讓人動心的勳章。「牡丹社事件」未讓日本得逞，卻澆不熄其對臺欲火。二十一年後，心肝上的天鵝肉終於得手，五十五歲的樺山資紀果然成為首任臺灣總督，他任命的第一位官員即是「辦理公使」水野遵，為民政局長。這是男人間的祕密，當馬關條約內容一宣布，他倆同時預知臺灣將會成為他們權力版圖上最璀璨的夜明珠，不許任何人、任何事奪其所愛。

樺山接任後，從擬定總督府編制、部署接收行動至大軍動員，僅十二日。

首先，常備艦隊司令長官有地品之允中將，奉命派東鄉平八郎司令官率「浪速」、「高千穗」二艦在五月二十二日出發，於二十五日抵滬尾（今淡水）附近，負責偵探臺灣島內形勢及防禦實力，並勘察北臺灣適合登陸地點，為日軍大舉入境探路。常備艦隊其餘軍艦或在威海衛，或在澎湖，在日本內地尚有「松島」號，亦待命準備出發。

正當東鄉平八郎率艦出發同一日，在遙遠的中國戰場，有一部分日本兵力被抽出，改派至臺灣駐屯。由北白川能久親王指揮之「近衛師團」原為投入直隸作戰而駐紮金州半島（即遼東半島），因清、日議和無須再燃戰火，使這支原本鬥志高昂、想在中國戰場立功的遠征軍大失所望，兵員間瀰漫一股苦悶與焦躁氣氛。如今新任務下達，重燃其戰鬥欲，無不個個摩拳擦掌，如餓獸出動。同樣是五月二十二日，北白川能久奉樺山之命揮軍南下，近衛師團第一批運送隊搭乘十六艘運輸船自旅順出發，一路風雨交加，破浪疾行，依總督府接收方針指示，先赴琉球中城灣集結。

五月二十四日，含三百多名民政官員之臺灣總督府編制已然就緒。樺山資紀與文武官員乘「橫濱丸」率旗艦「松島」自廣島宇品港出發，先至中城灣與陸、海軍會合，再乘風破浪航向臺灣新領土。

春夏之交風浪平靜，西南季風初起，鷗鳥依然穿雲蹈浪，在湛藍的空中盤旋。即使是沿海作業的漁船，也無人嗅出海風中有一股濃濃的油騷味。網內的魚群紛紛噤口，不吐露半粒沙消息。大批船艦已漸漸逼近。

五月二十七日，陸、海軍在中城灣會合。樺山認為此處離登陸地太遠，遂命近衛師團改往基隆東北方尖閣島以南五海里處集合，他則赴淡水勘察。當日，在寫給內閣總理大臣的第一份報告裡，他提及：「……二十七日上午六時海上無異常地到達中城灣。近衛師團的大部分人馬已先期抵達，會合之後，我立即與師團長殿下見面，並詢問師團將校們在航海途中的狀況，回答說各船情況都很好，沒有一人生病。我計畫本日就開往淡水，並命師團於下午六時啟航出發。特此報告。」

二十八日，樺山乘坐「橫濱丸」來到淡水港外。

數日前率「浪速」、「高千穗」至淡水偵察的東鄉平八郎經多方打探，做成報告：一、散布在臺灣全島的清國兵員約三萬至八萬名；二、臺北民眾擁巡撫唐景崧成立共和政府；三、代表清國政府負責交接的李經方尚未抵臺；四、勘察之登陸地點有二：淡水及三貂角，淡水河岸砲臺有駐軍防備，具攻擊力，不利登陸。

樺山完全掌握這些情報。他謹慎研判各種不明因素對登陸行動的影響，絕不貿然蹈險。他心中有底，不可能和平接收，更需保留精銳等全軍上岸再做部署。

淡水的夜幕低垂，點點星空依舊凝望這一處風情萬種的港口。平日裡，來來往往的舟楫、船舶無不驚嘆青翠的觀音山美似臥佛，她的倒影讓淡水河口添了靈氣。夕暉總在海面灑遍金粉銀屑，使這港口別具一股雍容氣派。貿易商、野心分子、探險家紛紛在這兒上岸，尋找他們的致富之道，一一寫下探險誌。即使是河口沼澤區、樹叢裡，也棲著無數遠渡重洋而來的異國鷗鳥，牠們閱讀潮汐，交換魚群消息。

每一天，淡水的美震懾著異鄉客的內心，讓他們願意戒掉飄泊的壞習慣，專情地在這兒停靠。

一八七一年十二月，一位從加拿大來的馬偕牧師抵達臺灣，在打狗（今高雄）上岸，短暫停留後，於一八七二年三月乘船在淡水港登陸。尋常的淡水午後風景，首先撫慰了這位二十八歲年輕傳教士的眼睛，他不禁讚嘆：「This is the land」，決定在這塊土地落腳生根。一年後，第一座教堂落成。第六年，娶臺灣女子為妻。第七年，第一個孩子出世；同年，北臺灣第一家西醫診所「偕醫館」在淡水街上掛起招牌。二十多年下來，蓄一把大鬍子的馬偕博士成為廣受平埔族群愛戴、醫術精湛的牧師，成為道地的「臺灣人」。

推動歷史巨輪的那隻手常有詭異之作，馬偕與樺山從不知道他們彼此曾因臺灣而交集。一八七二年三月，馬偕結束漫長的海上飄旅，拎兩口舊皮箱選擇在淡水生根。相隔半年，樺山也來臺偵察。他倆一前一後踏上臺灣島，差別是，一個充滿愛與信仰，要在這兒過苦日子；另一個懷藏野心欲吞噬臺灣這塊沃土。此後，馬偕行跡遍及北臺灣且探入深山部落，樺山在日本，兩相無涉。直到二十三年後，一八九五年五月二十八日，這兩人又隔著淡水河遙遙相對。馬偕一如往常在醫館內看診，關門後挑燈寫日記；而樺山則站在「橫濱丸」甲板上透過望遠鏡觀測淡水街景，觀測他的美麗領土。當馬偕將燈吹熄，準備就寢時，「橫濱丸」上，士兵捧著一塊東西呈給樺山——那是測量海港深淺的鉛錘線拉上來的。樺山仔細端詳，露出就任以來的第一次笑容。躺在床上的馬偕鼾聲大作，全然不知他屋內的燈火曾經在他人的眼瞳上顯現，不知二十多年前或許曾錯肩而過的那個人正在港口外得意地笑著。

馬偕，這位善感的牧師在日記上寫著：「好像有無形的繩，引我到這美麗之島。」

引樺山資紀的，不是繩，是一紙賣身契。

繩與紙竟有天淵之別，同是異國異族人，馬偕帶給臺灣的溫暖與愛百年不滅，而樺山一上岸就教臺灣人民流血。

東鄉平八郎的偵察報告加上實地觀測，使樺山放棄在淡水港上岸，當下決定自三貂角登陸。

二十九日上午，十二艘近衛師團船隊（其餘四艘未到）依令抵達基隆東北方尖閣島以南五海浬集合處。不多久，「橫濱丸」、「松島」、「浪速」亦來會合。一聲令下，由旗艦「松島」引導，「浪速」斷後，運輸船列隊航行，「橫濱丸」則在行列外前進，十五艘船艦浩浩蕩蕩朝三貂灣行駛。至此，臺灣島無處可逃。

下午一時，船艦抵達三貂灣外海。東

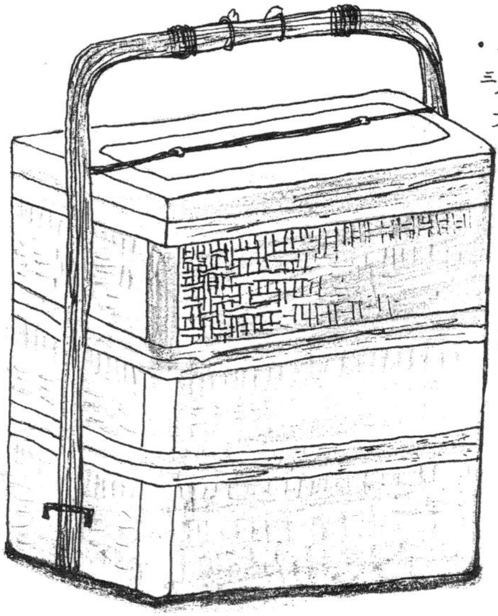

・馬偕使用的三層抽屜式竹篾編方形提箱。在他與学生徒步四方、醫療傳道的照片中，都可以看到這兩只提箱的蹤影。

北風漸漸增強，大浪破岸，天空陰霾。經偵察陸上動靜，只見海岸線如雪白布匹，大剌剌地攤著；防風樹林高高低低依地勢蜿蜒，不見半條人影，確實是毫無防備的大缺口。樺山下達訓令：先攻占基隆，占領臺北府（總督預定駐紮地），警戒蘇澳灣方面動靜。隨即依行動部署、任務編組展開登陸，時約下午兩點。

登陸掩護隊各隊行動迅捷，火速登陸。二時五十分第二聯隊第一大隊本部及第一中隊先在舊社（今臺北縣貢寮鄉舊社）東方沙灘登陸，隨即武裝戒備，向該村西北高地挺進，驅逐散布在山腳樹林及附近約百名兵勇後占領高地，其他人馬則占領登陸點西方砂丘，布成監控防線，以掩護大軍繼續登陸。日暮時分，天空飄起濛濛細雨。下午六時半，登陸掩護隊悉數上岸。已登陸之部隊依行動分配，手持五萬分之一比例尺地圖穿樹叢、越溪流迅速展開攻防，沿途驅逐毫無防禦鬥志的散兵游勇。在日軍眼中，這些「賊兵」完全不堪一擊。近衛師團兵分數路，迅速占領澳底、雙溪，隨即拉開占領面，朝瑞芳、基隆方向迫進。北海岸這些平靜村落絲毫沒擋著日軍半根腳趾頭。

登陸行動從五月二十九日延續至六月一日，耗費四日。除了風浪強勁妨礙登陸速度之外，樺山對一切尚感滿意。誰都看得出總督一上岸即重重踩下腳印，毫不掩飾其高昂的情緒，他認為吉兆一直跟隨他。

在淡水港外偵察的那晚，士兵呈給他的是一塊石頭，形似臺灣島。擅美言的官員在一旁奉承：「總督，這是您的第一塊領土！」

樺山帶著它踏上臺灣土地。

3 露水

風吹拂四野，雨潤濕土地，乃大自然之尋常小事。然而，若遭逢乾旱季節，得多少露珠落地才能濡濕一塊田呢？

一八九五年五月二十九日，當日軍頂著強風激浪上岸時，你們在做什麼？

苗栗人吳湯興、頭份人徐驤、北埔土豪姜紹祖，以及住在大嵙崁溪流域及桃竹苗一帶的吳彭年、胡嘉猷、黃蒑二、李蓋發、夏阿賢、鍾統、鍾石妹、傅德生、江國輝、呂建邦、蘇力、蘇俊、王振輝、蔡國樑、黃細霧、黃尖頭、劉大用、簡玉和、王阿火、陳小埤、陳憨番、簡生才、詹清池，雲林人簡義，臺南人林崑岡……你們在做什麼？想什麼？五月的暖風吹來，你們聞出裡頭的甜腥味嗎？曾有命相師、測字仙鐵口直斷你們今年犯太歲、需提防血光之災嗎？

五月三十一日，登陸掩護隊在頂雙溪搜得一百五十石糙米，舂杵後還送了一日份糧食給在三貂大嶺的前衛部隊。當這些日本軍人盤坐在樹下、路邊吃著生平第一次但絕非最後一次的「臺灣米」時，散布在北中南各地、即將揭竿而起展開長達六年反抗行動的鄉親父老啊！你們吃著什麼飯、配了什麼菜？

你們絕想不到數年後，自己名列「臺灣總督府警察局」編纂《臺灣總督府警察沿革誌》之〈治匪通略〉一章，你們被稱為萬惡之匪魁、匪首、匪徒。

北部有：詹振、陳秋菊、林李成、鄭文流、徐祿、盧錦春、簡大獅、林清秀、劉簡全等。宜蘭有：林火旺、林朝俊、林少花。臺中附近：詹阿端、林頭。斗六：柯鐵、張大猷、張呂赤、劉榮、陳提、賴福來。嘉南一帶：阮振、黃國鎮、林添丁、田廷等。鳳山附近有：林少貓、方大憨、吳萬興等。

到底有多少匪徒？書中明言不可計數，「唯自明治二十九年（一八九六）至明治三十六年（一九〇三）經處分之匪徒共有五千三百四十餘名，其中僅宣告執行死刑者多達三千四百八十餘名。由此應能推知匪徒實數之大。而不待宣判即予所謂『臨機處置』者，僅雲林地方歸順儀式事變中即有二百幾十名。再者，自三十四年（一九〇一）夏討伐南部匪徒時被殺戮、逮捕者據稱實有二千九百餘名。故改隸後被視為土匪而遭殺捕者前後總計可達一萬幾千名……」

得多少露水落地，才能濡濕一塊田呢？

暴風雨將至，短暫的平靜裡，你們在做什麼？當日軍頂著強風巨浪踴躍登陸，下著毛毛細雨的五月二十九那天，你們在做什麼？

你們曾從搖曳的燈影中預感生命即將終結，故悄悄凝視熟睡中的妻兒臉龐一夜到天明嗎？你們是否在編髮時提著辮子警覺自己將身首異處，故特別眷戀剛起鍋、冒著蓬蓬白煙的米飯？你們曾在大清早打開門乍見天光之時，預知自己將成為朝露嗎？

你們想過沒有，為什麼死的是你們？

4 黃虎旗

自四．一七割臺消息傳出至五．二九日軍登陸這期間，臺灣最流行兩件事：建國與打包行李。照說，這兩股人馬各自焦頭爛額，想的應該是相反的事。然而嘲諷至極，後來卻證明殊途同歸。割臺明文下達後，清國派至臺灣之府、道、廳、縣等文官武將急忙打包行李、內渡離臺。這且不論，怎麼連成天喊建國、要為臺灣赴死的士紳們，暗地裡也命家丁收拾細軟、打聽船期？

大凡一國一社會遭逢巨變之初，尤屬在極受辱之下將落入異族之手且這異族乃以暴虐著稱（橫掃中國在先，強占澎湖在後），當此時，必有愛國、愛鄉之菁英志士登高一呼，發表慷慨之論、鼓勵同仇士氣，以共赴國難、家難為最高榮譽。

「願人人戰死而失臺，絕不願拱手而讓臺。」

「捶胸泣血，萬眾一心，誓死同守。」

「義與存亡，願……誓死守禦。設戰而不勝，請俟臣等死後再言割地……」

這些高難度修辭，這些讓人血脈賁張的口號絕不可能出自販夫走卒、佃農屠夫漁民之手，乃出自他們所尊敬、景仰的士紳手筆。

保衛臺灣之聖戰，即將引燃。

若帶著一些想像重回現場，回到人文薈萃的臺北城，不難看到惶惶然一座城，連城牆都在騷動。做買賣的、看相的、種田的、雇傭的、當官差的、外地來的、洋人……各有各的消息來源卻也大多是謠言。人人臉上六神無主，好不容易剛剛下了決定，偏又來一條小道消息完全推翻那決定。最樂的是作奸犯科之徒，當街搶劫、摸黑擄掠，除非你比他更黑更狠，否則誰能奈他何？走到這一步，社會秩序如暴風中的孤枝鳥巢，完全只能聽天由命。

亂世風暴襲來，每個人即使茫茫然，也得茫茫然地為自己與家人的未來做出決定，並且決定要不要把自身存亡與臺灣的存亡捆綁在一起。

約略推敲，當時社會存有幾類人：

第一類，收拾家當、攜老扶幼早早渡回大陸。他們大部分是官差，其餘則是不拿變局當玩笑、奉「走」為上策的人。

第二類，持觀望態度，通常是縱橫商場、薄有資財者。他們熟稔求生門路，表面上不露聲色，暗地裡沙盤推演、使銀兩掘了好幾條渠道，不管清廷、日本誰當權，要走要留他們都有本事毫髮不傷。

第三類是活躍於上層社會的官員、士紳，憤憤然以家國興亡為己任，在內外求援無望之後，共舉建國大纛，招兵買馬誓言為臺灣拋頭顱、灑熱血。

第四類是識得一些字但聖賢書讀得不多或是目不識丁者，他們非官非商非士，或為各莊頭、村落具影響力之人即所謂「地方有力人士」，或是工、農階級但平日頗有見地。他們受到慷慨激昂的愛國言論刺激，挑動其隱含在性格裡墾拓者後裔所持有的保鄉衛土意識及拚搏到底精神，遂熱血澎湃、義憤填膺。這群人身上大多存著祖上數代累積的捍衛鄉土觀念與「械鬥」氣力，長期以來與原住部族之間的爭執、糾紛，亦使其居所——村落或莊園仍殘存防禦、戰備設施。如今，日倭既蹂躪中國又要吞噬臺灣，「侵略者」之暴虐行徑令人髮指，凡血性男兒無不求與敵人決一死戰。

第五類，無業遊民、土棍、盜匪、惡徒、投機分子、乞丐、過客，他們或是本地人，或為清廷遺下之兵員——部分為一八九四年清廷下令臺灣「辦防」時，巡撫邵友濂與隨後繼任的唐景崧為擴充兵員、增強軍備自大陸各省招募而來的雜牌兵。這些人陸續成為亂源，專擅趁火打劫勾當，四處流竄如蝗災，民眾不勝其擾。

第六類，即是廣大的基層老百姓，他們如一地之山川，不管局勢如何動盪，只要日子還能往下過（究其實，除了咬牙往下過，也別無他路可走），誰來統治，不都一樣嗎？他們本是窮慣了的底層百姓，再壞還能壞到哪兒去呢？這一想，也就天下太平了。

此六者各有各的路，一、二類信奉見風轉舵、「西瓜（偎大邊）理論」，不需他人操勞。第六類與世無爭，唯最恨第五類來擾。眼下只剩下三、四類，決定將自己的存亡與臺灣之存亡捆綁在一起，一類建國，一類抗日，二者理念相同，行動一致——至少，剛開始是這樣的。

馬關簽約次日四月十八，丘逢甲這位「慨然有澄清天下之志」的才子、時任全臺義軍統領，率全臺士紳上書反對割臺，巡撫唐景崧亦電奏清廷意圖挽回。往後期間，局勢極為動盪，前途曖昧不明。後確定清廷放手列強無意干涉，內外頓然無援。五月十五、六日，清廷接獲臺灣紳民電文，謂「臺民不服屬倭，權能自主」，建國之路風雲初起。二十一日，各方菁英領袖：丘逢甲、林朝棟、陳儒林、陳季同等在臺北籌防局聚會，召開國是會議，「臺灣民主國」建國大政底定，共推唐景崧為總統，丘逢甲任副總統。遂火速鑄銀質印章「臺灣民主國總統之章」，制「藍地黃虎旗」。這條路不能回頭了。

歷史上找不到幾個當官的像唐景崧這麼倒楣——那些人不管因何緣故倒楣總歸是丟官掉腦袋吧，唐景崧不是，他不僅升官升到頂點（總統），而且還活了下來。

從馬關「割臺」開始，唐景崧人在其位不得不以巡撫名義上幾份抗議公文、發幾封求援信，其實他打從心底發悚。從一八九四年十月接巡撫大印不過短短六個月，就碰上史無前例的「割臺」巨變，看這局勢是泰山將崩於前，而他壓根兒不想當那個「面不改色」的人。他早想離開臺灣。五月二十日，因臺灣士紳發表「權能自主」言論，清廷當局唯恐日方怪罪，且日方亦告知樺山資紀等已出發來臺準備接收，清廷遂下詔命唐景崧及全省各文武官員內渡，以示積極部署主權移轉事宜。當此時，唐景崧更是恨不得插翅飛出，奈何身不由己，硬是被那些口口聲聲喊著愛臺、保臺的士紳們拉住手腳給留下來穩定大局，其手法幾近綁架。

那陣子，唐景崧常常犯糊塗，到底自己是何人也、身在何處、該效忠哪個主？整個人恍恍惚惚地飄著。他一心想走又走不了，只得眼睜睜看底下的大官小吏十萬火急打包行李、雇搬運夫、訂船班。來向他辭行的絡繹不絕，辭得他火冒三丈，血壓竄高。他一個這麼大歲數的人，照說仕途憂患、江湖風浪什麼場面沒見過，早該練就一顆鐵丸心來應對進退，至少留一點風骨讓後人探聽。怎料碰到這事兒，一輩子修練皆毀於一旦，他跟貪生怕死的小老頭兒沒啥兩樣，差別只在那身官服脫不下來。那幾日，唐景崧最盼天黑，好趁著三更半夜起床，偷偷摸摸整理幾件他認為再怎麼倉促都得帶走的物件。躡手躡腳，不敢驚動門口侍衛，他認為那幾個一臉橫肉的兵都是監視他的。

五月二十三日，〈臺灣民主國自主宣言〉發布，撮其要：「與其事敵，寧願戰死」、「臺灣全島自主，改建民主之國」。正、副總統唐景崧、丘逢甲，總統下轄三個衙門：內務大臣俞明震、外務大臣陳季同、軍務大臣李秉瑞，抗法名將、「黑旗軍」統帥劉永福為大將軍，守備南部。另設立議院，推舉臺灣巨紳林維源為議長，但他有自個兒的盤算未就任，旋即渡回漳州原籍。

五月二十五日，「臺灣民主國」正副總統就職大典。臺北紳民敲鑼打鼓、沿街燃放鞭炮，民家紛紛扶老抱孩出門觀望，其盛況宛如節慶。炮杖劈啪作響，煙花炸得雲霧燦爛，民心士氣被鼓得滿脹，一掃連月以來之鬱悶、惶恐，民眾歡騰之情逐漸升溫，許多人感動得熱淚盈眶，人群中不時響出令人振奮的口號：「免驚啦，有自己的國嘍！」「臺灣有救了！有救了！」民眾見隊伍中黃虎旗及總統印通過，還紛紛下跪膜拜，如瞻聖容。

人潮簇至巡撫衙門，丘逢甲等人奉呈民主國總統之印及黃虎國旗，民眾歡呼聲雷動；唐景崧著朝服出，神情木然、兩眼凹陷顯然一夜未眠，他先朝北京紫禁城方向行九叩首之禮，接著北面受任，此時「萬歲」呼聲直上雲霄，接著放禮砲二十一響，不知是覺到歷史鐵軛重重落肩令他驚懼異常還是砲聲隆隆嚇壞他，唐景崧居然嚎啕大哭起來。

「哭爸呀！壞吉利！」人群中有人嘟囔著，隨即鑽出重圍，消失而去。

算是建國了。

雖然號稱民主國，其實只是拒日策略之運用，意圖藉建國之法將臺灣問題突顯為國際問題，祈列強出手干涉，伸張國際正義，是以與大清臍帶未斷。唐景崧於就任文告中亦明言：「惟是臺灣疆土荷大清經營締造二百餘年，今雖自立為國，感念列聖舊恩，仍應恭奉正朔，遙作屏藩；氣脈相通，無異中土。」年號「永清」，即是「永戴聖清」之意。就連黃虎旗上那隻姑娘繡花般半貓半虎的「虎」，也是大臉朝向北京皇帝那兒，腳下踩兩朵小雲，怎麼看都是歸心似箭、投懷送抱的模樣。歷來御駕親征、將帥出師都得祭旗以振雄威，面對這支頗具童趣的虎旗，加上身分曖昧、認同錯亂——既獨立建國有國號、國旗、正副總統、軍隊，土地、人民、主權皆備，卻又遙奉大清正朔，弄得國不國、民不民、兵不兵。這旗該如何祭呢？

姑且不論真建國或假民主，非常時期之名相乃權宜之策，眼前要務即是全體動員、浴血抗日——「自主宣言」不是說「與其事敵，寧願戰死」嗎？而當時臺灣全島之兵員、軍械彈藥、餉銀堪稱充裕，雖敵不過富國強兵之日本，要擋下一兩個遠洋而來的師團應該不是難事。

遠的不說，光說一八九四、九五兩年，在邵友濂、唐景崧兩任巡撫任內，臺灣花在辦防、建軍、募兵上的銀子，何止如流水！

根據曾在一八九四至九五年參與辦防事務、時任臺灣省軍械局委員陳昌基所著《臺島劫灰》一書記載，臺灣在一八八五年設省後，防軍規模為三十六營，各海口砲臺十一座，另因推動開山撫番政策，設有隘勇兩營。掌管防務之相關部門有：軍械局、籌防局、製造局。一八九四年六月下旬，因朝鮮情勢緊張，清廷下令臺灣辦防以堅攻守實力。當時臺灣巡撫為邵友濂、藩司為唐景崧（撫、藩皆駐於省會臺北），臺道為顧肇熙、臺鎮為萬國本（二者皆駐臺南）。巡撫邵友濂奉詔立即於七月起展開部署，派人赴大陸招募新兵、擴充軍備、聘軍事教練、移防等相關業務陸續推行。

據載，邵友濂與唐景崧對辦防事務各存意見，未能攜手同心。邵奏請朝廷添派統兵強將以助防務，於是，福建水師提督楊歧珍、南澳鎮總兵劉永福奉旨來臺「幫辦防務」。

八月，楊歧珍帶數營兵力抵臺，另添募十營分駐基隆、滬尾、臺北三處。十月，劉永福率黑旗軍舊部抵達，另添五營移駐臺南。

辦防事涉絕對的權力與龐大利益，調兵遣將之間不免興起波瀾，表面上大官小吏和衷共濟，背地裡暗潮洶湧。十一月，邵友濂改調湖南巡撫，唐景崧接任，大掌兵符，仍以厚集勁旅為首要，防務持續推動。其方向不出：一、募兵：大量招募湘勇、粵勇來臺。二、軍購：

添購軍裝、槍枝、砲彈、兵輪等。三、掘地營：在基隆、滬尾兩地擇山海要衝處掘坑道，深能蔽人，廣約一、二畝，做為埋伏、襲擊之用。四、組織義軍：命丘逢甲廣募民丁以輔官兵之不足，採「編伍在鄉，有事擇調，再給糧械」方式；丘趕募二十營，統領全臺義軍，分紮南崁、後壟、大甲一帶。五、調防換將。六、籌措財源。七、聘洋人五名協助管理砲臺、教習水雷。

如此辦防，可謂聲勢浩大。思痛子《臺海思慟錄》一書有極為生動的描寫：

「自十月初（陰曆，一八九四年）招募，迄歲晚，全臺報成軍者約五、六十營。次年春，編入伍者號百四十營之多。一時湘、淮、閩、粵、土、客諸軍，風聚雲屯，號三百數十營，兵力不可謂不厚矣。」

「三百數十營」兵力應是浮誇之數，至於誰在「浮誇」，則是機關奧妙所在，值得另案深探。據日本陸軍參謀部一八九五年五月中旬所推算「臺灣清軍兵力」（澎湖已陷，故不含），全臺兵力約三萬三千人：北部一萬二千九百人，中部以義軍為主共約一萬二千人，南部八千三百人。這數字較合理。

唐景崧辦防自有其戰略部署之見解，未必獨到但獨斷。一島三分，北中南各有強將坐鎮，儼然成鼎立局面。他將防務火力集中於澎湖及北部之基隆、滬尾等重要戰區，由他統領、號令。中部大將有丘逢甲、林朝棟、楊汝翼，南部則由劉永福鎮守。

至於軍械、餉銀亦屬充盈。軍械方面，「製造局」每月能製黎意、毛瑟、雷明頓槍子彈十餘萬發，砲彈、火藥也能自製。另外，亦派員赴上海、香港採購槍砲彈藥，又咨請各省接濟，軍械充裕可想而知。餉銀部分，據思痛子云：「全臺歲入正雜各款三百數十萬兩。至是，諸款雖減，應納丁糧除外，屬留募防勇外，亦可解十之六。庫儲銀約六十餘萬兩，奉部撥接濟款五十萬兩，南洋大臣張之洞密為代陳餉絀情形，荷蒙濟餉百萬兩。……此外息借民款，全臺約二十餘萬兩。有此數款，可無餉缺之虞矣。」

要兵有兵，要槍械有槍械，要錢有錢。加上建國抗日口號響亮，理應鬥志高昂、戰力強悍，怎麼算都應該是一場勝仗。

除非一切都是一場政治秀，比賽誰喊的愛臺、保臺、護臺、殉臺口號震撼人心；除非辦防、建國皆是暗幕，以掩飾鯨吞蠶食、利益分贓之實；除非一切都是世紀末最後一齣街頭行動劇，考驗觀者分辨真偽與虛實、看破夢幻與泡影的能力。

怎麼算，都該是勝仗，除非兵不聽令、將各思逃。

5 簡大獅之尋常一日

我指認你，從千萬人之中。

你抬頭看看天色，時為陰曆五月初二（陽曆五月二十五），這海島處於梅雨季與夏日雷陣雨之間，天空陰霾，雨，恐怕會下。

即使相隔一百零六年，陰曆五月的脾氣依然是蟄伏與騷動並存、陰鬱與暴烈同出。梅雨才收腳，怒雷即破空而來。五月是所有生命力出動的季節，也是一切險峻故事的最後關口。五月，雲忙雨亂，要亂到讓人頓足捶胸，亂到暗淚不乾，才甘願。

你沿著臺北城的石板路漫無目的地走著，地上的鞭炮屑積雪似地，一揚腳仍嗅得出煙硝味。從大稻埕走到艋舺，沿街商號關門的多，做買賣的少，你常光顧的那家鹿港人辜姓開的「瑞昌成」雜貨店也是歇業中。照理，初五端午節將至，應有辦貨人潮，商家、小販無不趁此大發利市；眼下卻是冷冷清清地，一座城癱了一半。民家也只敢把被單、衣物晾出來，往常騎樓下老人泡茶走棋、小兒追逐嬉鬧的場面消失了。反倒是路旁每隔幾步即堆著廢桌椅、家用雜物，那是全家渡回廈門或到鄉下避風頭的人丟出來的。路人瞧見不免停步翻找，揀一兩件用得上的帶走，臉上還笑著，那是無處可去只能杵在這兒過日子的人。你看在眼裡，心更沉了。

走得渴了，路邊木架上一只木桶寫著「奉茶」二字，你掀蓋一看，半滴水也沒。才想起從大清早到現在過了未時，粒米未進、滴水未飲。以前，你要是到這一帶總會在廟口的吃食小攤扒五、六碗滷肉飯，再找「奉茶」桶灌水了事，你是做工的人，給人雇傭，不能挑細工粗活，只要肚子裡有飯，你的力氣就猛。

餓肚子的難受比不上渴，口渴的難受又比不上在你腦海裡不斷迴響的二十一響禮砲。當時，你的心臟被那聲音震得揪成鐵球，全身血液向此匯流、沖激，一股莫名的力量不知自身上何處升起，速速然自眼眶飆出，彷彿運行天地一周，挾閃電、江海、叢林、猛獸與土石泥沙，又從頭頂百會穴灌入。你齜牙咧嘴，立在黑壓壓的人潮中，驚覺那瞬間體驗令你眼淚奪眶。你回過神，恰恰好看到唐景崧正在大哭……。

「哭爸呀！壞吉利！」你說完，竟對臺上那些赫赫有名，平時受人信任、景仰、追隨的官紳大爺起了厭惡之感。這讓你自己嚇了一跳，不禁愣住。你一個雇傭為生的人，雖然結交不少拜把、換帖，同行的勞工兄弟也敬你幾分，但你永遠無法跟穿戴朝服的官爺、飽讀詩書的士子相提並論，他們的世界高高在上，有權定百姓前途，有勢論他人生死。所有人都相信他們讀聖賢書、歷經科考，擁有一般人無法想像的智慧與識見，能為百姓決定未來。你對他們是信任的。平時，你與弟兄們高談時局、臧否人物，毫不掩飾對唐景崧、丘逢甲、劉永福等人的崇拜，你認為他們都是真正為臺灣賣命的人，是你的精神領袖，沒人敢在你面前批評他們半句。

你只不過愣了一會兒，感覺卻像一甲子之久。你看到瘦得跟柴似的唐總統似乎肩頭抖動繼而牽袖抹臉、一副老淚縱橫模樣，你看不下去了，速速鑽出重圍。在你背後，民主國的歡騰之聲直上雲霄，可在你胸口彷彿被巨石壓著，越走腳步越沉，快墜崖一般。走了一段路，在聽不見人聲的荒郊野外，你才抬頭看看天色。其實不看也知道雨遲早會落，你只是本能地藉著這動作掩藏臉上的痛苦表情：你終於向自己承認，剛才從唐總統身上看到的是你自幼最不能忍受、極不屑的兩個字——懦弱！

所以，我指認你，指認二十七歲血性男子眼中閃閃發亮的破滅淚光。

你，簡大獅，原名忠浩。祖籍福建省南靖縣梅林鄉長教坎下田邊社，乃長教簡氏開基祖簡德潤第十七世孫，屬遷臺第四代。宜蘭小東門人，乙未年時居於臺北芝蘭堡（今士林），雇傭為生。

你長得不算高，大約一百六十七公分；一張圓扁臉配了濃眉大眼，頗有懾人氣勢，往下凸出獅仔鼻，面相緩和，添了幾分溫煦。從小，在鄉里間你就是個讓人頭痛的孩子，好打抱不平的個性使你招惹許多事，這些事又大多以拳頭解決。你這種橫衝直撞的性子讓家族提心吊膽，就怕你鬧出大爛攤。傳聞中能降妖伏魔的香灰、符水也不知偷偷讓你喝了多少。一八七三年，大鬍子馬偕牧師首度到噶瑪蘭，此後積極在那兒蓋教會佈福音，你家人還一度想把你交給洋人的神管教管教。

青少年時期，你曾隨族親回南靖縣長教探親，並在祖籍武館習武。某日，你們這些徒弟們閒來無事比力氣，看誰能舉起武館前的石獅子。依你體力，要舉起那麼重的石塊有點勉強，可你個性中不服輸的成分被激出後休想罷手，你不只舉起石獅，還咬緊牙關繞弄堂一周，一張臉漲得血紅。眾人心服口服，鼓掌叫好。有人見你臉紅脖粗，力道飽足，當場呼了「大獅」綽號。就這麼叫定，成為你一生的名。

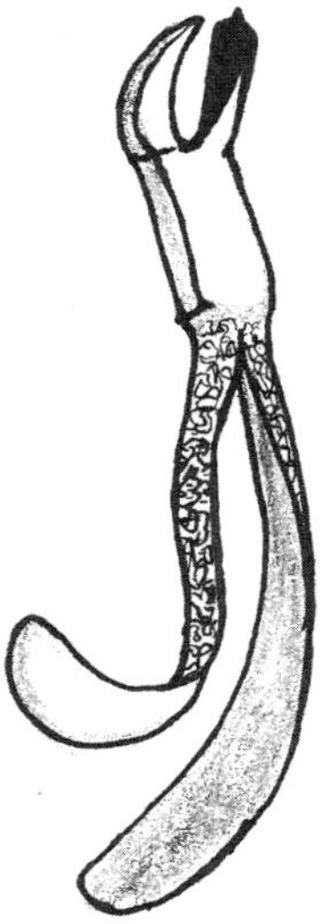

・馬偕的拔牙鉗

家人留你在武館習武三年，原盼藉武學之道收束你的浮躁之氣，養「戒急用忍」功法，改一改好出頭的毛病。你果然習得一身好功夫，卻也把行俠仗義的性格養得更尖銳。獅子是慵懶成性的，「睡獅」之名頗為傳神。若你用了獅號得幾分懶洋洋的獅性倒也好，偏偏你成天雄赳赳、氣昂昂，專等著路見不平、拔刀相助。

某日，你在廈門，途中遇見一洋人欺凌中國人，有個中國人在一旁看熱鬧，還看得津津有味、神色得意的樣子。本來這不干你事，路過就是了。可你哪裡能忍，一把火竄上腦門，指著那個看熱鬧的中國人破口大罵：「看自己同胞被洋人欺侮不感到羞恥還笑，你這種人簡直無恥到極點！」洋人見你凶，摸摸鼻子走了。

你就是這火爆性子，星火燎原，全然不計後果。你認為男兒生於天地之間，就該有赴湯蹈火的氣概，你最恨懦弱。

雖然你跟上帝合不來，可是跟馬偕牧師還挺有緣的。你先祖曾在滬尾立業，尚有一些人脈基礎。後來你離開宜蘭（一八七五年改噶瑪蘭廳為宜蘭縣）北上闖蕩，即在滬尾（淡水）、金包里（金山）、芝蘭堡（士林）一帶工作。淡水街上馬偕的教會、醫館附近，是你與朋伴常常活動的處所。馬偕有本事蓋了淡水女學堂，讓三十四名噶瑪蘭族少女離鄉背井來讀書認字，可他始終無去讓你投入主的懷抱。雖然如此，他還沒放過你。有天，你自己送上門，馬偕取出鋼鉗，狠狠地拔掉你的爛牙。

當你摀著發腫的臉頰踏入「偕醫館」時，你壓根兒不知也無從知道，造物者這位全能的神有時會在不起眼的細節玩一些自娛娛人的小把戲。拿你來說吧，馬偕拔了臺灣人兩萬多顆牙的輝煌業績中有一顆是你的，日本人掃掉的一萬幾千顆「匪徒」腦袋中，也有一顆是你的。你的人生是你的，還是祂眼中的芻狗呢？

至少至少，一八九五年五月二十五日那天你還活著。月出時分，你胸口悶著破滅之後的痛苦，坐在淡水碼頭附近眺望遙遠的海洋。港內舟楫繁忙，懸著洋旗的船舶鳴笛出航，緩緩離開臺灣。

啊！亂世將至，你得好好想想路該怎麼走？就在前所未有的無力感困住你的同時，淡水港外，東鄉平八郎指揮的偵察艦艇也正在尋找最佳的登陸點。

雨，終於落下。

6 傷心六月

怎麼算都該是一場勝仗，除非兵不聽令，將各思逃。

六月的雨不曾斷過，像一個哭喊的婦人。對日軍而言，五．二九登陸後最大的考驗來自臺灣複雜的山形地勢及暴雨。皇天后土都曉得擋一擋，國軍（不論清國或民主國）在哪裡？

六月二日，李鴻章之子李經方搭乘懸掛德國國旗的「公義號」座船抵臺，代表清廷與日方辦理交接。由於先前憤怒的臺灣紳民視李鴻章父子為「賣臺罪人」，揚言必斬殺之，李經方遂不敢上岸，要求日方在海上辦理。樺山資紀允之，命「辦理公使」水野遵與李經方磋商相關事宜，在基隆外海進行一場史無前例且貽笑國際的海上移交儀式。那日恰有輕颱來襲，海上強風大作，雙方人員紛紛暈船，至夜間，終於在顛盪中簽下《臺灣及澎湖列島授受條約》：

……日清兩國全權委員交接，明治二十八年四月十七日即光緒二十一年三月二十二日，依下關所締結媾和條約第二條：清國永遠割讓於日本之臺灣全島及所有附屬各島嶼，並澎湖列島。即在英國格林威治東經一百一十九度起至一百二十度止，及北緯二十三度起至二十四度之間諸島嶼之管理主權，並別冊所示各該地方所有堡壘、軍器、工廠及一切屬公物件，均皆清楚。……

附件：臺灣全島及所有附屬各島嶼，並澎湖列島所有堡壘、軍器、工廠及一切屬公物件清單：

一、臺灣全島及澎湖列島之各海口及各府縣所有堡壘、軍器、工廠及一切屬公物件。

二、臺灣至福建海底電線，應如何辦理之處，俟兩國政府隨後商定。

從未踏上臺灣土地的李經方只求速速把手續辦妥好返航回京，「臺灣」讓他厭倦無比。是以移交條約清單中乾脆含混籠統一筆帶過，最後連海底電線歸屬問題亦以「我國政府連臺灣島都移交貴國政府，區區海底電線的所屬問題沒有必要爭議」作結，說完自己開口大笑。六月三日零時三十分文書一交換畢，李經方一行人立即開船回京。當天，樺山資紀以總督名義發布接收臺灣、安撫民眾的公告，民政局長水野遵也向駐臺灣的各國領事發表聲明。

從這一天起，東經一一九至一二〇度、北緯二十三至二十四度範圍內，一切海浪與浮雲、一切花香草色、蝴蝶與蛇，一切少男少女的癡情與不斷增長的墳墓、一切甘蔗與鹽，都屬於日本。一切言談的舌頭與傷口、一切處女童貞與男子頭顱，也歸日本所有。

另一方面，日軍登陸後推進至瑞芳，下一波攻擊重點即是基隆——此地是臺北前哨，基隆若下，進臺北如探囊取物。基隆約有守軍三千（一說六千），由張月樓統領。

日軍決定海陸合擊，一舉拔下基隆。

六月二日，常備艦隊「松島」、「千代田」、「浪速」、「高千穗」、「大島」在基隆外海布陣，展開鎖喉之勢。六月三日拂曉行動，當時李經方的座船已經駛離，他看不見也聽不到近衛師團士兵自基隆東方高嶺切入發動攻擊、海上船艦同時砲轟助陣的場面。大雨滂沱之中，火光四起，煙霧漫天，基隆市街大亂。日軍未遭到太多阻擋，舊清國兵聞砲聲而喪膽，兵勢混亂，惶惶然不堪一擊，與日軍一遭遇即潰散。這些不戰而敗逃的舊清國兵（大多是招募而來的湘勇、粵勇）轉而四處橫行，侵入民宅掠奪、搶劫，民眾驚駭得呼天搶地，全然束手無策。一批批逃離的官兵、民眾如蝗蟲湧入基隆火車站，槍枝、彈藥箱、旗幟軍服及箱籠、包袱散亂一地，彷如亂葬崗。火車即將開動，黑壓壓的人潮蜂擁而上，如密密麻麻的黑蟻吮著一截殘肢；無力鑽上火車的傷患、老人與婦孺則到處慘叫、哭喊，原本祥和的基隆市街頓成恐怖之城。

李經方看不到這一幕，整個中國的皇帝、文武百官也看不到這一幕。只有豪雨，繼續為雨港而哭。

獅球嶺是扼守基隆的天險屏障及軍事重地，由基隆通往臺北的鐵道穿嶺而過，隧道口有劉銘傳親題「曠宇天開」匾，嶺上設多處砲臺，俯瞰整個基隆港區。由於此處屬要害之地，唐景崧曾調派抗法名將「獨眼龍」林朝棟指揮之「棟軍」駐守，戒備森嚴。日軍掃過市街後，決勝關鍵即在獅球嶺。午後，雨勢轉強，天地一片蒼茫。日軍於暴風雨中數度欲攀越獅球嶺之斷崖險坡而不可得，連續砲轟與搶攻亦陷入膠著。遂分數路，潛入野樹叢林中尋找空隙攀嶺而上。天險如天助，無奈嶺上守軍「臺勇」與「粵勇」內鬨亂成一團，真應了「內鬥內行、外鬥外行、不鬥不行」俗諺。日軍節節而升於半山腰插上日章旗，趁守備空虛迅速攻上，守軍見日軍攻嶺，或棄砲丟槍脫軍裝亡命奔逃，或一陣亂槍掃射後急急撤退。逃得了的逃，逃不了的投降。一個時辰不到，獅球嶺失守，基隆正式淪陷。

日軍攻下基隆後，將擄得的戰利品、俘虜集中於「昭忠祠」前廣場，所有參戰士兵一起合影留念。據其戰利品清單所載，得：

俘虜一一三名　重砲十四門　輕砲二十九門
槍枝一千多挺　精米一百石
彈藥：砲彈五千發
　　　子彈六十萬發
　　　火藥一千餘箱

參與基隆之役的近衛師團士兵約四千人，官兵死四傷二十六；三千名抗日軍則死二百降一一三人，其餘潰逃，遺下堆積如山的軍械武器。這一戰，是臺灣官方軍隊抗日的最後一役，戰況如此，夫復何言？

多少民脂民膏投入辦防、建軍的無底深坑，竟辦出如此國防，這般軍隊！

自古至今，軍購兵餉是人人爭食的肥肉，臺灣自不例外。掩藏在募兵辦防名目下，經辦者之貪汙、索扣、浮報技巧層出不窮。《臺島劫灰》書中不乏實例：「上海轉運局會辦徐士愷購到瑞士洋行不知名目大小前膛『鏽砲』十八尊，砲架零件均無，計價銀六萬兩。據云是從前英國攻打廣東時所用的廢砲。」當時租一艘大輪船的月租費是三千兩，可見六萬兩不是少數。離譜的是，退還十八尊廢砲運回上海的運費二萬兩，還得由臺灣出，總共白白丟了八萬兩銀子。即使是初出茅廬、駑鈍不才的公務員也不至於如此，錢進了誰口袋？機關算盡的聰明人心裡有數。此外，浮報軍餉的情形極嚴重，明明不及百營竟誇報成三百；《臺海思慟錄》作者亦點名丘逢甲：「數月之間，逢甲領去官餉銀十餘萬兩，僅有報成軍之一稟而已。」（另一句話是：「縻帑十餘萬，僅報一軍之成」）由此可知藉募兵而中飽私囊者大有人在。而大費周章跨海募得之湘、淮、粵勇，甚至不乏雞鳴狗盜之徒、江洋大盜者流，無怪乎一開打即棄械逃逸，轉而擄掠民宅。臺灣歷兩任巡撫經辦防務，至此證明徹底失敗。獲利的永遠是緊密勾結的官商利益共同體，《臺島劫灰》作者坦承：「計臺省辦防一年，大小各官無不利市三倍，即昌基（作者）亦復稍沾餘潤！」

臺灣變天，這些吃香喝辣的官爺們如何應變呢？

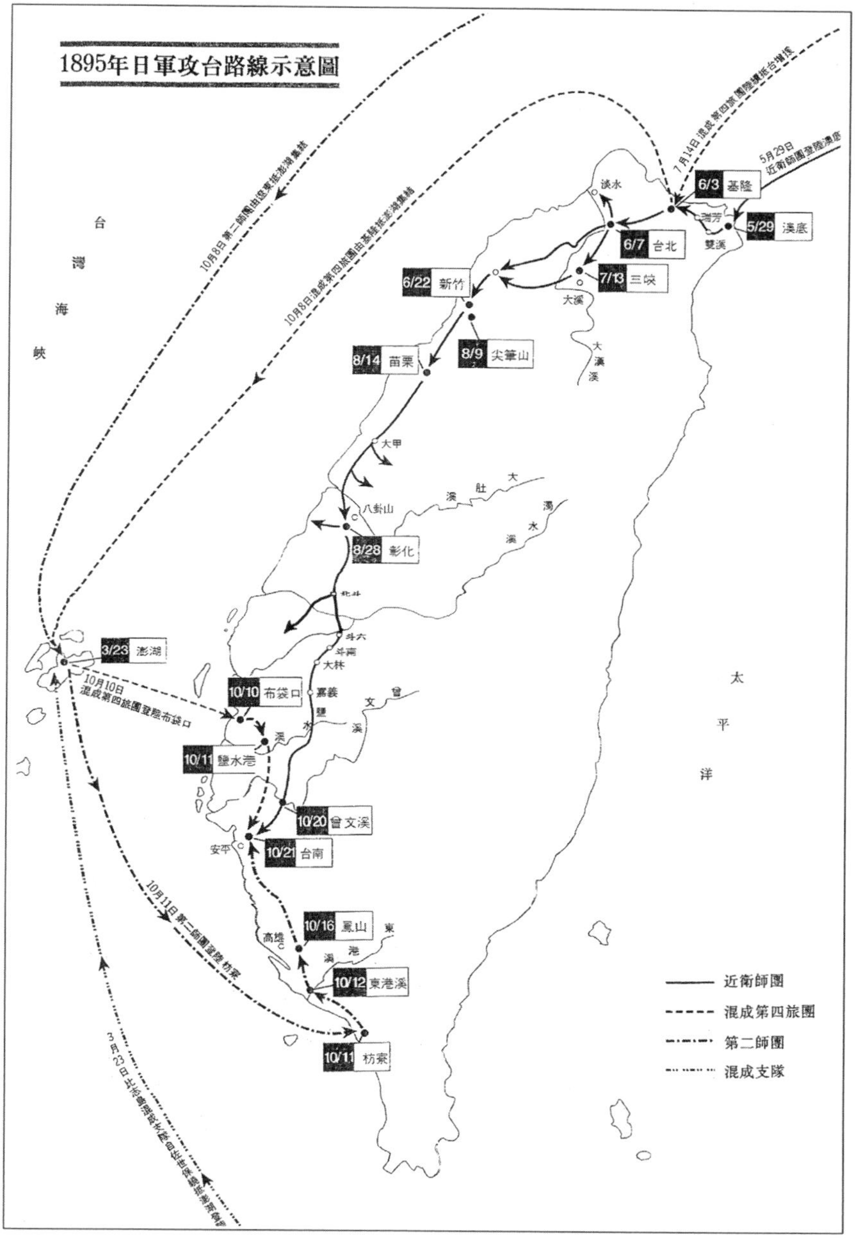

1895年日軍攻台路線示意圖
台
灣
海
峽
太
平
洋
6/3 基隆
5/29 澳底
瑞芳
雙溪
淡水
6/7 台北
7/13 三峽
大溪
6/22 新竹
8/9 尖筆山
8/14 苗栗
大甲
八卦山
8/28 彰化
斗六
大林
嘉義
3/23 澎湖
10/10 布袋口
10/11 鹽水港
10/20 曾文溪
安平
10/21 台南
10/16 鳳山
高雄
10/12 東港溪
10/11 枋寮
近衛師團
混成第四旅團
第二師團
混成支隊

(摘自:《攻台圖錄》,遠流)

清廷一紙內渡令，大官們聽令行事，對臺灣無半點兒道德、道義上的留念。「自藩司顧肇熙以次皆遵旨去位，楊歧珍亦率所部巡回廈門。」思痛子云。

這還情有可原，理論上他們是清廷官員，朝廷割了臺灣要他們撤，能不遵旨嗎？再說，他們沒喊過「與臺灣共存亡」，要走也是人家的自由，不能怪。

但是，那些以慷慨言論喚醒百姓之民族大義，復以激昂情緒點燃抗戰戰火、汲汲然欲為家國捐軀的民主國總統、副總統及大臣大將們一個個潛逃偷渡，棄臺灣於不顧，這就無法諒解了。

基隆失陷次日六月四日，俞明震等力勸唐景崧退守新竹，俾與林朝棟、劉永福聯手禦敵，唐不應。當天晚上，唐景崧喬裝成小老百姓，以鉅款買通衛兵逃離撫署、乘小火輪趕至淡水登上「雅打（Arthur）」號，正欲開船，遭追趕而來的李姓軍官砲轟攔阻，後經海關稅務司馬士（Morse）出面以銀三千元買通李某，始得放行。據云該船至六月六日始離港至廈門。唐景崧逃離臺北當晚，撫署大亂，土匪、游勇搶劫藩庫（約有庫銀二十四萬餘兩）、軍械廳及火藥庫，各路人馬廝殺慘烈，一晚上傷亡六、七百人。

沒多久，副總統丘逢甲「亦挾款以去，或言近十萬云」（連橫《臺灣通史》），「棟軍」統帥林朝棟內渡而去，陳季同等諸大臣同樣「挾貲宵遁」（思痛子語）。

既然「宰相有權能割地，孤臣無力可回天」，當然得在關鍵時刻「識時務者為俊傑」，為一己之身家性命盤算，保存青山不怕來日無柴可燒。所以「潛逃」的另一個合理化解釋是：

為將來的復國大業忍辱偷生、以大局為重。至於眼下抗日聖戰，則留給無處可逃的老百姓去扛吧！

信誓旦旦的政客、將領跑了，「士農工商」跑了士與商，剩下廣大的農民與工人，他們之中有一群不諳「時務與俊傑」之深奧道理的人，傻傻地持槍撲向日軍。他們是日軍眼中殺無赦的「匪徒」，是其他老百姓心中破壞政局、擾亂社會的「頑民」，是後世口中吞吞吐吐欲語還休、不敢也不知如何定位的「砲灰」。

「十日總統」唐景崧潛逃之後，臺北群魔亂舞，混亂空前。一批外商與本地商紳會議對策，為平定亂局、保障身家財產安全，另一波「識時務為俊傑」的行動出現了：迎日軍入城。

日軍陷基隆後，總督府暫駐於此。由於臺北乃首府，料想必定精銳盡出、固若金湯，故不敢貿然前進，僅派偵察隊刺探軍情。豈料天佑皇軍，首善之都得來全不費工夫。

六月六日午後，一位名叫辜顯榮的艋舺商人冒雨到基隆求見總督；言臺北空虛，土匪四處燒殺擄掠，良民百姓引頸盼日軍早早入城。不多久，又有幾位外國人聲稱受大稻埕外商及紳商李春生等託付，向日軍表達相同訊息。近衛師團偵察隊亦回報錫口（今松山）一帶，民家豎白旗歡迎日軍。樺山總督與能久親王喜出望外，原料想臺北既是政經首腦區又是軍事指揮中心，該是何等森嚴！五月二十八日時，樺山在淡水港外見識砲臺守備實力才決定改往三貂角登陸，當時即憂心取臺北必有一番苦戰。臺北若不下，則臺灣難定；臺灣不定，則軍團在此孤立作戰禁不起消耗，終究會彈盡糧絕。一旦臺灣控制不住，日本在大中國地區的威勢必定動搖。屆時，樺山只有切腹一途。牽一髮而動全身，臺北正是那根令樺山寢食難安的髮絲。如今，臺北居然空城以待，怎不令他欣喜若狂？當夜，軍隊立即朝臺北開拔。七日清晨，大軍抵達臺北城下，除了少數守兵胡亂開槍繼而一哄而散外，日軍未受到任何攻擊。當時北門緊閉，一名賣粿婦人陳法自城牆上施放竹梯引日軍入城。事後，能久親王還頒「褒賞狀」給她，賜賞金五圓，以表彰她的功績。

六月七日清晨六時三十分，日軍不費一兵一卒邁進臺北城。一個禮拜之後，樺山一行人進入臺北，在原清廷「布政使司衙門」，亦即是民主國總統府（今博愛路中山堂一帶）開設總督府。

讓樺山感動的是，唐景崧留下豐厚的禮物祝賀他上任。據《臺島劫灰》估算，臺北失守後府庫內留有大批軍械：「前、後膛槍約十餘萬桿，其中前膛來福槍最多，約有四萬，次則毛瑟約

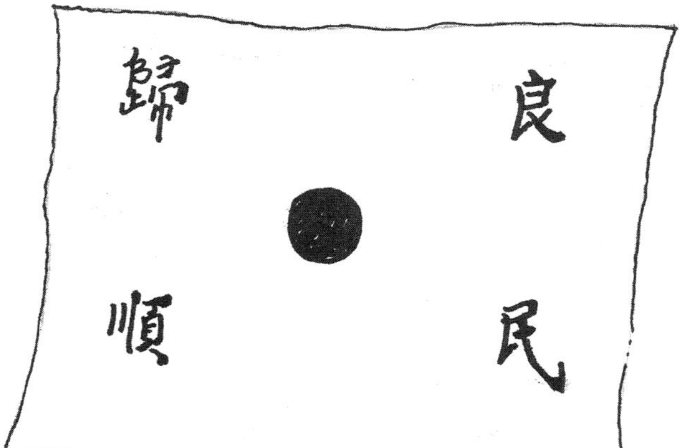

掛在民家窗户的「歸順良民」旗，說明了亂世裏小老百姓的驚慌。

三萬左右。毛瑟子彈一項，除發出各營外，庫存二百八十萬。大小砲位約三、四百尊，全臺各口每砲一響，計需火藥八千四百餘磅，各口砲臺及行營備用大小砲藥，每砲約存五、六十。」攻陷基隆後，日軍喜孜孜與戰利品合照留念。到了臺北，場面大到無法照相了。而這些槍砲彈藥，用來掃除中南部的抗日軍，應是綽綽有餘。從此，除一九一九年遷入新總督府（今總統府）之外，日本的臺灣總督府在臺北城內屹立不搖。

二十一響禮砲再度響起。「始政式」典禮上，五、六百名與會人士肅穆地聆聽軍樂隊演奏日本國歌。午後的天空晴朗，島嶼微熱。遠星在天際閃現的時刻，晚宴開始。

這天是六月十七日，臺灣正式進入殖民時代。也是從這一天起，日人修正了傳聞中「臺民驃悍」的印象。在慶祝酒會中，當樺山總督高舉酒杯接受二十四位洋人和八十三位臺灣士紳之祝賀，爽快地一飲而盡時，他打從心裡瞧不起臺灣人。

當然，他錯了。

7 奔馬少年

如果我們推測：常進出臺北城的簡大獅曾在北門附近向賣草粿、菜頭粿的婦人陳法買過隨便一種粿充飢，這位長相粗獷、孔武有力的船夫之妻還向簡大獅打聽金包里、芝蘭堡一帶的雇傭行情，打算轉行。嘴裡塞滿黑草粿（或菜頭粿）的簡大獅一邊咀嚼一邊數落她「查某人安分賣粿就好，莫想那些有的沒的？」陳法瞪他一眼，甚不悅。待大獅離去，她隨口罵了句「你死沒人哭啦！」遂一語成讖。他倆的命運果然天差地遠，一個因一把破梯子輕輕鬆鬆立了功，把「褒賞狀」懸掛於牆，宛如護身符令全家「永保安康」。另一個，果然赴死。

如果這個推測合理，那麼鹿港人辜顯榮之妻與苗栗人吳湯興之妻曾於某年農曆三月二十三「媽祖生」那日，不約而同至香火鼎盛的北港朝天宮進香也是可能的。她倆互不相識，卻一前一後站在媽祖聖像前拈香膜拜、虔誠祝禱，祈求媽祖保佑全家平安。她倆或許曾在擁擠的禮拜人潮中擦肩而過，或曾詢問對方抽籤解詩之事而茫然不知所云——辜妻講閩南語，吳妻說客家話。她們同時為丈夫的事業前程抽了籤，差別是，辜妻得上上籤，吳妻之籤帶凶。

引日軍入城的辜顯榮自幼機警過人，能見人所未見、察人所不察，溫和敦厚的長相內藏著梟雄霸主的野心。他幼年喪父，年約弱冠即自立經商，輾轉於上海、天津、福州各地。孤雛之憾加上商人性格使他比旁人更懂得「洞燭機先」之道，他是求生存、識時務的第一把好手，把人生的每一個決定都當作是一樁「買賣」。

商人眼中無祖國唯有當權者。辜顯榮本是一名小商，竟敢冒死帶臺北紳商之陳情書至基隆求見日本總督，膽識不小。日軍因此不費吹灰之力進入臺北，對他信任讚賞有加。自此，辜顯榮秉持「清帝國皇帝將臺灣割讓給日本帝國，所以堂堂成為日本帝國臣民。而既為日本臣民，盡忠於日本帝國，拯救我三百六十萬同胞，是本微衷。」之身分認同，效忠日本，一路充當馬前先鋒協助近衛師團揮軍南下，平定臺灣。日本攻占斗六期間，辜返回鹿港收購米穀作為軍糧，儘管當時民間倉廩充實，他卻收購困難，可知民眾之反日情緒強烈。

由於協助平亂有功，辜顯榮獲頒「勳六等獎章」，在民政局長水野遵的陪同下，赴東京領賞，就此拓展無人能及之政商版圖，澤及後代而不滅。綜言之，其彪炳功業有二：

一、協助日本戡亂及殖民臺灣：如組織機動部隊討伐抗日軍；勸雲林「鐵國山」抗日領袖簡義投降；任臺北「保良局」長，負責破獲抗日陰謀分子、保護良民。後來，他更建議民政局導入兼具自治與警備之「保甲制」，讓「抗日細胞」無所遁形，為社會秩序之維護做出「永難磨滅」的貢獻。

二、建立無遠弗屆之商業王國：辜氏以鹿港為根據地，施展其高明的經營雄才，分支遍及全臺更遠征日本開設分店，販賣食鹽、樟腦等臺灣特產，讓在臺日人之家屬睹物思親、胸懷臺灣。隨著業績蒸蒸日上騰，政商人脈亨通，更以獨到眼光採多角化經營，涉足航運、樟腦、糖業、鹽田、菸草、房地產等高利潤產業。

終辜顯榮一生，獲得無數褒獎章，如勳六等獎章、總督府頒授紳章、勳三等瑞寶章……死後更獲日本政府追賜「從五位勳三等」。從一名沒沒無聞的小雜貨商到地位崇隆的「貴族院議員」，這位堅毅不拔的孤兒寫下臺灣史上空前絕後的愛國理念與亂世求生術。所有勳章都比不上他在某次演講所言：「我等寧為太平之犬，也不願成為亂世之民。」更能振聾啟聵、砥礪臺灣民智。這與小他二十五歲卻比他早死，只活短短四十年的蔣渭水的名言：「同胞須團結，團結真有力。」一樣，都是值得後世頻頻回顧、無限緬懷的警句箴言。辜顯榮「效忠國家、拯救同胞」的信仰與意志影響深遠，即使死後六十多年，其理念在某些位居領導的政商名流身上亦得到彰顯與實踐。他稱得上是臺灣五百年不世出、令後人大開眼界的奇才！

李經方看不到的，中國皇帝看不到的，即使同在臺灣現場的辜顯榮者流，也一樣看不到啊！

回到吳湯興之妻吧，這位外柔內剛的客家阿妹揣著那張下下籤失眠了幾個晚上。她哪能想到，同是媽祖座前的信女子，抽中吉籤的那位婦人之夫與自己夫君的命運竟有天壤之別。隨後她念頭一轉，夫妻最怕貳心，若能同甘共苦，還怕什麼吉凶呢？這麼一想天地豁然開朗，隨手把籤詩揉成一丸丟入眠床下，一夜好眠。

從此，牛馬各有路，人狗不同途了。

近衛師團馬不停蹄，「始政式」之後立即部署南下戰線，為了掃蕩情報所稱龐大的義軍民兵，特別編組一支混成支隊由阪井重季指揮，簡稱「阪井支隊」。六月十九日，阪井支隊出發，誇口要在七天之內推進到苗栗。

出身苗栗銅鑼的吳湯興乃前清生員，受丘逢甲等人慷慨建國之感召，投筆從戎，成為丘之副將。不知是否因吳湯興文武兼備、一心救國，讓丘逢甲感家國幸有所託遂安心內渡，總之丘逢甲、林朝棟等主將飄然而去之後，吳湯興取而代之重整兩人舊部、並吸納其他客家地方勢力如北埔姜紹祖、頭份徐驤等，成為新的義勇軍統領。於是，赫然一支雄獅部隊在桃竹苗一帶崛起，他們是正港的臺灣子弟兵，是一個個帶著硬頸精神的客家男兒！

這些人，有父親帶著兒子、兄長帶著弟妹，叔帶姪、舅帶甥，為保衛尊嚴與家園而投入戰場，他們成為日軍南下路程中最頑固、最狡猾的絆腳石。這批打死不退、專以游擊戰術讓日軍疲於奔命的義勇軍，在武器、糧草極匱乏的情況下艱苦作戰。從中壢、平鎮、龍潭、大湖、新竹一路烽火燎原，連以刻苦著稱的客家婦女亦持槍追趕日軍。那種飛蛾撲火、敢以肉身擋子彈的勇氣令天地動容，他們真正體現墾民後裔寶愛土地、捍衛家園的臺灣精神。同理，他們也在自己最心愛的土地上被異族殲滅。

六月二十二日，新竹淪陷。

樺山沒料到義勇軍如此頑強，他終於嘗到「臺民驃悍」的滋味。連帶地，此起彼應的叛軍行動逼他改變作戰策略，他同時意識到以現有兵力想快速戡定全臺極不可能。七月初，樺山向日本大本營請求增援一個混成旅團。

紀律森嚴、作戰經驗豐富的日本軍隊源源而來，專門用來對付那些滿腔熱血卻缺乏訓練的草地民兵。

近衛師團第二批運送部隊於六月中旬自旅順出發，原預定在南部登陸，直搗臺南、高雄，與早先登陸的第一批部隊做「斷首切尾」呼應。由於日軍深受抗日義勇軍纏戰之苦，樺山改變作戰計畫，將第二批運送部隊調集臺北。他要傾全師團之力，由陸路衝破抗日軍防線向南推進，採地毯式掃蕩賊徒巢穴，徹底根除後患。至於劉永福鎮守的南臺灣，則等混成旅團抵達再說。

阪井支隊雖然攻下新竹，卻無法如原先誇言迅速向南推進。吳湯興、姜紹祖、徐驤等領導的抗日軍多次反撲，與日軍形成拉鋸，戰況激烈，最後在「十八尖山」一役，抗日軍大敗。北埔土豪姜紹祖與七十多名部下被俘，日軍不識姜紹祖，問之，姜的家丁挺身應答，代主而亡。姜紹祖獲釋之後，回北埔糾集佃兵，繼續作戰，遂死。

姜紹祖，死時年方二十。

另一方面，能久親王重編一支混成支隊交由山根信成指揮，負責清掃臺北以西兵站線、大嵙崁溪（大漢溪）兩岸及埋伏在新竹以東、大嵙崁（大溪）、三角湧（三峽）一帶的抗日民兵。山根依令部署，自己率主力沿臺北、新竹前進，另派遣「坊城大隊」沿大漢溪行。七月十二日出發。

次日，七月十三日清晨卻發生震驚日方的「隆恩埔事件」。

由三峽鄉紳蘇力、蘇俊、陳小埤領導的「三角湧義民營」對日軍發動攻擊，在隆恩埔附近幾乎殲滅利用大漢溪水路運送軍糧的「櫻井茂夫糧食運送隊」，全隊三十六人僅四名脫逃。三峽抗日軍顯然訓練有素，兵分數路趁凌晨突襲戒備鬆弛的敵軍，坊城大隊因此受到重創，幾乎無法突圍。這是日軍登陸以來死傷最慘重的一次，此事令樺山大為震怒，自此對抗日軍及臺灣人民的態度轉強，戡亂手法變為激烈。七月中、下旬，日軍採取報復性行動，進行兩期「無差別掃蕩」，沿大漢溪河階及臺北迴龍到桃園間鐵路線以北展開掃蕩，光在大溪、三峽一帶，被殺鄉民超過千人，焚毀民屋達三千間以上。

「沿路各村落敵我的槍聲、爆炸聲不斷，叫喊聲不絕於耳。事後，三角湧附近數里內不見人影。」日軍記載著。所謂「無差別掃蕩」，即是不分良民或叛軍，一律加以擊斃。自此焚村與屠殺成為日軍的標準行動，臺灣人民的命比草芥更不如。

樺山向大本營申請增援的軍隊、由貞愛親王指揮的「混成第四旅團」先發部隊於七月十四日抵達基隆，立即接手臺北、基隆防務；其餘部隊於八月初到達，陸續進駐新竹以北及基隆、宜蘭等地。於是，北部、東北部由「混成第四旅團」負責，近衛師團全部兵力則投向南進之路。自六月二十二日占領新竹之後因作戰計畫改變、等待兵援及氣候因素而陷入瓶頸的戰火再度燃起。為了一舉殲滅盤據在新竹、苗栗之間「尖筆山」的吳湯興等抗日軍，常備艦隊故技重施，派船艦在外海布陣，進行海陸夾殺。尖筆山失守，接著八月十四日苗栗淪陷。抗日軍節節敗退，往南竄入臺中、彰化。

七、八月的天空並不平靜，從呂宋島附近海面奔來好幾個颱風，海浪滔天、溪流暴漲，嚴重時樹拔屋倒。即使只是受外圍環境影響而連日豪雨，也是遍地泥濘。這種日子，除了待在屋裡做閒活，出門幹啥？日軍在惡劣天候下行進苦不堪言，日本雖也是颱風必經之地，但臺灣是個燠熱悶濕的叢林野島，加上颱風助威，那種泥泥湯湯的濕熱法極容易致病。軍隊中，病倒的不在少數。

日軍不能不戰，然而，抗日義勇軍為什麼還要戰？

距離日軍登陸、唐景崧等內渡已有兩個多月，始政式也舉行過了，臺灣落入日本之手屬鋼鐵事實，為什麼還要抵抗？

自六月下旬與日軍首次遭遇，此後一路開打一路敗陣，對日軍兵力理應有所了解，實力如此懸殊，為何要戰？

離家越來越遠，軍械糧食補給益加困難。三餐併作一頓，夜宿蛇蠍滿布之荒山野谷，鞋不成鞋、衣不成衣、榻不成榻。幾日數週不洗浴，一身汗鹹臭酸，遇雨則濕、日出則乾。要是得了下痢、惡瘡，受傷流血、傷口潰爛，搗一把野草或嚼什麼根莖樹葉靠自己療傷。戰死的，都是認得的人，不是同鄉、厝邊就是親戚、兄弟。掘個土穴，就這麼埋了。大地就是母親的懷，什麼碑銘記號全免。這麼苦，為何要戰？

製個小白旗，寫上「歸順良民」插在家門口，日軍就放手了。為什麼還要戰？在家跟父母妻兒安安穩穩過日子不好嗎？為何要戰？

既已開戰，打一兩場收手即可，沒人會取笑呀！大將統帥客死異鄉的多，沙場裹屍的少，要笑笑他們，輪不到平民百姓。人人都懂得為生存必須折腰低頭，為子嗣血脈之延續必須忍氣吞聲，為什麼義勇軍裡這些面目黧黑、年輕力壯的好男兒做不到？為什麼不把父母妻兒放在心上，就這麼一心一意集體鑽入人間地獄，在槍林彈雨中做困獸之鬥——至終，也變成一群身首異處的困獸被鎖入歷史暗窖。枯骨如山都是自家門庭內的悲哀，與他人何干，與後世何干？

難道，真如某些評者所論，義勇軍裡不乏遊民「羅漢腳」，在鄉里之間貧無立錐之地，鬧哄哄投入行伍換一宿三餐，說他們為「民族大義」太沉重，只不過是一群不學無術之徒，活為人死為鬼而已！

難道，又如某些史家所稱，抗日軍裡登高一呼的地方土豪皆為了維護自身利益，故散財募勇、起而抗日，與「民族情操、家國大義」無涉。且這些土豪劣紳平日作威作福，民眾懼之久矣；義勇軍游擊攻略，「良民」百姓亦不勝其擾！（若如此，這些地方勢力顯然不如板橋巨富林維源老謀深算，他寫信給日方，聲明「為了保護自家財產，擁有千餘兵丁以防備土匪，但對日軍不傷害、不抵抗」，日軍果然不找他麻煩。）

難道，又如某些專家所言，抗日軍大多是眼光短淺、不知國際局勢變化之輩，武裝抗日乃是蚍蜉撼大樹之舉，不僅於事無補，且因此激怒日方，牽連更多百姓無辜犧牲。於此視之，不僅無功且有過。

為何要戰？生存不就是第一義嗎？

難道，有比生存更重要的事？

八月甚無情，吳湯興等抗日軍逃入彰化，一步步逼近終程。這個文風鼎盛、人文薈萃的古城收了他們的槍枝與鞋，滾滾的大肚溪洗淨這些年輕人身上的血。

苗栗之役後，能久親王不顧天氣惡劣，指揮近衛師團乘勝追擊抗日殘軍，八月二十六日到達大肚溪。寬約一百五十公尺，奔流不息的大肚溪擋住敵我雙方，這條河給了日軍新難題，水深及胸加上連日雨水助勢，大肚溪如護雛之母，不給過。正當能久親王巡視之時，對岸三、四百名抗日軍開槍掃射，一顆槍彈落在能久腳邊，「濺起的泥土弄髒了殿下的衣服」。戰誌上無比惶恐地寫著。

日軍從彰化當地奸細口中探知，彰化八卦山附近有黑旗正勇及其他民兵等十二營，大多是兩天前才從南部來的，主力部署在八卦山及彰化城一帶。其中一部分民兵在對岸防禦，試圖控制大肚溪，不許日軍越雷池一步。

此時，屯聚在彰化城、八卦山的抗日軍除了吳湯興、徐驤一脈，尚有臺灣知府黎景嵩所號召之「新楚軍」及由吳彭年統領的七星旗兵殘部加上剛從臺南趕來增援的黑旗軍。

吳彭年，浙江餘姚人，十八歲即應試中舉為「生員」。相貌出眾、詩文俱工，性格豪邁飄逸，頗有效大鵬展翼、運天地而悠遊的浪漫氣質。後流寓廣州，定家室。一八九五年春季，以縣丞需旅次臺北。劉永福聞其才華，極力延攬為機要、幕僚，當時軍書往來、公文批閱，多出自吳彭年之手。閒暇時喜為詩，與人唱和，多慷慨悲壯之語。

卸除軍機公務，吳彭年其實是一位具有憂鬱特質的詩人。他在戰場上的烈火行徑，無疑是一種詩人本能。

早在七月下旬，吳彭年即已投身戰場。當時兩軍對決於新竹、苗栗一帶，抗日軍向劉永福求援。以「劃地自守」為最高指導原則的劉永福一向罔顧北、中部軍情，詎料日方大軍壓境來勢洶洶，劉永福恐臺中若失將危及臺南，擬發兵解厄。吳彭年自願前往，率七星旗兵七百赴戰，副將李維義佐之。八月上旬，駐大甲。當時，主將各分兵應戰，吳彭年手下餘兵不多，猝不及防日軍湧至，兵薄不能戰又不得不戰，當此時，吳彭年單槍匹馬欲衝鋒陷陣，槍砲聲四處亂響，馬驚懼而悲鳴，不肯前行，吳彭年立即躍下，換馬再出，親自上陣殺敵。所幸吳湯興等來助，雙方攻防，彈如雨下。此役，七星旗兵折損了管帶袁錦清及幫帶林鴻貴。八月十四日苗栗破後，吳彭年撤回彰化。

集結在彰化的抗日殘部，重新整頓、收編後由吳彭年任總指揮。他依地利布防，設重兵於大肚溪南岸、八卦山砲臺及彰化城，層層推進，環環緊扣。

大肚溪乃天險，渡河不易。八卦山舊名「定軍山」，嘉慶二十年（一八一五）彰化城竣工時於山上建一磚寨，名「定軍山寨」，設四座砲臺、一處城樓，以扼守彰化城。光緒二十年（一八八八）重修定軍山寨，並在山麓另築砲臺。八卦山勢不高，然俯瞰彰化城一覽無遺，山破即城破，故歷來為守禦重地。

八月二十六日，吳彭年誓師。以王得標率七星旗兵三百守「中寮莊」，劉德勝率先鋒營守「中莊」，孔憲盈守「茄冬腳莊」，李士炳、沈福山等守八卦山，吳湯興、徐驤鎮守八卦山砲臺。

天，藍著，無任何風吹草動的消息，只有大肚溪水，日夜奔流。

日軍偵察隊終於找到適合渡河的地點，抗日軍百密一疏，防禦線太短。

八月二十七日，師團長北白川能久親王重新部署軍力，分右翼隊、左翼隊及本隊。當日下達攻擊命令：

八月二十八日，攻擊八卦山。

右翼隊負責擊退前面敵人，左翼隊需在天亮前越過汴仔頭（今臺中縣大肚鄉內）上游約一千五百公尺處的徒涉點渡河，與右翼隊相呼應攻擊敵人第一線。同時，渡河後立即分兵朝八卦山砲臺急攻。

二十七日午夜滑過二十八日凌晨，左翼隊肅靜而行，彷如鬼影。途中一度被附近民家的一隻狗嗅得，大吠，惹得遠近農厝的狗齊聲狂吠，卻無人發覺，日軍悄然到達渡河地點。天空沉沉地黑著，沒有月亮，只有稀疏星光。四野寂靜，只聽見田間蛙鼓及溪流奔騰。日軍開始渡河，水深過腰忽沉忽浮，哀哀母河流勢湍急，如箭矢擦身而過。凌晨三時不到，日軍已渡河。越過河灘、水田，摸黑疾行四公里，到達八卦山東面山麓。此時，天微微發紅，旭日正東升。

抗日軍渾然不覺，仍在睡夢中。

五時三十分，日軍左翼各隊就戰鬥位置，右翼部隊亦選定砲位開始發動砲擊，臺灣史上最悲慘的「八卦山會戰」在晨曦中開打。

不多久，日軍攻擊八卦山東面高地，抗日軍全面抵擋。日軍急速增援，抗日軍亦增加兵力迎戰，山頂砲臺開始砲擊，然因砲座固定無法四面射擊故戰力大減。此時，日軍各小隊紛至，合攻八卦山，展開威力掃射。抗日軍不支，開始敗退。吳湯興、徐驤均在陣內，力竭聲

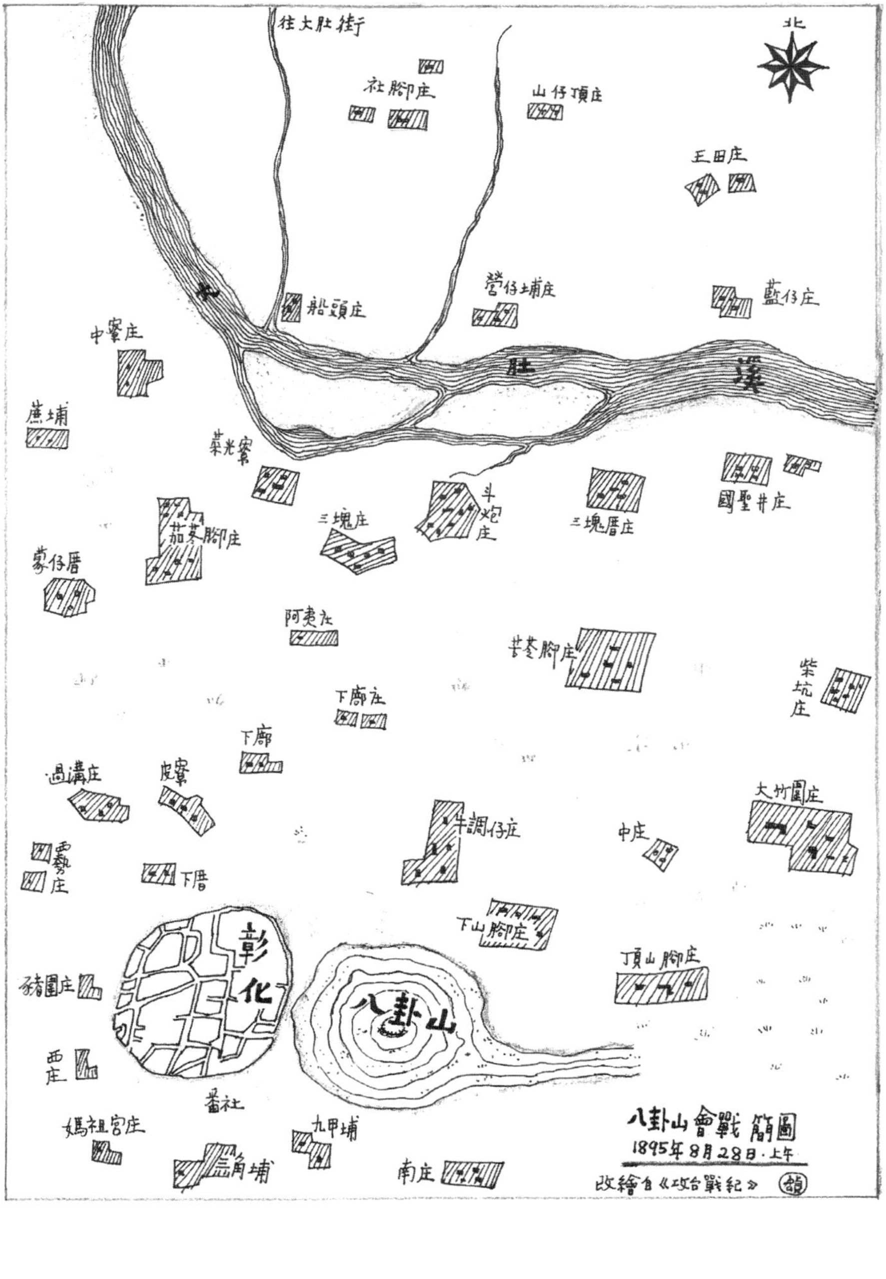
往大肚街
北
社腳庄
山仔頂庄
王田庄
營仔埔庄
船頭庄
藍仔庄
中寮庄
肚溪
蕉埔
菜光寮
斗炮庄
三塊庄
三塊厝庄
國聖井庄
茄苳腳庄
蒙仔厝
阿夷庄
苦苓腳庄
柴坑庄
下廍庄
下廍
過溝庄
皮寮
牛調仔庄
中庄
大竹圍庄
西勢庄
下厝
下山腳庄
頂山腳庄
彰化
八卦山
豬圍庄
西庄
番社
媽祖宮庄
九甲埔
三角埔
南庄
八卦山會戰簡圖
1895年8月28日·上午
改繪自《攻台戰紀》

嘶欲穩住陣腳，無奈火力越來越強勁，抗日軍迅速傷亡、潰散，向彰化城撤退。

七時左右，日軍占領八卦山砲臺。黑旗軍李士炳、沈福山死，已抗日兩個月的吳湯興，亦濺血陣亡。

在大肚溪南岸迎戰的吳彭年，正陷入酣戰之際，忽見八卦山麓插上日旗，心中大叫不妙，急率全軍快馬揚鞭回救。此時抗日軍紛紛敗退往山下逃逸，吳彭年烈火攻心，嘶喊再衝！再攻！再戰！敗兵驚怖至極方向已亂，吳彭年揮趕殘軍上山，甚至手刃兩名逃卒；自己提槍策馬，咆哮，如地底竄出的颶風朝八卦山頂奔蹄，衣襟裂開、髮辮已散，正一鼓作氣奔上山腰，瞬間，一顆子彈貫穿他的胸膛，他只聽見爆裂聲如節慶鞭炮、如高山崩塌在他的身體內。他看見自己落馬，朝山下滾動，如孩提時娘親在他面前搖博浪鼓兒。他不停地滾，最後，一棵溫柔的小樹伸手摟住了他。

吳彭年，聽見自己心臟爆破的聲音，眼睜睜看著八卦山湛藍的天空，死。

上午八時，日軍完全占領彰化城。

屍橫遍野，五百多名大多是斷肢殘軀。死的都是男人，都是一個個家庭裡有名有姓的兒子、丈夫、父親。但當數不清的兒子、丈夫、父親全躺在一塊兒時，他們變成無名無姓的荒塚，變成無法超渡的，冤魂。

彰化城破後，吳彭年的親戚找到他的屍體，命傭人掩埋，做暗記。幾年後，尋穴欲歸葬廣東，發穴時，吳彭年衣帶猶存，斑斑血跡把他裝扮得一身燦爛。姣好的面貌完整，世故的神情中帶著靈感，彷彿一曠古癡情少年向億萬螻蟻傾吐衷曲之後，情不自禁陶醉起來，彷彿剛想到一句漂亮的詩。

吳彭年家中，尚有白髮老母，妻子傷懷而逝，遺下兩名幼兒。老母、孤兒僅能仰賴親友救濟，一面吞淚一面求活。

傷逝的何止是吳彭年之妻！

當吳湯興的死訊傳到吳家時，那位虔誠禮拜媽祖卻抽中凶籤的客家阿妹只是低下頭來，不發一語，不落一淚。

當夜，吳湯興之妻實踐夫妻同甘共苦的諾言，投水而亡。

眾魂不歸，時在哀哀八月。

8 神主牌

乙未年閏了五月，陽曆八月二十八日正是陰曆七月初九，離中元節僅六日。

彰化淪陷後最忙碌的兩個人，一是阿榮一叫青暝福。在臺北經商的阿榮奉樺山總督之命，跟隨近衛師團南下掃蕩抗日軍。這陣子日軍賣力殺敵體力消耗太多以致飯量大增，造成糧食有點兒緊張，阿榮得設法向民間購糧，讓這些年輕大兵吃得飽飽地，有力氣再多殺幾個臺灣同胞。購糧不易，阿榮簡直忙得焦頭爛額。

至於壞了一隻眼的青暝福，就住在彰化城外「豬園莊」。他老婆帶著輕微智障的小兒子在家養豬，他跟眼明手快的大兒子一夥，專做埋死人的墳頭事業。事忙的時候，老婆、小兒也來支援。反正養豬不過是灑一些豬食，埋人不過是撒一些土，兩者技術相通手勢一致，相互對調亦可。

據日方從遺下的戰利品、軍用物資推算，參與八卦山之役的抗日軍約有五千人。戰爭長度兩個小時半，抗日軍總共死五百多名。在彰化城內，日軍一個小時追殺下來，殺了兩百五十多名抗日軍，平均每分鐘有四個男人倒地。

別的不說，光說彰化城內這兩百五十具屍體可怎麼辦才好？農曆七月酷熱難當，受低壓雲系影響又常有雷陣雨，一熱一濕一悶，蚊蠅鼠蛆來了，棄貓野狗也來了，屍臭沖天，小小彰化城宛如浸在腐爛之甕。身亡的年輕人大多不是本地人，況且身首異處，要認屍也實在無從認起，這可怎麼辦？日本兵負責殺，他不負責埋呀！城內幾位於心不忍的人湊了銀子雇青暝福一家趕緊來收屍吧！找塊野地，活著、死去的都別計較了，趕在七月十五之前快快埋妥，也好在中元節那天祭一祭這些孤魂！

正因為從來沒見過這場面，青暝福一家八隻手八條腿夜以繼日地挖、扛、運、卸、埋，首先是天真無邪的小兒子病倒了，接著老婆、大兒子也撐不住，收尾全靠青暝福一人。反正他瞎一隻眼，矇矇矓矓看不清慘狀，也是好的。即便如此，當他攏好大墳頭，在七月半那天，備粗茶淡酒、一鍋飯、幾疊銀紙，跪下，向這些戰死的年輕人叩三個響頭時，那隻好眼睛撲簌撲簌流下了淚，接著不知怎地，他嚎啕大哭起來。

從此，青暝福一家沒辦法碰肉，看到豬的屍體也作嘔，不能養豬了。吃素一段時間，全家索性剃渡念佛，不投寺不靠僧，還是住家裡，改種作物，自給自足而已。青暝福發了七七四十九願，其中一願是行腳全臺灣，到每一處戰役地點為陣亡的抗日軍誦經超渡。這事聽起來有點兒難，其實不難。世界上找不到一個民族像日本人，每到一地、每逢一事、每戰一役，最愛豎石立碑以資存念、以誌功績，簡直得了戀碑癖。熱愛他愛的歷史，卻也最不能面對他不願面對的歷史。

從一八九五年三月起，日軍瘋狂地在臺灣立碑。占領澎湖後，在良文港立「混成支隊上陸紀念碑」。澳底登陸，北白川能久一上岸，侍從官搬了沙發讓他小憩，他抽菸、泡茶的「露營地」忽然神聖得不得了，日後立了「北白川宮征討紀念碑」。三峽一役，日軍才傷亡三、四十人，後來也立下「隆恩埔戰蹟碑」。新竹、苗栗之戰，隨後在牛埔山立「征討紀念碑」。八月，北白川能久登上苗栗市街西方的小山視察，那兒立即改名「將軍山」，也立了紀念碑；他走過的路，豎了「將軍山御遺跡路」石柱。彰化更不用說，戰後在大肚溪旁立一根巨碑，親王避雨的土地公廟也被改成神社，八卦山那兒更立了一方長碑……類似「陽具崇拜」的戀碑癖，瘟疫似地糟蹋全臺灣。

話說遠了。青暝福真是發下悲願要給戰亡者誦經，讓他們脫離苦海，魂歸西方極樂世界。他帶著笑嘻嘻的弱智小兒行腳南北，一看見紀念碑就知道那附近有過激戰，憑著閱死人無數的職業本能，他也嗅得出哪塊土地帶傷、哪座山丘染血？父子倆披上佛不佛、道不道的破袍子，敲著簡單的法器，就這麼不管晴天陰天、颳風下雨，吟誦著只有他倆才懂的經文，青暝福老邁滄桑的聲音配合他兒子一逕兒笑嘻嘻的臉龐，恐怕是當時戰亡者唯一的安慰了。

八卦山會戰重創抗日軍實力，主將紛紛殉難，全軍幾近崩潰。除了雲、嘉一帶尚有反抗勢力反撲之外，濁水溪以南只剩鎮守臺南的劉永福黑旗軍了。

攻陷彰化，樺山等於吃下半顆定心丸，但抗法名將劉永福擁重兵據守南臺灣，實力不容小覷。況且漏網賊徒埋伏於各地暗暗糾集同夥伺機再起，亦須嚴加戒備，離高枕無憂尚有一程呢！為此，樺山再度更改戰略，任命高島鞆之助為「副總督」，成立南進軍司令部，指揮大軍負責戡定南臺灣。樺山則坐鎮臺北，既能掌握北臺灣，又能遙控全局。

另一方面，大本營又指派「第二師團」來臺增援，為彰化戰後五分之四士兵染病的近衛師團注入活力。九月休戰，一則讓軍隊休養生息，再者為了等待「第二師團」來援。這段期間，以高島為首的南進軍司令部擬定作戰計畫：

一、北白川能久指揮近衛師團由陸路推進至嘉義。

二、軍司令部及貞愛親王指揮的混成第四旅團，由「濟遠」、「海門」艦掩護在嘉義布袋口登陸。

三、乃木希典指揮第二師團與艦隊配合在屏東枋寮登陸，由南貫穿鳳山、打狗（高雄）北上。

日軍兵力部署就緒，擬三路會攻臺南，戰火一觸即發。

陽曆十月，秋意漸漸滲透而來。中秋團圓日剛過，今年沒幾家有興致準備柚與月餅。高空上一輪明月亮得森冷，照著到處都有的傷亡人家。這島上從來不曾像今年，孤兒寡婦多似落葉。

南臺灣的戰場卻如一口大竈，以火苗熊熊竄起。

吳湯興等義勇軍與新楚軍在彰化瓦解之後，接續而起的是雲林、嘉義、臺南一帶的民間抗日組織，如簡義、林崑崗等。其中，又以林崑崗聲勢浩大。

在這波抗日洪流中，南臺灣具有防範匪徒、自衛功能的聯莊民兵組織被緊急動員起來，其中規模較大者有二：

一、嘉義南部十八堡（鐵線橋堡、鹽水港汎堡、學甲堡、麻豆堡等），十月初成軍，公推沈芳徽為盟主，林崑崗為敵前總統領，人數超過萬人。

二、鳳山南部六堆客莊，六月初即成軍，駐屯在高雄附近，負責沿海守備。但因當時南部尚無兵險加上糧餉匱乏，故歸莊待命。客家莊抗日情緒高昂，推行「全堆皆兵」理念，人數亦高達萬餘人。

微微秋涼在田原溪流、野樹芒叢之間汩汩滲出，秋風吹起。

十月初，高島副總督下達南進攻擊令，大軍出動。

近衛師團沿路揮刀，十月五日橫渡濁水溪，受到雲林地區由簡義領導之民兵及王得標率領之黑旗軍抵擋；十月九日，近衛師團占領嘉義、輕取鹽水港，嚴厲掃蕩任何一處有嫌疑的村落、絕不放過任何一個眼神閃爍的臺灣人。休養生息加上兵援飽滿，日軍跨越濁水溪之後，掃蕩行動如雷霆萬鈞，絕非缺乏軍械、烏合成軍的抗日民兵擋得了的，正因如此，傷亡奇慘。

另一方面，混成第四旅團取海路抵嘉義布袋口外海，「濟遠」、「海門」兩艦盡情砲轟岸上建築。十月十日，海上風浪強勁，驚濤拍岸，海軍陸戰隊及登陸掩護隊強行登陸布袋口，隨即拉開戰線，火力開動，擊退千人左右的抗日民兵。混成第四旅團與近衛師團在鹽水港會合之後，各任務編組之支隊分數路行進，嘉義朴子以南、急水溪以北的村落皆在威力掃蕩範圍內。

負責由南部牽制戰局的第二師團於十月十一日順利登陸枋寮，大軍沿海岸線北上，分兵攻占各主要據點。十一日登陸當天，輕而易舉拿下佳冬，放火燒村以絕後患；兩天後占東港，十月十六日，陷鳳山、高雄。

戰火燎燒嘉南平原及南方吹著海風的寧靜小漁村，濁水溪、鹽水溪、東港溪肝腸寸斷。飄浮在空氣中屬於海島秋季特有的涼意與微香，被砲火、流彈逼焦了。茅屋、竹柵起火燃燒，雞鴨逃生不及四處倒斃，豬隻驚恐而嚎叫，水牛在田間狂奔。焚燒的秋天就這麼進入每個人的胸腔，幸運的人躲在隱密處等待硝煙散去，不幸的是那些迎戰的民兵。

衣衫襤褸、沿著無暇收割的稻田而奔逃的不知是哪莊哪姓男人？中彈而浮屍於溪流、面目泥濘只看出拖了一條花白辮子的也不知是誰家阿爸？倒臥在荒丘上摀著肚破腸流而呻吟而哭喊阿母的也不知是誰家獨生子？永遠無人了解，即使是他們有幸傳下的後世子孫也不能體會那種孤單地卡在求生無望、求死不得之間的凌遲之痛。意識被巨大的痛苦磨得像針尖兒，他們在臨死之前，清楚地看到自己如何被單純的信念鼓動，勇敢或不得不勇敢地出外作戰，終於得到這種下場。他們充滿歉意，在生命最後一秒，預告自己的家庭因失去支柱必定陷入比貧更貧、比賤更賤的階層而數代不得翻身，他們抱著深深的愧疚，七孔流血而亡。

林崑岡死在頭港莊（今臺南縣學甲鎮）東北山丘。日軍逼近時，他指天而誓：「如果天公不保佑，今日出戰，我中彈先死！」說完，率先迎戰，一顆子彈貫穿胸膛，林崑岡握刃而坐，氣絕。他的大兒子尾隨在後，一聲「阿爸」未喊完亦中彈倒地，父子同日死。幾天後，莊人收屍，林崑岡坐而不倒，倔強如生，年四十五。頭港莊附近山丘的芒花，一夜之間開得白茫茫，為這位堅強的父親戴孝。

第二師團於枋寮登陸後，勢如破竹向北推進，然亦受到六堆客莊的抵抗。茄冬腳（今屏東縣佳冬鄉）屬於左堆，位於六堆最南端，全莊約有一千四百人，莊民以勇壯著稱，日軍記載：「婦女、兒童也拿起武器，列身於行伍之間……」

那是什麼樣的風與土，養出的婦女與兒童竟拿起武器保家禦敵？

那些婦女與孩子後來都回家了嗎？

日軍三路進擊，臺南如甕中之鱉，黑旗軍統帥劉永福無計可施。

劉永福，這位年輕時親披戰袍、屢立奇功的抗法名將，自一八九四年奉旨來臺幫辦防務至九五年日軍壓境，劉大將軍既未施展韜略、亦不曾親征督戰，其表現令人不解、扼腕。十月初，劉永福深感大勢已去，分別致函樺山資紀及北白川能久，意欲講和。此時日軍兵力強盛，經奸細、間諜刺探軍情，亦掌握虛實，當然無須講和，高島代樺山覆信，大大地羞辱了劉永福一番。

十月十二日，常備艦隊的軍艦抵安平港，安平砲臺及高雄的打狗砲臺立即換上日章旗、白旗示降，劉永福再度派幕僚登上船艦，表達求和之意。日方要求劉永福親自來降，以示赤誠。

十月十九日深夜，劉永福搭乘英船藏匿在煤炭堆裡躲過日軍盤查，倉皇逃往廈門，結束了他與臺灣的關係。

近衛師團、混成第四旅團與第二師團已逼近臺南城外，劉永福及手下千餘官兵潛逃的消息令古都一夜間卸除警備，只求日軍和平入城。十月二十一日凌晨，長老教會英國籍牧師巴克禮及宋忠堅受臺南士紳所託，至駐紮於臺南仁德的第二師團求見乃木希典，告知城內狀況，迎日軍和平入城。

十月二十一日，日軍荷槍闊步進入臺南城。二十二日，軍司令部、混成第四旅團與近衛師團亦浩浩蕩蕩踏入傳說風景優美、人文薈萃的臺南古都。當晚，離鄉征戰一百四十六天，僥倖未受槍傷、未染病而亡的日本士兵在高島總司令、能久親王的恩准下擊案而歌。他們之中有人被凱歌與思鄉情緒感染得流下眼淚，在給家人的信中寫道：「此時此刻，多麼想跪下來，親吻天皇腳下的土地啊！」

戰爭結束了。

據日方記載，為了勘定臺灣，自一八九五年五月至一八九六年三月，共發動兩個半師團的兵力征臺，兵員約五萬，軍夫兩萬六千，馬匹九千多。傷亡有限，大多屬病死。

唐景崧、丘逢甲、林朝棟、劉永福……這些位高權重、受百姓擁戴的人物，有機會站在歷史分水嶺上展現其運籌帷幄之智謀與澡雪精神，即使只是展現對一座島嶼之小小情義，也夠令後世無限緬懷、不盡歌泣的了。可惜的是，亂世風暴襲來，竟一一褪除其權勢偽裝，完全暴露不過爾爾的凡人面目——貪生、怕死、捲款、潛逃。再也找不到強而有力的理由合理化這些失策、失節、失去道義的行為，同樣，也生不出同情心去諒解他們畢竟也是一個求活命的人難以擔當大義，若他們是鄉野凡夫倒也罷了，偏偏是握大權、掌兵符的龍頭人物，擔當大義是本分也是任務，豈能在鼓動為家國獻身的言論之後暗暗潛逃呢？在歷史的關鍵點上，他們是懦夫。

人生艱難唯一死，唐景崧等高官厚祿者貪生怕死，丘逢甲等知識分子、社會菁英惜生保命，林維源等富商巨賈擁民丁保護身家財產，劉永福等將帥劃地自守、消極應戰，若人人視生存為首義，卑躬屈膝地迎接砍殺無數同胞的侵略者，家家懸白旗、設香案，簞食壺漿以犒勞皇軍，全島不出厲言、不事反抗，認命地接受異族殖民統治。如果一八九五年的臺灣是這種景象，那麼，教後世如何讀得下這段歷史？教後世如何以先祖為榮？

「斯土斯民」之所以壯麗動人，乃是有無數英靈以熱情澆灌之、以生命肥沃之，於漫長時間裡煉出一塊土地、一座島之奇特風情與骨性，而後世代綿延，巍巍然一棵歷史樹伸枝展葉——有先祖為尊嚴與生存而奮戰的枝幹，有先知、哲人為正義與公理而獻身的血色花葉。於是，當後世子孫回頭找尋自己的身世時，抬頭看到這棵高聳入雲的歷史大樹，震撼、讚嘆，剎那間初發心，也要把一切榮耀歸諸於這樹。

在歷史巨樹面前，遠古先祖與後世子孫憑什麼相互指認？憑的不就是這份奇情與骨性麼！

因為相認了，才明白抽長一寸枝幹，就得死成千上萬個人；每生出一花一葉，就有無數先知成為刀下冤魂。

一八九五年，臺灣的歷史樹粗粗壯壯長了好幾寸，全靠吳湯興、徐驤、姜紹祖、蘇力、吳彭年、林崑崗等數不盡的平民百姓硬撐出來。這些父子、兄弟、叔姪、舅甥、鄉親父老（當然也包含部分「就地募勇」而來的遊手好閒、不務正業之徒）攜手共赴火線，當唐景崧等人自覺「沒有比活著更重要的事」而做出選擇時，這些人體認「有比活著更重要之事」也付諸行動。他們結結實實為臺灣而死，為保全臺灣的尊嚴而死。

他們幾乎來自農村底層，身後貧賤百事哀，家庭與子孫在戒備嚴密的日治時代僅能選擇隱瞞、緘默而苟活。時間能在積雨處養出青苔，可是一代代緘默，卻只能換來遺忘。

日軍入主臺南，等同宣告平定全島。四處響起的凱旋樂中卻隱了一條死訊——十月二十八日，近衛師團長北白川能久親王因肺炎併發症而逝。根據《臺灣神社志》所載，其實早在十月中旬，能久親王即已罹病，一路硬撐，頂著南臺灣攝氏三十五度高溫隨軍隊前進。十月二十二日那天病情險惡，他是躺在擔架上被抬進臺南城的，他要親眼看見日本國旗飄揚於臺南的天空中才願意闔眼。十月二十七日，樺山總督到達臺南，馬上到病榻前探望，當他牽起能久親王的手告知已平定臺灣、任務完成時，能久抬起頭，吃力地頷首。二十八日，能久竭盡最後力氣高呼「天皇萬歲」之後，奔赴黃泉。

能久親王的靈柩運回東京，日本政府舉行盛大國葬，明治天皇賜下敕語：「卿為宗室之親，投軍從戎……督師遠征，策機制宜，功勳卓著。而今平定匪徒之際，溘焉長逝，不勝悼惜……」在臺灣方面，官方立碑、蓋神社恭敬奉祀這位「征臺英雄」不遺餘力，其地位神聖可見一斑。

相較之下，臺灣欠吳湯興、吳彭年、林崑崗等人一頓粗茶淡飯的牲禮。

欠他們一塊有名有姓的神主牌。

9 大反撲

戰爭結束了嗎？不，第二波抗戰正要開始。

綜觀日殖五十年（一八九五—一九四五），臺灣民眾的抗日行動或隱或顯、或用武或訴諸思想啟蒙、社會運動，長路迢迢歷三、四十年不間斷。武力抗日方面，歷史學者概分為三期：

第一期自一八九五年五月日軍登陸至十月戡定全島。這一期抗日不管基於臺灣民主國保衛戰或大清國民抵禦異族之戰，皆具有較濃厚的國族色彩。徐驤在雲林抗日，中彈時高呼：「丈夫為國死，可無憾！」林崑崗：「臺灣亡矣！若等將何往？吾欲率子弟，衛桑梓，若等能從吾乎？」吳彭年：「實不忍以海疆重地，拱手讓人。」……區區數語，明其心志。

第二期自一八九五年十二月至一九〇二年。這一期抗日行動除了延續前期國族遺緒之外，更重要的是，日軍採「無差別掃蕩」之暴虐手法傷及無辜，逼出原本對日本反感但尚未投身行伍的游離悍民。日軍燒村毀家、姦淫濫殺，讓他們懷抱切齒之恨，不共戴天之仇；再加上部分政策影響原經營者生計，更如火上澆油。這些人散及全島，各零星勢力或單獨出擾或匯集成流，其中以北部簡大獅，中部簡義、柯鐵虎，南部林少貓為大股。但因欠缺火力糧餉，其行動以破壞公共設施如鐵道、電線、建築，或騷擾各分駐所、管區為主。藉地緣優勢潛藏於深山澗谷，採游擊戰術輾轉各地，雲屯雨散，讓日方不勝其擾。因為是烏合之眾，又缺乏資財奧援，不像第一期有土豪散盡家財舉事或傾一莊之力起義，因此這期的抗日分子更見良莠不齊，不乏擾民情節。

雖說如此，化整為零的反抗勢力猶如九命怪貓，邊打邊死、邊死邊活，《臺灣總督府警察沿革誌》描述了當年景況：「……至該年年底（一八九五），以本島北部之大騷擾為始，島內各地終於出現無處不見匪徒騷擾跋扈局面……（樺山）總督立即命所在軍政加以鎮壓，雖得救一時之急，但其後土匪之騷擾此伏彼起而未能將之滅絕。……至第四任兒玉總督時，於明治三十五年（一九〇二）末南部殘匪之處置終於結束，島內方達不見一匪之境。」

反抗時間拉長，得不到渴求安居的在地民眾支持，加上日方改採「招降歸順」策略，單點擊破，懷柔誘出而後監控、撲殺，前後七年、以復仇意志為原動力的第二期抗日終告結束。

第三期以一九〇七年北埔事件為起點，涵蓋噍吧哖（西來庵）事件及霧社事件等。其事發原因與日殖政策之暴虐、剝削有關，雖異於前二期，然日方之「解決」手法絕不因已統治多年理應有「同胞愛」而手軟，酷厲不減當年。

時間回到一八九五年，冬天的氣味近了，清晨淡水河面被冷風吹出一團團波紋，霧氣重重，觀音山像一塊冰封墨玉，沒了體溫。

淡水街上，馬偕牧師寫完《臺灣遙寄》書稿不久，染了重感冒，喉痛聲啞、咳嗽不止，病懨懨地躺在床上，自覺體力大不如前。他不知道死神已看見他，六年後的一九〇一年六月，他將死於喉癌。

年齡比馬偕輕，卻早一年死的是被他拔過牙的簡大獅，今年才二十七歲，照說離死還早之，然而黃泉路上無老少之分只有先來後到。不過，簡大獅早已不在乎。那年頭，天天都有傷亡消息，不是自家莊頭的親族近鄰就是親戚、朋友村中遭殃，每隔幾天就有認識的人死去。死訊太多，人都麻痺了，既已麻木，只有二途，不是選擇虔誠歸順當天皇子民，就是造反。在惜生氛圍濃厚的社會，一丁點腰痠背痛就值得大呼小叫，若處在人命如草芥、蜉蝣的時代，死就像微風細雨，不值一哂。那種到處都是燒焦味的年代，只要是心口還有一點熱的人，很難不這麼想：什麼都沒有了，留一條爛命做什麼？

還記得能久親王死前一日樺山總督牽起他的手，告知全島平定吧！樺山真的這麼認為。十一月十八日，他向日本政府報告「全島已完全平定」喜訊，並擇定十一月二十日在總督府盛大舉行祝賀會。樺山錯估了，臺北城內固然有李春生、辜顯榮之輩迎接日師、踴躍效命（譬如在臺北士紳商賈聯名推動下，八月在大稻埕永昌街泉興茶館設「臺北保良局」，作為下情上達之機關，意欲破除上下因語言、文化相異而產生之隔閡，致使上無滯政、下無遁情；更重要是收集叛亂情報、抗日密謀，上呈日方以資翦除，保護良民免遭「匪徒」滋擾。保良局各地分支陸續開辦多達二十六處，立功不少。為此，總督府陸軍局憲兵部長萩原貞固予以表彰：「……數次為我部謀求探報捕獲匪徒之有利條件，功績實為不少。」水野民政局長亦發獎狀嘉獎：「對民政施行及匪徒探捕補益甚大。」臺北保良局總局主要幹部有：會長劉廷玉，副會長葉為主，顧問李春生。次年，甫自東京受勳歸來的辜顯榮出任會長。）臺北城外卻不乏憤怒的眼睛在暗夜中閃爍，等待時機大反撲。

十一月起，謠言如風中樹葉窸窸窣窣深入每個人耳中。市街上，交頭接耳的人多起來，一見到日本警察走來走去，立即改變表情朗聲交換豬隻成長速度或腹瀉煎服某草藥之類話題，待聽不見日警的空空靴音，又吱喳說出幾個耳熟能詳的名字——北中南民眾難以通訊，全靠這種口耳路徑傳播義軍抗日消息。日警從民眾臉上讀出異樣，礙於言語不通又不像吃喝拉撒之事可以用比劃溝通，遂滿腹狐疑。

新一波的反抗行動正在醞釀中。那陣子，家家戶戶養的狗集體焦躁不安，連白晝也「吹狗螺」，嗥叫之聲令人毛骨悚然。

事情導因於砂金開採。九月左右，當南進軍正在部署攻擊計畫時，總督府在北部發布《砂金採取規則》，嚴禁自由開採，改為許可制並需課稅。這項措施嚴重影響採金業者生計，使其心生不滿。當此時，有人照常去自己的工地採掘砂金，卻當場被日本憲兵格殺。這事激怒了採金業者，引爆其蓄積已久的憤懣。日軍登陸至此時四個月，全島均在燒殺範圍且每推一項新政就打破一群人飯碗，其中一名宜蘭人林李成，煽動民眾與官警對立，日方欲逮捕他，林李成逃入山中，自此被逼上反抗一途。

很快地，潛伏在北部各地莊頭、村落的反抗分子串聯起來。諸如：曾在新竹、大溪一帶參與第一波抗日的胡阿錦（胡嘉猷）、簡玉和，臺北詹振、陳秋菊、許紹文、簡大獅……宜蘭林李成、林大北、林維新、林火旺……三峽蘇力、蘇俊、陳小埤（他三人幸運地在「隆恩埔事件」後躲過日軍的大掃蕩）。反抗軍聯盟以胡阿錦任總指揮，約定一八九五年十二月三十一日，趁近衛師團已返回日本、兵力較單薄且日方歡度在臺第一個新年時舉義，奪回臺北城。

十二月二十七日，有人向總督府密告，反抗軍聯盟的計畫初次曝光。時任臺北保良局顧問的李春生亦上呈：「據土著人之言，福州廈門附近的富豪捐助錢糧，於臺北地方嘯聚匪徒，欲乘正月元旦各將校以下酩酊之機舉事……」日方聞訊，命各地警察派出所嚴加警戒。二十八日，臺北城內已看到由胡阿錦署名發出之檄文：「臺灣為倭奴鐵蹄占領，於茲數月，到處慘殺淫虐，荼毒生靈，凡有血氣之人宜戮力同心，恢復桑梓。……」幾天後，更出現與義兵〈嚴立約法以肅軍令〉檄文，宣稱奉劉永福大將軍命令討剿倭寇，日期沿用光緒年號。

十二月二十八日，反抗軍聯盟的行動因有人密告在頂雙溪提前引爆，自此火苗在瑞芳、石碇、深坑、木柵、新店、金山燎燒，戰況激烈。

十二月三十一日晚間八時，反抗軍在大屯山舉火為信號，發動總攻擊。深夜十二時，臺北城門廳舍起火，爆破聲響徹夜空。忽然，東南門外一陣槍響，西北門亦傳來急切的槍砲聲，反抗軍來勢洶洶進攻臺北城，日本警察、憲兵、警備隊立即迎戰。城內外居民緊閉門扉、擇地藏匿。寒冷的臺北暗夜充斥著肅殺之氣，憲警、士兵四處馳驅，擊出佩劍鏗鏘之聲與馬蹄脆響。不久，四面八方的槍聲猶如烈火炒豆。

一八九六年新年就這麼在槍林彈雨中匆匆降臨。

元月一日凌晨一時半，觀音山頂燃起火焰；三時五十分，紗帽山亦舉起烽火，這是潛伏在金山、淡水、關渡、士林等地抗日軍大舉起事的信號。四時二十分，又有六百多名抗日軍湧至臺北城欲合擊攻破城門。日方見情況不妙，緊急自新竹調兵來救，當日下午三時援兵到，步兵、砲兵齊出，抗日軍缺乏軍械，遂逐漸潰敗。

樺山總督沒料到輕易摘得的臺北竟然還需要一戰，立即下令不論文職武官悉數動員，成立四支應急隊以解燃眉之急，另外調兵遣將對付北部之亂。自此，日軍「無差別掃蕩」的槍口對準尚未被蹂躪的臺北、宜蘭，焚村燒屋的殘酷手法重現。

一月二日起，日軍在臺北近郊展開大搜索，艋舺、大稻埕、公館、景美、松山、士林、板橋、關渡、淡水、三峽……皆有戰火，抗日軍死傷頗多。日軍既已拉開鐵網，各股抗日軍依地緣逃逸，潛回巢穴。

宜蘭一向有叛骨風水，各地抗日民丁暗中糾集成軍，也在一八九五年十二月二十九日舉事。日軍登陸後主力用在南進，自基隆至蘇澳屬獨立後備步兵第五大隊之警戒區域，兵力不盛，宜蘭抗日軍如潮浪湧來，日方疲於奔命，岌岌可危。開打逾十日，雙方仍在拉鋸，抗日軍懷抱死志，暫退再攻、攻不下再退，使戰事陷入膠著。

由於宜蘭頑抗，日方決定集重兵以對。先是一月二日派第二師團補充兵四百名赴宜救急；之後，日本政府聽聞臺灣戰事又起，派出以剿滅土匪為目的的「混成第七旅團」誓言踏破賊窟、斬草除根。一月十二日，大久保少將指揮的精銳之師一抵達基隆，立刻子彈上膛、砲口對準宜蘭，大軍殺氣騰騰開往蘭陽平原；混成第七旅團另一部分兵力在蘇澳登陸，兩軍南北夾殺這一塊噶瑪蘭族原鄉、吳沙率漳、泉、客民墾出的世外桃源。

自蘇澳登陸的混成第七旅團兵力編成三個縱隊，右翼隊經冬瓜山（今冬山）、羅東；左翼隊經紅水溝堡、叭哩沙、紅柴林莊；中央縱隊在二者中間，一起向宜蘭前進。據日方記載，途中：「對每村均進行綿密之家屋搜索。以刀槍抵抗者自不待言，連持有凶器和舉動不穩者都悉以槍殺。凶器則全予毀壞，家園亦一起燒毀。」

宜蘭戰火慘烈，投入抗日行列的民丁不可勝數，遍野死屍，幾乎家家戶戶都有傷亡。血，把蘭陽溪、冬山河染成胭脂，荒塚墳丘多了起來，相思林與刺桐樹靜默，聆聽原野上此起彼落的哀悼之歌。那時，離農曆除夕不遠，許多人上不了團圓桌。更有無數人無家可歸，露宿在密竹叢下；埋妥死去的家人後，已無力設什麼靈堂，只向民家乞一碗米、插三炷香，擱在地上，就這麼全家圍著那碗米、掩面哭喊：「阿爸、阿兄回來啊！」

從十二月二十九日至一月底，宜蘭抗日激戰一個月，堪稱全臺最難馴之地，死傷亦奇慘。據《臺灣總督府警察沿革誌》所載，投入戰鬥的抗日軍超過兩千人。一月二十四日起，日軍執行威力掃蕩，至二十八日短短四天，「被誅戮者約一千五百人，燒毀家屋一萬所」，若再加上之前戰亡的抗日軍四、五百人，光這個月，小小的宜蘭躺了近二千具屍體。日方坦白記載：「宜蘭平原大半已成灰燼。」

藏匿在大屯山一帶的簡大獅聽到宜蘭慘狀，情緒崩潰，以頭撞岩壁，同夥齊力拉住他，血從額頭大片流出，他跌坐在地，痛哭失聲。

那是他有記憶以來，第一次也是最後一次哭。

10 朝露

簡大獅從此踏上叛途，糾集志同道合之士，潛伏在陽明山、紗帽山、大屯山一帶，被列入「惡匪、賊徒」黑名單中，是日方欲極力剷除的匪魁之一。

一八九五、六年間北部大反撲失敗後，全臺並未如日方所願就此太平，北中南各地仍有抗日首腦聚眾挑釁，處暗擊明，讓日方痛苦不堪。再者，日方自一八九六年四月結束「軍政」施行「民政」，政務推行亦充滿窒礙。除了因語言、文化、民風相異造成鴻溝外，其內部亦問題重重。舉凡官制改廢頻繁、官紀鬆弛、文武傾軋、在臺與內地對峙等皆不利施政。尤有甚者，官吏素質差更加深臺灣民眾的反感。在日本內地，視渡臺為「入死地」，赴任官吏中不乏素質惡劣且在內地走投無路者。這些人一旦掌握權力，為非作歹、貪贓枉法豈落人後？無怪乎，一八九六年十月，第三任總督乃木希典就任前在日本內地接見新聞記者，坦言就任後首務不是討伐「土匪」而是討伐「貪官汙吏」。次年，果然爆發臺灣官界大貪汙事件，進而引起高等法院院長高野孟矩遭到免職。

抗日的，在槍桿上賭性命，不抗日的也不見得保得住飯碗。十九世紀末的臺灣人民，宛如活在末世暗獄。

一八九八年三月，第四任總督兒玉源太郎就任，採納「糖飴與鞭」策略向抗日軍招降，對有意投降者提供「投降準備金」並安排建築工程或職務以保障生活。日本據臺已數載，政權難以撼動，加上長年轉戰已至窮途末路，全島抗日軍在此情勢下遂紛然繳械歸順。七月，宜蘭林火旺等七百名投誠；八月，臺北陳秋菊、盧阿爺歸順；九月，簡大獅亦率五百眾簽下歸降書。兒玉總督的誘降策略果然奏效，次年，中部柯鐵虎、南部林少貓等抗日首領亦投誠歇戰。

招降只是日方雙面刃之一面，一旦誘出，另一面即是撲殺。既解除「抗日首腦」武裝，分散其股肱，接著欲加之罪何患無辭，安一個背誓造反的罪名只有死路一條。林火旺遭刑戮，柯鐵虎被逼再叛、染病而亡，林少貓歸順不及五個月，日軍即剷除其部眾，他的下場亦是屠殺。

簡大獅歸順後，日方提供工事費使其率領部眾開鑿金山通往士林的道路。但日方始終對他抱持高度戒心，事實上，他也想藉投降培養戰力。一八九八年十二月，日軍突襲簡大獅與部眾駐在地燒煐寮（今士林新安里），雙方激戰，簡大獅右腳受傷，慌亂中率殘部殺出重圍，逃脫而去。在日軍密集討伐之下，簡大獅雖逃逸，但其同黨被誅殺、逮捕者不少。

光天化日之下，簡大獅自火網脫逃，日軍憤恨難消。不多久，查出簡大獅家人，母親、妻子、九歲兒子、二十歲弟弟均住在宜蘭北門口，另外有個哥哥在臺北任事。日軍均加以嚴密監視，逼問蹤跡。

一八九九年一月，簡大獅躲過日軍搜索，偷渡到廈門。再潛回漳州府，化名簡青，住在楊老巷簡氏祠堂內（今漳州市新華西路）。日人探知大獅行蹤，以交換被捕的清將劉德杓為條件，隔海催逼清廷官吏逮捕簡大獅。

一九〇〇年三月，艋舺專員公署派出五名警察至漳州，會合清廷官兵二十多人前往簡氏祠堂抓人。簡大獅逃出祠堂沒幾步，即被團團圍住，就在那兒，八十七年後立了「簡大獅蒙難處」碑。

被捕的簡大獅毫不認罪、屈服，在廈門官廳受審時，義正辭嚴供述如下：

我簡大獅係臺灣清國之民。皇上不得已以臺地割畀日人，日人無禮，屢次至某家尋釁，且被姦淫妻女；我妻死之，我妹死之，我嫂與母死，一家十餘口僅存子姪數人，又被殺死。因念此仇不共戴天，曾聚眾萬餘以與日人為難。然仇者皆係日人，並未毒及清人。故日人雖目我為土匪，而清人則應目我為義民。況自臺灣歸日，大小官員內渡一空，無一人敢出首創義，惟我一介小民，猶能聚眾萬餘，血戰百次，自謂無負於清。去年大勢既敗，逃竄至漳，猶是歸化清朝，願為子民。漳州道、府既為清朝官員，理應保護清朝百姓，然今事已至此，空言無補！惟望開恩，將予杖斃。生為大清之民，死作大清之鬼，猶感大德！千萬勿交日人，死亦不能瞑目！

然而，漳州道、府仍然把簡大獅交予日人，押回淡水。

那是個冬盡春來的黃昏，倦鳥歸巢，幽幽淡水河宛如嗚咽。簡大獅已心死，容顏如槁木，船靠岸，他抬頭看了觀音山一眼，聽取永恆愛戀的淡水河送給他的輓歌。

三月二十二日，經臺北地方法院審理，簡大獅被判死刑。

三月二十九日，在臺北監獄受絞刑而死。

執刑時正是清晨日出時分，當簡大獅氣絕倒下，初春的朝露紛紛然墜落，以滋潤一名三十二歲血性男子之——

死不瞑目。

寫於二〇〇一年九月十一日

天涯海角

給福爾摩沙

你所在之處，

即是我不得不思念的天涯海角。

1 春之哀歌

春，已投海自盡，人說她畏罪。

當百年森林一夕之間被山鼠齧盡，成群野鳥在網罟懸翅；溪川服食過量之七彩毒液，大大批游魚在河床曝屍。那千里御風而來的春婦，蓬首垢面於島嶼上空痛哭：「福爾摩沙，你遺棄我，福爾摩沙，何以故？」

遂降於山顛谷腹。紅檜斬首後，血流成河漫過她的足踝；折翅的蝶體在礫谷上堆積成塚，任螻蟻搬運屍臭。遠方小鎮升起濃煙，百萬隻串烤鶺鴒清燉嫩鴿，滿足人們對和平的欲望。煙塵瀰漫天空，令群花褪色，樹蟬自動割喉。時在五月，一名少婦自名為春，枯槁於雜草叢生的死湖，在蚊蚋聲中，散髮哀歌：

我所思兮！海洋之國，翡翠之島，位於太平洋最溫暖的波濤。

我命候鳥分批守護，魚龍逐浪而舞；我讓禾苗在平原舒骨，蝴蝶蘭與靈芝草在山崖結巢。這是我鍾愛之島，不准大漠滾沙、冰雪鎮壓。我派遣太陽，如春蠶吐絲；指定彎月，像新婦描眉。每年，季風穿梭南北，雨水占領四至六月，替我辛勤的子民拭汗，為我心愛的稻禾澆灌。夜以繼日，我在縹緲的天庭親暱地呼喚，美麗的情人啊！我終生的福爾摩沙！

我曾以歌聲與你盟誓，福爾摩沙，每年元宵燈滅，我將帶著眾神的祝福，欣然返家。那時，稻浪翻騰於野，你會為我鋪好綠絨被；山坡上，遍植茶樹白花，我向山澗借水，親手為你煮茶。福爾摩沙，相逢的故事多似繁星，熠亮之後無不轉墮風塵，唯你與我，以眼認眼，以身還身。島國之外，若有人尋春不見春，當知道，我已回到福爾摩沙身邊，猶如雨落入深淵，風與風再續前緣。

站在雄偉的山脊骨，我褪下錦繡衣襦，拈出顏色分贈群樹，讓豔麗的花朵如狂奔的探子，告訴你有人千里賦歸；我的雙羽翼懸掛於古松枝，露水浸潤一夜，黎明時，將有千百隻白羽鳥自松濤裡飛出，盤旋於天空反覆啁啾，將我年來的情思，一一啣入你的耳朵。

我換上布衣，打扮得像一名不曾遠離的村婦。天光初瀉，雞已三啼，我折枝笄髮，掬水果腹，隨著一伍莊稼漢子，來到平野。啊！阡陌如織，薄霧之中，又如千條飄帶，一起向我招搖。劍葉上一行凝露，爭著對我耳語，昨夜有人未曾闔眼，頻頻催促月亮趕路。我一眼望穿，遠方稻田浮升白煙，乃是你在假眠。我一躍而入，噤聲匍匐，過身之處露濕耕衣，稻葉搖曳如一叢琴弦。有股溫熱遊散於莖葉之間，我已踏著故鄉的泥土，年來的渴慕轉眼成真，我逐漸探觸你的鼻息，接近你的身體——啊，福爾摩沙！我喚著你的小名，別躲了吧！我嘻嘻然而來，福爾摩沙，來向你求愛！

有風，自天上吹襲而來，一席綠被湧生萬千波濤，被面的鷺鷥繡倏地飛走了，只剩葉與葉交頸挲摩。金黃之火燎過原野，穀與穀撞擊，我聽到結實的米粒如玉石相激。啊！最野的雀都驚走，今春的穀子將熟。你剝開殼兒，餵我第一粒白米，嘻嘻然問我：米熟否？我拈去你眉睫上的草屑，舐淨你頰面的泥漚，我說，唯恆久之等待與不變的恩愛，米得以熟。你既酬酢以骨血，而今而後，我怎會吝於以淚代酒。遠處，有農人招呼：「誰家的，外地來的村姑，歇個午！」我挽髮整衫，水淋淋地上岸。莊稼之妻遞來陶缽，為我傾注今年的茶水，我樂於相告，萬頃稻穀即將豐收。面對你躺臥之處，我覆眉而飲；再斟一缽，向你揚去，水珠沿空低飛，潑成你我的合歡酒。福爾摩沙，即使織女梵杼，牛郎斷軛，我與你結髮綰袖，不輕言棄。爾後，我若在異域飄泊，當反覆回味那一粒白米，我若在天庭執戟，最能解渴的，還是故鄉的清茶一缽。福爾摩沙，相逢的故事多似流星，唯你與我，以眼認眼，以身還身。

十五月圓，二十懸鉤。我懷著福爾摩沙之子，宿於山坳草舍，身靜如一名農婦。白晝，我蹲踞河灘，為菜蔬染色、瓜果調漿；夜來，替蛙鼓試音、樹蟬繃弦。港灣傳來遠洋漁船已經歸航，我命燕子為我剪髮，紡織娘星夜趕到，搓髮為繩；我令所有的星子一齊掌燈，讓我親手執針，補綴漁網。我們是海洋之國，若不懂得髮膚相護，終會陸沉。

清明微雨，四月五，烏沉香插遍山崗古墓。彎形鐮刀只斬五節芒、爬墓藤，不斬家國血脈。數百年來滄桑渡海，何曾畏懼狂浪噬舟？縱使船破人浮，猶掌握一線香袋不容盡濕，遂扶老攜幼，家祠南來。幾番烽火燎燒，焦了田園，毀了屋舍，塗炭的只是一己面目，青碑上冠戴父兄之姓，還給家國清白。皇天在右，后土居左，墓庭上鋪設三牲酒禮，供著的是自家園子的上好水果，死生既然同爨，血緣臍帶綿延不斷。青苔滋生於石縫，燭焰如豆，照映百家姓名。百年家國滄桑，最難句讀的，在這片墓域；或為英年軍夫，前來叩拜的，是他的鬢白兒子；或是不歸漁人，新寡少婦跪於空塚，頻頻招魂；或是一生流徙，撇了妻小在海島埋骨的老兵，仍有念舊袍澤，來給兄弟斟酒……酒過三巡，焚祭後，銀箔如黑紙鷂飛入歷史的墨池，流浪民族，一命只抵一字。此後何以傳家？一國之名，家族之姓，一冊千萬字寫成的歷史。

四月杏花怒，五月桃子胭脂。我擇了吉日，領島民之子嬉遊於林樹之間溪澗旁。我熟記他們的乳名，合十擲筊，卜算前路，他們是漁夫之子，農婦之孫，雖是草民實乃國之貴胄，既享祖澤庇蔭，又能鴻運當途。當他們攤開細軟的手掌，掌紋縱貫橫走，合符後竟是家國未來的地圖。我要捕捉那流動的眸光，讓光芒匯聚成一座大海洋，承載著夏天的芭蕉扇，也漂洗了秋天的紅海棠。我引領他們到活潑的山澗，為他們濯衣沐浴。赤紅的童體一一躍入潭中，彷彿一樹蘋果擊出水波，潭水都甜了。我折桃枝為帚，輕輕地為他們灑背祓除；還要依序合掌，接取岩隙滴泉，喝下後祈求長生康健。他們的粗胚衣衫，穿晾在蔓藤上，好似一道道玉帝硃批過的護符，永遠要貼在島嶼門楣。我哄他們入睡，起身尋找果園及菜圃，摘來多汁的紅蓮霧、黃玉西瓜，還有鬆土覆著的甜肉番薯。我砌土為竈，捲草誘火，薯肉燜出一道餓人的薄煙，而小玉西瓜正浸於山澗底，要冰鎮孩童們軟紅的小舌。一傘樹葉篩動陽光，光影幻作一尾尾游魚，穿梭於孩子臉上的毫毛。我傾聽那波浪似的鼾息，知道他們夢著高崗，夢著藍色的天空，夢到在草原上追逐小牛犢，夢著竹籬笆外紅色的雞冠花，夢到母親的炊煙，走失的陀螺，還夢到稻草垛上一隻雄雞喔喔地啼，田裡的穀子長了翅膀，一齊飛到大稻埕上。我不禁疼惜，又指梳順他們的額髮，吹乾髮莖上的夢汗。這安靜而甜美的午後，林樹青草皆為孩童夢蓆的島上，我多麼願意永遠居住，做一名編織童話的女僕。我趁著良辰未盡，潛入孩子的夢裡附耳叮嚀，不管走得多遠，飛得多高，日暮黃昏之前，讓我們相互叫著同伴的名字回到誕生的島嶼，圍坐在林蔭之下，分食熟燙的甜薯。我願意以我的命運與孩子的夢境結盟：明年，當蓮霧在枝頭搖鈴，你們要記得回來，我會烤熟紅薯，微笑等待。

　　而我將產子，梅雨後端午之前，福爾摩沙，我要獻出你的骨肉。潛藏海底，我隱居在紅珊瑚隙，以海草結廬，採紫苔鋪榻；巨鯨與豚魚已分頭清理海路，以迎接嬰之破腹而生。我安靜地躺臥，不食不飲，不喜不懼。鹹波中，我紅潤的女體逐漸溶解，化成魚群身上斑爛的紋彩。繁華洗盡，我素樸如一顆海底的人淚。嬰在腹中頓足，嬰出之日即是春盡夏至，季節與季節遞交權杖，讓夏以少年英姿守護母親所愛、父親所在的島嶼，帶來雷雨與豔陽，使生命得以沸騰。我漸漸離魂，心中淤積著不捨的恩愛。福爾摩沙，我把強壯的夏天託付你，你要褓抱這口希望，答應為我等待；明年元宵燈滅，我會帶著眾神的祝福再次起航，那時，稻浪翻騰於野，我要回到思念的島上……。雷，在高空滾動，閃電鞭裂海面，長鯨已清理海路，殷紅之嬰將破海騰空而來，振翅，俯吻，他鍾愛的父母城邦。

我閉目，魂離肉身，遙想稻浪翻騰於野，山坡上，茶樹靜靜地開著小白花。遙想福爾摩沙，明年，你會前往高山湖泊，星夜裡，為我鋪設鴛鴦被……

歌哭灑入泥土，猶不能彌補龜裂；高山湖泊如一面塵封之破鏡，水禽交頸而亡，在蛆吮後朽成白骨。散髮之婦拾簪刺目，羞於指認這瘡痍之地、破碎之島。哀慟中，七竅汩汩涎血，目瞽聲啞，指裂而足刖，匍匐於乾死之湖，撕裳斷袖，焚於荒野，恩義既然轉墮風塵，終此一生無須眷戀無須守節。遂編髮懸石，森冷之夜，投海自沉。

春已絕。

人們蟹居於水泥城市，自鎖於鋼欞鐵門之內，吃酒嚼肉，叩盤歡歌，呵欠之後，刷牙洗臉，上床作樂。獨有一名人世之母乃拾荒婦，神情憔悴，衣褐百結，黑夜中自東南海面啟程，行腳南北。空乏竹簍，沿著歌聲問路，說要尋找一名世間人子，為某投海婦人題字豎碑，時在五月。

2 蘭嶼古謠

夕陽掉入太平洋，太平洋浮出一顆紅人頭，頭上熱帶雨林固守這古老火山島。珊瑚礁星羅棋布，好比女巫的黑腳趾，站在銀白浪裡，日夜向迴游的魚群招手：「啊！達悟的祖先善於造雕紋舟，造舟為了在海上行走，在海上行走為了捕魚，嗬喲嗬喲！鬼頭刀、浪人鰺，還有漂亮的白飛魚。」

晚風習習，族人分食芋頭給拾荒婦，以歌待客。

祖母綠的芭蕉葉，我們叫他臺灣。芭蕉葉甩了一顆大露珠，噫！Botol Tobago，就是蘭嶼。我們是達悟族，快樂的捕魚人，會說こんにちは，聽不懂閩南話，學了一點點國語，會唱三民主義，認得新臺幣。外國人最愛坐飛機，坐飛機來問我們 How much？妳的臉上有黑夜，想去殺蛇山抓紅角鴞，還是要曬魚架上的燻飛魚？妳的竹簍這麼大，要裝水芋頭還是大法螺？啊！希．亞羅索維有兩粒小石頭，比我更聰明的小石頭。我現在要到涼臺上唱很多條歌，把黑夜趕走。等我心情好一些，再告訴妳希．亞羅索維的小石頭。啊，我的神喲！請祢讓我唱得很流利，不要唱錯。

黃毛豬散步於海濱公路，尋覓豬母藤及波羅蜜，踩扁五四三二一個可口可樂空罐頭，傍晚就自動回到國民住宅旁邊的窩。原始部落沒有廁所，灌木叢裡任君選擇。曬魚架上齊整地掛曬男人魚與女人魚，男人女人都愛唱歌，小心地收藏tabacco。卵石鋪設的空庭上，種著白艾草，豔紅的日頭花一朵朵。庭上豎立大石板，有的立有的臥，據說是望夫石，坐在石上唱唱歌，等候雕紋舟自海面平安歸來；或云石板數目表示家人有幾個，倒塌的石板表示有人永遠不再回來。每一造木屋三大落，茅草涼臺面對著大海洋，等候文明的浪潮沖來一波波遊客。工作房裡可以舂小米，強壯的少年吃了會長肉，跨過海洋去臺灣找工作。四、五年才找齊一百五十塊好木頭，蓋了主屋要一代一代地打掃乾淨。每座木屋都有很長的故事以及族人相互祈福的歌，並且驕傲地用古謠慶賀新屋落成。曾經，長子以雄渾的聲音起頭：「我把印度鞭藤做的圓環掛在父親肩上，我繼承祖先留傳的宅地、金片和財產，希望我的子孫繼續住下去，新宅內增加許多財富。」年邁的父親以光榮的高音唱和：「啊！我的斧頭最銳利，我天天到山上伐木蓋房子，我開墾水田不敢懶惰，還養很多豬、很多羊，我分配給大家。」戴著貝殼鍊的母親迫不及待地唱：「我早上很早起床，直到天黑都勤勞工作，照顧我們的水芋田，我的男人手拿咬人狗把害蟲趕走，我會揹起水藤簍把水芋一粒粒地採收，收成的水芋分配給大家，大家都讚美我，我並不值得讚美，實在很不好意思啦！」於是執禮的老者伸展雙臂唱出趕惡靈歌，卻在最後，模仿惡靈的口氣唱著：「雖然你造了這個房子，可以住到很老，但終有一天你會離開這個房子！」

古謠趕不走惡靈，終有一天族人都會離開部落搬入水泥建築，並且打造最安全的防盜鎖。臺灣來的同胞要選購民俗文物必須趁早，煙燻的陳年水椰壺懸在工作屋，五十元新臺幣，老婦人雙手奉給你，帶回臺北標價一千五。既然閩南民家的豬槽可以養蓮花，廟宇的雕菱窗掛在大廈裡當版畫，丁字褲也夠寬，鋪在茶几上喝老人茶。文明成功地估價了原始，而原始不斷地販賣自己，所以公路邊縣政府的告示牌只會對遊客恫嚇，請勿購買八角禮帽或驅趕惡靈的雕紋刀、水藤兜與藤甲、陶壺與八字冶金飾。但遠洋商船來過，國寶級蝴蝶蘭與金鳳蝶大量減少。婦女頸項所戴的，一根線頭穿著塑膠鈕釦，多彩的貝螺項飾圈在手上兜售。啊！芋頭之後，燻魚之後，椰子之後，tabacco！tabacco！

「歌謠會不會再度繚繞國民住宅？黃昏時坐在涼臺上看海，八點整會不會被連續劇取代？當大同瓷器比雕紋木盤晶亮，外銷成衣比煙塵染布耐穿，有誰願意告訴我希・亞羅索維的小石頭？」拾荒婦問。

礁岩錯落成一泓清潭，海蛇與鰻魚在潭底棲息，陽光遊走於潭面，像一名執石頑童探測魚群發光的祕密。三兩個大眼睛的小孩快樂地裸泳，爭著在石頭上寫下姓名，水漬轉眼被陽光沒收，留下一則古老的達悟神話，說有一個叫希・亞羅索維的年輕人上山砍柴，拾獲兩粒會打架的小石頭。黃昏時，族人捕魚歸來，圍坐在希・亞羅索維的涼臺上分食椰肉觀賞石頭摔角。奇石的消息不知怎地流傳到海外，一艘外島船帶來金片、瑪瑙買走小石頭，就這樣，希・亞羅索維每到黃昏就對著海洋痛哭，因為蘭嶼再也找不到會打架的小石頭。黑皮膚的海洋兒童快樂地訴說祖先的故事，潛入潭底拾來一枚大貝殼，友善地放入拾荒婦的竹簍，又怯怯地伸出一根指頭：十塊錢或是一包 tabacco？

啊！飛魚會不會再次向達悟族人託夢，說惡靈已經悄悄回來？

3 港都夜曲

切仔麵，一碟海帶一盤豬頭肉，頭家娘，紅露酒摻保力達 P，不醉不是我的兄弟。「啊！今夜又是風雨微微，異鄉的都市；路燈青青照著水滴，引阮的悲意。青春男兒，不知自己，欲往哪裡去？」

靛青色的夜掩不住港口漁燈，燈火閃爍在浪子的瞳仁，要回到家鄉女人掛起梳妝鏡的窗臺，抑是飄泊於異國海域，在扣押的獄中吟唱浪子的無奈？攀居世界前幾名貨櫃營運量，這城市逐漸練就傲人的鋼鐵性格，人們宣稱此處乃海島之國的一雙鐵腕，忠實地把貨色運給經濟強國，又定時提供第一手舶來貨。這裡的男人孔武有力，善於煉油、拆船，任憑太陽在肌肉上抹辣，盡責地養家餬口。旗津外海每天都嚥下一枚猩紅日頭，卻也改善不了入夜之後鹹腥的浮風。歇航的水手不屑魟魠魚羹，偏愛泡沫生啤酒，嚮往燈火闌珊的街頭，七級風侵襲海棉床墊掀起巨浪曲線，並且在封盤以前，以起錨之日簽注「大家樂」，除了賭注有什麼能控訴生命的輪盤？明天，女人掛起梳妝鏡，為誰拭洗身上的魚腥？

所以，清道夫分頭出門了，港都無雨，電線杆上張貼重金尋找心愛的博美犬，某婦人哀哀欲絕。這個因長期失眠布滿血絲的高燒都城，從不缺乏擴音喇叭一大早沿街呼喊臺灣人覺醒，宣稱政治乃刻不容緩的拆船重工業。所以，汙臭的愛河已經整治，遊艇上演奏了一場小提琴之夜。然而政治堪輿師是否能偵測這新興之城總共埋伏幾枚地雷？在深奧的明牌籤詩與核電廠舉辦的釣魚比賽之間，誰是最後的贏家？假使萬人大壁畫終於使鋼鐵沙漠出現文化綠洲，誰能傳遞薪火？如果每個人都必須說流利的臺灣話，站在橋墩對愛河發表一場血緣演說，鯉魚與吳郭魚會不會自動分開，老死不相往來？

豔陽已高掛中天，二港防波堤宛如一把利刃，以兩公里的刃身刺向海洋心臟，海浪雙向沖堤，彷彿是身亡時刻最洶湧的血液。疲倦的拾荒婦在此獨坐，竹簍裡塞滿正港臺灣人的集會宣傳單。堤岸盡頭，一座廢棄的守望塔，門扉鬆著鮮紅漆，在鹹腥的海風中浮盪，半空中彷彿有裸婦血崩，而遲遲聽不到嬰啼。灰鷗聚集於塔頂，喧囂地討論彼此的漁獲量，交換政治正確情報及走私行情。黃昏來了，一輪紅日以宿醉姿勢，降於煤渣漂浮的海面，彷彿隨口嘔吐檳榔汁；港都的漁火竄起，夜色深沉，朱門塔終於在終極之堤消失。此刻，清道夫紛紛出門了，街頭上，路燈青青照著水滴，青春男兒，不知自己欲往哪裡去？

4 臺北搖滾

「如此這般地走著，在天空和地面之間，你是一個城市英雄；如此這般地活著，在未來和過去之間，你是一個城市英雄。」無所謂地閱讀股票大幅漲停，無所謂地分期貸款一間公寓三十多坪，無所謂地娶妻生子不堅決反對外遇，無所謂地討論年終獎金或愛滋病，內閣是否改組無所謂，只要示威遊行不阻塞忠孝、仁愛、信義、和平，無所謂地準時回家吃晚飯，新聞報導裡選舉造勢像一場免費電影，氣象預測明天會下無所謂的暴雨，連續劇有愛有恨非常無所謂，其實明天帶不帶傘出門再決定，要不要去大陸投資無所謂，每年五月要報綜合所得稅，如此這般地走著，走累之後死在哪裡無所謂。

自從排名世界第十二貿易強國，首都臺北早已展現撩人身姿，準備擠進國際舞臺。這個豔光四射的都市，如一名一夜之間致富的貴婦，成為世界各主要城市忠實的消費者。懂得選購巴黎最新流行服飾，關心多變的天氣是否影響用來製造皮鞋的義大利牛隻，每天下午三點鐘細細地啜飲英國皇家紅茶，討論美國乾旱何時解除或蕾莎如何馴服了戈巴契夫？臺北臉上看不見歷史的汗斑，所以盡情選用外來文化化妝，如果多明哥的首席歌劇能夠治癒困擾多年的飽嗝，颱風擊潰基隆河堤洪水淹了辦公大樓，表示臺北正流行解構；所以，四線林蔭大道上長出高麗菜，石塊邀請盾牌共舞，證明農民也懂得後現代！（注）

注：指一九八八年五月二十日農民運動。

解嚴之後，人人皆有發燒的本能，要求權力重新架構並且在利益的鼎鑊裡分一杯羹。如果臺北是一部龐大機器，誰能描述它要生產的是什麼東西？當環球性的選美在掌聲中圓滿閉幕而一場火爆衝突卸下立法院的匾額，誰能分析到底應該歡喜還是憂慮？最高明的丈量師能否計算多少平方公里的土地已成為殖民地？誰來凝結上一代的血淚與這一代的汗水，告訴下一代除了外匯存底還留下更值得驕傲的東西？誰能預測完整的中國流的是長江還是淡水河？如果暢銷作品等同於麥當勞漢堡能迅速解餓，誰前往焚化爐為夭折的靈魂默哀？要經歷多少黎明與黑夜的鞭笞，臺北才能悠然醒來，在歷史巨冊二十世紀那一頁，朗誦一首偉大城市才寫得出的史詩。

但是燈火與聲色交織的夜已經悄悄降臨。狂飆少年占領道路以證明存在，而胭脂女孩正沉醉於雷射舞臺。穿過喧囂夜市，拾荒婦終於來到玻璃帷幕大廈的頂樓，卻驚見時間已酒醉在避雷針上，以疲軟的手勢招呼這名無處投宿的流浪婦，並讚賞她竹簍最適合丟擲空啤酒罐頭。霓虹仍舊製造機械繁華，芒光在她頭上灑成白霜。末世紀的夜逐漸深沉，明日是否有太陽自海平面東升？時間之神搖搖頭，說：把存在交給菸頭去燃燒，福音書就是酒精成分的液體麵包。至於未來，去凱達格蘭大道打聽吧，我這兒不是選民服務處，無須嘮叨。

5 夏之獨白

我多情的母親沉海自盡，尋找人間赤子前來撈屍的拾荒婦遲遲未歸。我是被棄的遊魂，無從附身，在父與母決裂之後找不到誕生的洞口。我背誦母親的戀歌，福爾摩沙是我們鍾愛的島國。我祈求太平洋的波濤拍擊福爾摩沙的額，父親啊！賜我面目賜我英勇的名姓！而春季將盡，我雖纏繞於母親身側猶無法阻擋噬肉的鹹波，鯨吞之中我眼見春天已腐朽，盟誓過的恩情化為烏有。

我要偕著母親的靈魂越過海洋而去，母親啊！切勿頻頻回頭。我已吩咐，閃電不必追趕，天空的雷無須等待，因為，春與夏永遠不會回來！

刊於一九八八年十月二十六日聯合副刊

【附錄】

秋殤

——為一九九九年九二一震災而作

如今，您們躺下。在自己的家，自己的鄉，自己的國土裡。一九九九年九月二十一日丑時，星月交輝、微風吹拂，甫過最喜氣的九月十九，離月餅與柚子的節慶只剩三日，而您們竟然躺下。

如果壓在您們身上的是柔軟的被褥而不是磚牆，我們的痛苦，會輕一點。如果包圍您們的是花朵而不是瓦礫，我們的眼淚會少一些。如果鞭打您們的是柳條而不是鋼筋，我們的愧疚會短一點。如果親吻您們的是陽光而不是永恆的黑暗、如果在您們耳邊誦唱的是天使的詩歌而不是圓鍬十字鎬挖土機，我們的心不會那麼痛。如果奮力挖掘即使十指流血亦不停止，猶能將您們摟抱入懷，聽您們喚過家人名字、說完每一樁遺願再走，那麼我們的恨不會這麼地深。

婆娑之洋啊美麗之島，那夜竟無一位神眷顧原應靜美的秋夜，無一神守護善良子民的睡夢，任憑地底魔力搖撼這小小島國如摧殘汪洋裡的一葉扁舟。

那夜強震襲來，睡與醒之間的距離僅容一粒沙。彷彿有千百支縫衣針刺向背脊，人從床上驚跳而起，覺察到前所未有的搖晃，如一名瘋子掐你頸項死命地搖，無邊際的黑暗令人驚悚，顧不得巨大的聲響在耳畔威嚇，顧不得自身安危，一心一意呼喊親人的名字，摟抱同床共枕者或奔向另一個房間欲保護家人——時間在此凝固，永遠地封鎖了。

所以我們這些倖存者，帶著戀戀不捨與無法停止的淚水迎著天光誦念報紙上刊載的死亡名單——沒有一個名字是我熟識的，但也沒有一個字是我不認識的。陳姓一家五口、李姓夫婦二人、簡姓親族二十九人、林姓兄弟兩家共十一口、黃姓王姓吳姓、莊圍社區部落……長長的名單是神的恩典還是惡魔的饗宴？這名單上的人何罪之有？不過是務農的阿公阿嬤、做生意小商人、行船捕魚男子漢、採茶賣菜婦人、背書包上學的五歲、六歲、七歲兒童！他們離權力還有一段遙遠距離，亦無勢力勾結官商，更無實力與黑金共舞、吸食土地與人民的精髓永不饜足。他們只是大地上憨厚傻氣的人民，信任政府、信仰天，以為用選票選出來的應該都是清官賢吏；以為平生不做虧心事，應得佛祖菩薩保佑。

「天道無親，常與善人」是句謊言。為什麼斷垣殘壁不壓貪官汙吏？為什鋼筋鐵條不困土豪劣紳？為什麼哀哀欲絕的總是手無寸鐵的布衣平民而不是高高在上、不問民間疾苦、不管他人死活的政治敗類呢？

難道這小小島國必須藉生離死別的痛苦才得以壯大、獻上血祭才能福祚綿延？難道唯有在臺灣最美麗的心腹之地涵育的最善良子民才能為這座日益喪失正義與理想、沉溺於貪婪與罪惡的孤島做「救贖」，才能讓這島醒過來，看看自己雙手沾的是什麼？摸一摸自己的心口還剩什麼？

若如此，您們——兩千多位平凡百姓便是這一場大自然戰役裡的戰士！是換取我們走向正確之路的英魂。您們躺下，供我們踩著您們的身體牢牢地站好；您們躺下，把殘破的家園交給我們，讓我們有機會回憶這島嶼命脈是從災難與流離之中開始的，回憶數百年來，哪一次不是緊咬著孤獨與無助把日子過下去，哪一次不是一無所有卻終能白手起家！

魂兮歸來！我們最親愛的父老、戀戀不捨的鄉親！我們將搬移壓在您們身上的磚牆如同搬移邪惡，剪除圍困您們的鋼筋鐵條如同剪除不義，還您們一身潔淨如同修復我們自身的心靈。

魂兮歸來！請您們從今以後守護這島，做我們永不倒塌的靈魂梁柱！當諸神離席的暗夜，我們亦不恐不懼，因為抬頭便能望見兩千多顆星子，陪伴我們直到陽光降臨。

一九九九年中秋團圓因您們遠離而空缺，這被沒收的時間我們要一分一秒地討回。請與我們訂約，您們當中身體強壯的，要記得攙扶每一位老人家、照顧每一個懷孕婦女、牽好每一位孩童、抱緊每一個嬰兒，不管路途多遠，要回到婆娑之洋美麗之島，回到福爾摩沙。

浩浩蕩蕩，魂兮歸來！在每一個月圓的秋夜，一起回家。

刊於一九九九年九月三十日聯合副刊

水證據

給河流

如果可以飄浮於空中，
你希望找到一條最像童年河的溪流，
先至源頭處，
像祝福嬰兒一般願她一生平安、燦爛，
然後重溫靜靜地坐在岸邊聆聽河水的幸福。

想像你正飄浮著。

想像你飄浮在高空之中隨氣流翻轉，時而如一片嫩葉迎向驕陽及不可計數的星宿，時而倒臥如古木，測量陸地與海洋。想像你路過東經一二二度、北緯二十五度附近時心旌搖晃，彷彿遠方有人喚你姓名，遂撥開雲層俯瞰，一陣陡然上升的氣流帶你偏離座標，盤旋向上。你速速穩住身體從萬餘公尺的高雲區緩緩下降，無意間竟同時穿越如蔥瓣層層包覆、在宇宙間浪遊的時空層，於是你見識一座島離奇誕生。

初始是一億五千萬年前，你驚訝這古島只不過像浮在海面的兩三滴嬰兒淚珠。你尚未看清淚珠的布局即一箭掉入一千萬年前至五百萬年前區間，這回你看到「菲律賓海板塊」與「歐亞大陸板塊」宛似不共戴天仇敵，擠壓、交戰，逼出這島的脊梁骨——中央山脈。接著，你穿過約三百萬年之久的火山爆發期，滾燙的岩漿四處噴發，如傷重之人流淌鮮血。你無法在這火燒之島駐留，迅速墜向另一時空層，不意竟撞入一萬二千年前的冰河期，你的腦海尚留著熾烈的火舌印象，頓時無法接納冰封事實；你在酷寒中顫慄，竟幻覺這島被冰棺鎖住。冰河期海水降低，使島與大陸之間的海峽乾涸，彷彿有矯健且壯碩的動物在露出的大陸棚上奔蹄，朝這島遷徙。你不及等待回暖、見海水如何一寸寸解凍又填滿海溝，便提早進入另一層時空。那是十六世紀晴朗無雲的某一日，你在高空發現這島宛如一枚綠眸，安靜地停泊在大洋與大陸激戰之處，拱起的中央山脈使她看起來只睜三分眼，無限淒迷卻也流露悲憫。你情不自禁被她吸引，飄然而降宛如迷路葉子被母樹召回。你完全不理會有一支白面紅髮的海上探險商隊一面敞胸享受季風吹拂一面擒起望遠鏡對島觀測、高喊，只是癡癡地凝望這翡翠般散發綠芒的島嶼。你被豐饒的綠澤感動，雖未見到野鳥山雀蹤影，你卻相信整座島嶼都被會歡歌的綠林覆蓋著、晃動著。這美妙的瞬間千載難逢，你竟想將她據為己有，一生不夠，一世不夠。其實你心裡明白，觸動你的是她的身世，火燎過，冰封過，歷千百劫而悠然一醒，復活後自有一股容得下憎恨也藏得住情愛的雍容氣派。你歡喜讚嘆，這島是菩薩眼。

現在，不可阻塞的思慕頓時注滿胸臆，乃雲層不能遮蔽、烈日無法蒸涸。這思慕是一切的源頭，歡樂、憂傷或痛苦。你內心澎湃著，彷彿夏日的積雨雲渴望釋放雷陣雨，於是你依恃意志慢慢向島嶼泊靠，你愈移愈近，幾乎像繫在高山峰頂百年冷杉上的一線風箏，原先高空所見的綠眸搖身變成側睡的地母身軀。現在，你的高度適於追蹤獼猴的嬉戲路線或數算島上河流。

為了數算河川，你繼續忽高忽低地飄浮。「數算」的念頭令你覺得甜蜜，近似孩子般期待——這感覺非常熟悉。你不禁相信，生命中每一樁美好事件發生時，人會在飢膚表層埋下無數酥癢暗號，以備日後藉由其他事件、細節觸動那酥癢機關而再度喚醒美好經驗。你試著解析這甜蜜、期待感覺，鈎出往事。適時，你的腦海浮現溫暖回憶，數十年前你仍是幼童即曾擁有如此刻般的甜蜜數算：那是春日午眠乍醒時刻，你推被坐起，恰恰好看見風藏入竹叢內舞動，低垂的枝葉一會兒拂過窗戶，一眨眼又速速退回。你常常把手伸出窗外，折一兩枝竹條插在眠床角落木板的縫隙裡，玩著幼童的幻想遊戲。此時，你被以你的年紀尚無法言說

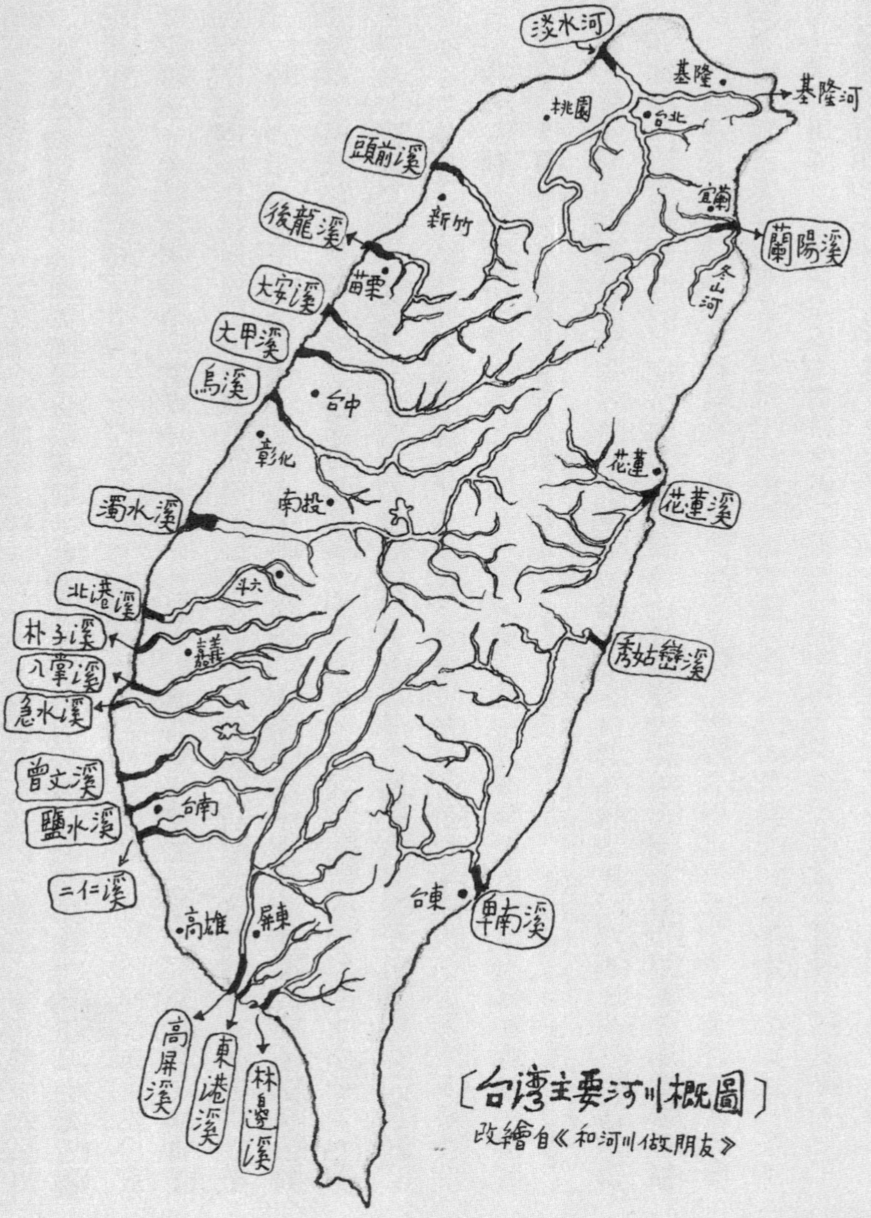

〔台灣主要河川概圖〕

改繪自《和河川做朋友》

的那份天地悠遊的情趣打動，不想折枝，僅依隨莫名的歡喜意識，湊眼觀看身旁仍在熟睡的祖母。你輕輕拔出她頭上的髮簪，細玩其圖案，復插回，她仍不覺。於是你大膽地扶起她的手臂，翻左覆右、提上放下，數算一個勞動老婦手上的青筋。你的目光追隨筋絡起伏，終於在浮凸與潛行之間迷失。你相信當時祖母一定已醒覺，卻仍然假寐成全孫女的祕密把戲而暗自竊笑。但你不知，因不知故全心全意數算血脈而烙印了一生的愛。

此刻，這島這地母必定也裝成不知你正在數算她身上的血脈，以誘發你對她的愛吧！一百二十多條河川流淌於島嶼全身，壯河足以行舟，即使是瘦川，兩岸種稻植菜也夠養活一村。你輕聲嘆息，這隻綠眸稱得上淚眼婆娑。

你無法解釋為何河流總讓你興起戀母情懷！或許是從娘胎帶來的，於羊水中嬉游的原初記憶吧！這使你無法抗拒任何一處河灘芒草的招引而想要親近，不得不聆聽水流呼喚而輕聲響應。你癡癡凝望每一條遇到的河，於徒步或車行中，你為翠綠景致、清澈河水歡喜，但更多時候，你不忍卒睹那汙濁且飄著牲畜糞味的臭河，遂屏息閉目、匆匆經過。剎那間，你的心碎著、痛著，只有自己才聽明白，那碎裂的聲音有多尖。你看過因皮膚潰爛而毛髮脫盡的棄犬，一條黑河，對你而言就像耳聾目盲全身癩痢、倒臥在路旁的親生母，她看不見你，而你衣冠楚楚地看見她卻喊不出口。

逃，成為你在城市叢林中最常使用的動詞；就這麼路過吧，當作沒發生。然而人在自欺中獲得的甜食，恐怕連螻蟻也不屑一顧。經年累月在頌揚科技文明的征樂中負著生活之軛，你的精神狀態日漸佝僂、萎縮，自慚不及旅鼠，牠們猶有勇氣躍入那阻斷遷徙的海洋，而你只能垂下頭，怯懦地看著紫外線指數偏高的陽光撥弄你的影子，如有人持竿撥弄火焚後的焦屍。

那焦躁的感覺隨著新舊世紀交替之逼近而加深。你想反抗故常常覺得口渴，彷彿另有一具軀體埋在滾燙沙漠裡未被掘出。你拚命灌水，試圖跟整座沙漠頡頏。

事情開始有轉機是跨入中年門檻之後，不知不覺，你多出好幾副「眼睛」來觀看熟得不能再熟的生活路徑。

譬如，你徒步至山下購物必然經過的跨溪大橋，橋左側的風景只有天空、山巒與溪流，這是你摯愛的一景。山巒溪彎之處，偶有白鷺棲息或尋幽釣客獨坐石上或一陣野風吹動芒草，這是你摯愛中的最愛。如今，重型機具及勤奮的外籍勞工恰恰好在你摯愛的景致中豎起兩座跟焚化爐煙囪一樣嚇人的橋墩，以高聳入雲的姿態宣告高速公路交流道必會「大駕光臨」。那兩座橋墩像兩根刺，除了「象神颱風」當日你目睹滾滾泥湯升至橋墩三分之二高、據此預言下游地區必將潰堤淹水，乃這兩根俗物提供測量之用外，其餘時日，二刺傷眼。又譬如，你返家途中抬頭見山，山嵐繚繞之處新豎了幾座負責「南電北送」的高壓電塔。再譬如，溪畔路旁你曾俯身欣賞草叢上布滿早已在市面絕跡的粉紅小蓮霧，遂仰首與她相認、如見乳母的那棵高齡蓮霧樹，如今被劃入土雞城之類餐飲業者的停車勢力範圍。你不卑不亢過你的生活，其實是對這些轉變無能為力。

直到有一天，初越中年門檻的某日，你練習用另一種視力觀看四周。你站在橋中央，面對那兩座橋墩，觀之諦之參悟之，你設定自己只有十歲，相襯地，那天空、山巒、橋與溪流亦回復三十年前面貌。你深情地滲入那時空，首先覺得一陣秋風閒閒吹來，將附近山巒翻了個身，同時晃動你所佇立的吊橋。你的意念在此停頓，深深嗅聞風中落葉的香氣，閉目聽取溪聲，貪心得像永遠不再、永遠不再，以致回神後略感惆悵。你又假想自己已逾七十之齡，乃辭世前數日、意識尚完整時，你經過老蓮霧樹原址——三十年後這兒可能豎了一根公車站牌，你決定就在這有溪有樹的地方跟整個世界告別。（你擔心羽化之際會有短暫性驚慌無助之苦，若有水靈樹精護持，即使是忘川之靈、無情樹之精也比醫療管線讓人安心自在。你謀慮溪流風景已久，可惜旁人無法洞察，只視你如迴轉車壽司般巡迴於各大醫院。此日無意間路過，倒成全了你的渴慕。）孝子賢孫（若有的話）記住的是數日後你在醫院或自宅歸西，只有自己知曉，你的魂爬上蓮霧樹，就在那溪畔老樹懷內、如嬰兒熟睡般舒服地蟬蛻而去。雖然在旁人看來，那兒只有覆著鐵蓋的排水溝及一根毫無靈氣可言的公車站牌。

這般私密練習讓你掙得一些轉圜空間，甚至類近輪迴轉世。於逸走之中，你覺知所有意識、思維、欲望、情愫一一拆解，紛然飄流於浩浩蕩蕩水域裡，隨漩渦而迴轉，遇斷崖則跌宕。於是，那些行經煙火人間必會沾染的恩怨情仇像沸湯上的浮泡、糟粕，漸次漂走。重組後之意識、思維、欲望、情愫有了光澤，彷彿一棵枯敗之樹，躍入水中潛伏數日，上岸後察覺樹幹枝椏冒出密密麻麻的嫩葉，那純然的光澤令人竊喜，再一次，你忤逆了這世間。

現在，諳練心靈祕戲的你已能對抗現實裡隨時出現的各種破壞，包括矗立在溪流中的那兩座橋墩及引爆居民拉布條抗議的高壓電塔。你用無盡的思念自我治療。那深埋內心糅雜經驗與想像、對壯美自然與樸麗田園的思念是你深戲的憑藉。人遇風邪而流涕，逢哀傷而垂淚，因思念則飄浮。

飄浮於離地萬呎空中，你算出百二十餘條河川織成銀灰漁網，從太平洋海底撈起這豐腴之島。想必當時曾高高撈起又重重摔落，致使破海瞬間激生的一圈白浪，永恆不滅。

你放任自己依隨川流而凝睇、游移，險險迷失於銀色網罟之中。你定一定神，理所當然從流程最長、幾乎橫穿整座島嶼的濁水溪開始想起。

自中央山脈躍下時，她只是一尾敏捷的銀白小蛇，一路穿鑿山體、切割幽谷，颼颼然如不畏天地的小龍。她狼吞虎嚥急著把自己養胖，就這麼嚼食板岩吃下過量黑砂，導致溪水變濁。行至下游，這條泥黃大蟒用盡最後一絲氣力，扭身摜出肥沃的沖積扇平原，而後斂目出海。如今，你懂她了，沖積扇平原養出獨特的濁水米，乃是一粒粒語句，每日黃昏暈米聲中，響出她的叮嚀：吃壯吃實在了，才挑得動一籮一筐的苦難。

這炊煙形象太過鮮明，使你不禁憶起二十多年前甫入大學、某次社團聚會的情景。那時你什麼也不懂，傻傻地加入一個即將瓦解卻仍在殘喘的文學性社團。新社員僅有幾名，老鳥不過一兩隻。吃過迎新飯後，總得做點跟這社團有關的事兒才行，於是有了那場誦讀會。更確切地說，是新社員選一段跟自己家鄉有關的文章，幾個人窩在桌椅零亂的舊教室裡念一念罷了。你根本忘了自己誦讀什麼，可是你記得那個剛從鄉下北上念大學、尚未度過思鄉階段的理工科男孩。黑黑瘦瘦的他略顯靦腆，臺語流暢帶腔，國語彆扭亦有腔。他讀文章的聲音考驗你的聽力，促使你必須在無影印稿可供參照的情況下支起耳朵如聆聽聖旨。你第一次聽到濁水溪這名字。什麼樣的描寫已聽不出，因為他的聲音忽然哽咽，不明所以地哽在沒人知曉的故事裡。沉默封鎖了那間舊教室，人人垂首不知如何破解，如置身喪禮。最後，他啥也沒說，收拾東西，離去。不多久，那社團也在眾人默認下煙消雲散。

年輕時，你特別厭惡「失控」，認為那是對意志力的羞辱。是以，不能理解為何他誦讀家鄉河流竟像一個兒子在哭母親。鬢髮漸霜之後，你了解那男孩在古老教室裡向你們展示的是一個人一生中可能僅有一回的純情——對家園、土地真情流露。進入社會後，這純情不再。

從米糧想到魚，便不能不記起大甲溪上游支流七家灣溪一帶的櫻花鉤吻鮭。

大甲溪水力豐沛，蘊藏量居全臺之冠，哺乳了大臺中地區兩百多萬居民並供應灌溉、工業之用。這般極度入世的河川，竟有一段冰清玉潔、不染煙塵的上游。

發源於雪山山脈的七家灣與武陵溪在武陵地區匯合，加上源自羅葉尾山的有勝溪來會，三溪共聚形成大甲溪主流——從此這河入世。入世的故事難免千斤重，尤其這條母河奶量驚人，數座水庫壓身，比永鎮雷峰塔的白蛇更無翻轉機會。兩岸成千上萬人口嗷嗷待哺之狀，想來令人悚然。這流奶之河若還想有一點自我，便只剩腦海風景。悠游於七家灣溪的櫻花鉤吻鮭，大約即是這河祕密冥想的前世罷。為世情所困之人總是毀掉今生，河亦如是。

自雪山悠然而出的七家灣溪，流域長度僅十五公里餘，卻具有一股靈氣，讓櫻花鉤吻鮭斬斷思鄉、洄游之鏈，與她依偎七、八十萬年。這冷水性鮭魚的旅途十分迷離，或說是百萬年前遇冰河期，這島與大陸相連且氣溫驟降，魚群順流來訪，在此卜居。冰河消退後氣溫回升、海再現，殘存之魚不耐高溫，自平地暖河逆溯至高海拔寒溪，遂孑遺成「陸封性」魚，在冰冷處安身立命。或說牠的祖先可能生活在黑龍江上游古代湖泊，於降海過程順寒流千里飄游。

總之，牠們在山鳥歡啼、流水淙淙的七家灣溪找到自己的桃花源。對這群具有化石價值的魚而言，原鄉、異地之辯已失去意義，因為所有的傳奇皆導因於一次意外之旅。

你想起多年前武陵遊，穿越眾樹雜處的原生樹林，隔著數步之遙，你遵循保育專家所指凝視流水，試圖發現魚蹤。其實你什麼也沒瞧見亦不再聽聞身旁人語，只深深被這條清澈到接近柔情的溪流吸引。你感覺眼前風景即是一個悟境，種種我執漸次消融，遂恢復孩童之眼與她相認。武陵地處雲霧帶，遠山雄渾卻終年煙霧繚繞，近處反而陽光燦亮。你偏著頭，以目光臨摹山嶽奔馳之姿及岩脈驛動之法，又放眼細數色彩繽紛的濱溪植物，見落葉在風中閒飛，終於隨流水。潺潺溪流，如雲遊僧一路誦唱。溪底黑白卵石，清晰可數，濕潤的樣子像軟石頭。溪面浮著陽光與葉影，更像無數悠游小魚。你抬頭，復見百年松杉、千歲紅檜所指的那方晴空，窣窣然有感：人經歷種種遠近、軟硬、冷熱、輕重、動靜、五彩與黑白、有聲和無言……所為何來？莫不是為了體會有情眾生所嚮往的清明時刻，為了親自領悟一切事物所指向的最終本質？你於是迴觀自己，深深覺知這芥子般生命能夠存在於天地之間，實是驚異的、值得致謝的。你問自己：「如果這生命於此時消失，會怎樣？」正當這時，保育專家邀大家移步向前，他正要講解溪流生態及櫻花鉤吻鮭的保育計畫。你聽到遙遠處傳來不知名山鳥的啼叫，短短數聲，復歸寂靜。即使駑鈍至無法用言語表述所謂本質涵義，你也不難視眼前風景為一片顯像拼圖，藉此臆想全貌。該流淌的，日夜流淌；該悠游的，繼續悠游，該萌發的，在春日萌發；該飄零的，自在飄零。

「如果這生命於此時消失，會怎樣？」你問。

微風吹拂，空氣中瀰漫森林冷香。

「一滴雨，落入溪流中，會怎樣？」你又問。

即使五歲孩童也會攤開手，手指旋出兩朵空花，說：「沒怎樣啊！」

也許，答案就是這麼簡單。你想。

你不禁微笑，溪聲叮叮咚咚，說的或許不是生態語言。「鮭」即「歸隱」，暗示一條盡責給水、灌溉、供電的民生大川，在她腦海深處不僅杳無人蹤，且早已把紅塵看破。

你當然不會忘記凱達格蘭人守護過的基隆河。

這河是個異數，桀驁難馴，性似頑童。他開開心心造瀑布，又忽發奇想鑽蝕河床挖出一堆「壺穴」。他對米糧、漁產不感興趣，十分詭異地出產砂金和煤礦，連西班牙、荷蘭人都曾聞風而至。

頑童長成叛逆少年，最愛蹺家搞幫派。他把不歸他管的兩尾小河給併了，活生生搞出令專家頭痛的一百八十度大轉彎。從地圖上看，這河自平溪鄉菁桐山出生後，流穿南港山脈與伏獅山山脈之間，一路乖乖向東。到了三貂嶺附近，卻突然九十度向北轉，流至金礦之城瑞芳，又九十度轉向西流。這由東而北、自北轉西的步法，若非狂舞即是大醉，倒也符合青春期德性。天有天道，地有地理，若有所謂河川法庭，憑這河的叛逆行徑，一定被押入少年河川感化院。

然而弔詭的是，江山皋壤若不叛，怎能造出奇景？既已成就奇景，此地自然不適人居，人應謙沖而退，另覓他處結廬。可是，人不這麼想，硬是以逆治逆，移山填海或截彎取直，對一條河施以手銬腳鐐，逼其就範。基隆河花了數萬年光陰兼併二河才造出大轉彎，人打算花幾年叫一條手舞足蹈之河立正站好呢？河有河性，每年颱風季暴雨來襲，即是這河越獄復仇時刻。雨水永遠幫助河水，河水足以牽動海水，這力量讓原名「水返腳」的汐止大鎮不僅水淹腳目，且浸入泥湯之中。

那景象教人哭，彷彿以天地為鼎鑊，一暴烈少年咬牙切齒，煮了你一座城池，洩恨。

身為淡水河三大支流之一，基隆河的最後一程在關渡。他的表現正中有邪、邪中帶正，鋪出遼闊沼澤地，養著水鳥、螃蟹及珍貴的胎生植物紅樹林——這一幕很像放牛班學生生活：寵物隨侍在側，功課叫螃蟹去寫，他抓著大把水筆仔朝地上練飛鏢。別的河求功名利祿，他只顧玩，倒也玩出生機無限的自然生態保留區。玩夠了該入淡水河，他手一揮，一群野鳥驚起，遮蔽半個天空。

擁有這條奇河，即使不諳勘輿也敢預言，臺北盆地將永遠是個野性首都，永遠帶著哪吒性格。

瀏覽這許多河，你有淪陷之感，覺到自己的身體也像一截斷河；四肢是支脈來會，十指似田野間的涓涓細流。所以你這麼想，或許每個人都可以找到某條河的某段地貌與他的身形合符；髮與水草共舞，頭顱與亂石並列，或是肩與堤岸接駁。哪一條河是愛戀之所在，則繫乎童年銘印或文化地理上的追尋。你相信人會在潛意識領域模擬那河身、流程、水量，移植其氣候、景致及生養，河川神韻慢慢滲透、運行全身，決定一個人的逍遙姿態與蒼茫氣質。人，不是斷河，是浩浩蕩蕩的一部分。

換一角度看，即使是流程短促的野溪、小河，也希望其他河川知道他們的存在吧！然而，河水雖能奔流，河床卻是固定的；兩河若欲同流，需花萬年時間鑿穿岩層，若藉暴雨之力氾濫改道亦僅是寸步之移，不若種子能離樹，鷗鳥能遷徙。因此，河不得不豐富自己的內涵，修飾水湄、粧點沙洲，使水鳥樂於棲息，人戀戀徘徊。如此，候鳥甘願成為河的使者，人則是「恆河沙數」分身。當人離開此地，雲遊他方，遇他方之河而懷想此河或與人交談中提及此河名字時，這河便藉由人的意念、言語傳播出去，讓河川同伴知曉了。河會思念另一條河嗎？這要問候鳥。每年飛往南國江畔過冬，是真的為了避寒，還是一隻隻棲於沙岸如一字一句，讓這河誦讀北國河川要牠們捎來的情書？

你想遠了，差點忘記自己如飛鼠伸展肢體沿東部海岸線飄浮乃為了尋找童年河。位於蘭陽平原的冬山河，你要與她合符。

然而，她不在了。

一九七六年起歷經六、七年整治，彎曲的下游舊河道已填為水田，新闢河床較寬闊、筆直，經過數年規劃，如今搖身變成聞名的觀光景點，也叫冬山河，但不是你心中的那條。你有些悵然，不知該繼續相認還是降於山阿，學迷途孩兒一哭！該怎麼描述這種感受呢？好比王位被篡了，還認不認新皇帝？即使勉為其難認了新皇上，你心裡愛的還是舊江山！

人對生養地的根柢情感，算是珍貴本能還是一種徒增苦惱的侷限呢？

理智地看，若這河不脫胎換骨，不僅無法帶給無數遊客親水之樂，還會繼續讓三、四鄉鄉民飽受水災之苦——這種苦，像突然降下大批天兵天將，把你押到水邊按住頭，活活淹死。視河如人，河川也需要醫生，人的醫生不輕易動刀，河川醫生更需評估全局才能下藥。河，從發源地至入海處是一獨立完整的生命，一條河命繫住兩岸山野、村鎮、人民，頭頂著四季風雨，自成一格。尊重河川生命、河流風格的人能理解，任何挖掘機、廢水排放管所做的事足以取命、破格。河川不是不能整治，但先得把河當作活活一條命來治。整治工程也不只是官員、水利地質專家、包商之事而已，還得問問人民及歷史古蹟、自然生態、民俗文化、文學家。煩雖煩，也得耐煩。人若需截斷一根指頭，一定不厭其煩遍訪中西名醫並與家人朋友商量再做定奪，難道一條河不值一指頭？

說起整治，你氣鼓鼓地，好發議論的毛病不得不犯。年輕時，你頗愛野遊，四處行腳倒也參拜過不少湍流美景。你最恨那些不知靠哪座山選出的基層民代、鄉鎮長、縣市長，此「熱愛鄉梓、為民服務」之輩酷愛糾集黑道、白道（或灰道）整治山川、粉飾太平，又喜於溪流、瀑布風景區建涼亭豎碑石表彰己功。那亭式、碑文千篇一律，如出自同一工廠。你總是雙手環抱胸前，讀碑，心中嘲諷在碑上署名的張阿三或李阿四：「你，好大的功勞哇！」你真想問問他，如果有牙醫幫你拔牙後，在你臉上刺青，讚揚自己的醫術如何如何一流，你高不高興、開不開心、愛不愛？

你幻想中的碑是一棵棵濃蔭大樹，樹鬚拂水的樣子，彷彿魚可以緣木與鳥結巢。你也能接納樸素小石碑，或記述河史，或鐫刻與這河相關的詩歌、古謠。你諦視河水，想像之、理解之，深覺流水暗喻時間，岸上屬空間。所有存在於空間裡的一切事物，最後都聽流水安排，永遠消逝。所以你不喜看見以鋼筋水泥在岸上立傳世碑的作法。即使一首詩、半篇美文，也不值得用金剛材質以誌不朽。想到底，文學也只是在這時間流域裡偶然閃現的靈魂鬼火，見者見，不見者不見，各自隨喜而已。朽，才是存在的最高律則。你認這條法律。

如果有一條河讓你作主，你會狠心叫她職司遺忘，還是手下留情，讓最悲傷的人飲了這水，也能想起一兩件甜美往事？古希臘羅馬神話述及，亡者進入冥府前，必須渡過數條冥界河川，其中一條為「忘川」，亡靈飲忘川之水即忘卻世間一切，尤其是喜悅的記憶。既然死後被迫遺忘，生時嘗一點甜又何妨？畢竟世事多苦，你真不忍有人悒鬱而卒。如果有一條河讓你作主，你要叫她讓人歡。

然而歡後又如何？是更加驗證「苦」字，還是因這點兒甜所以頂得住整個苦？若屬後者，算是苦中帶甘，還能靠這一絲滋味把人生嚼完；若是前者該怎麼辦？你想了想，這條河還得主覺悟。

「他深情地望著那流水，望著水的透明碧綠，望著奇妙的水波上亮晶晶的紋路。他看到明亮的珍珠自深處升起，一個個水泡在如鏡的水面漂送，蔚藍的天空映在水中。河水用一千隻眼睛在看他……」

赫塞《流浪者之歌》曾滋潤年輕時的你，撫慰憂鬱的青春。此時你想起書中追求真我的西達塔，歷經滄桑後來到河邊，「他看見河水不停地流呀流，可是河水仍在那裡。河水永遠是相同的，可是每一剎那又都是新的。」

河啟發他。當他注視水中倒影，看著自己那張疲憊至極的臉欲投河自盡時，忽然自內心深處響出一個聲音——神聖的「奧」字，這是古老婆羅門在祈禱前後必誦之音，意為「完美者」。河，救了西達塔一命，讓他褪去舊我，二度誕生。他學擺渡人留在河邊，向河求道。

所以，如果有一條河讓你作主，你會騰出一程霧色草岸，讓行吟者走到這空白處輕聲一嘆，而後佇立岸邊，與流水商量，迴身把江湖恩怨、世間情仇研成齏粉，沿岸撒自己的骨灰。你不知不覺擊掌，彷彿剛剛舉行河葬，欲拍去指縫間的餘燼。能這樣是美的，生命恢復白淨狀態，不記舊人，不解舊事，不留舊傷。這荒誕念頭使你開懷起來，也就不反對隨俗在河邊豎幾個小碑，刻幾首詩文，但手法必須隨興，最好像下山樵夫見雨後軟泥上的獸跡甚美隨手抽四根木條框了它般，野趣就好。

人生，難就難在野趣啊！

你一路忽高忽低，隨意識亂流飄蕩，繞了幾圈才來到泰雅族護守過的南澳新寮山——冬山河自此展開二十多公里流程。

蘭陽山勢剛柔並濟，險峻中帶著秀氣。在此瑰麗山頭發源，冬山河不走彪形大漢路子，反倒是天生柔骨。然而，柔骨多變且多難。上游地勢陡峭，形成峽谷與瀑布；行至山麓地帶，河床屬透水性強的礫石層，河水滲入地底變成伏流，埋伏數里進入丘陵地山腳又破土而出，形成湧泉。中、下游蜿蜒於平原上，亦是運途多舛，未整治前水患不斷。每逢夏秋間，這島位於颱風必經路徑上，島嶼東半部則是颱風最喜登陸之處，花、東地區如前院，宜蘭屬客廳，三地皆無所逃遁於天地間。於是，豪雨觸動山洪，河水挾泥沙滾滾而下，河身狹仄、曲折不利洩洪，再遇河口附近海水倒灌，兩派水系只需激戰一夜，即能使冬山河岸田疇、村舍沒入一片汪洋之中。

詭異的是，連年大水來襲卻未擊退依河而居的村民，是窮困至無處可去，抑是根柢已定不願放手？

蘭陽原是噶瑪蘭族（kavalan）過太平盛世之樂土，蘭陽溪以南、以北計三十六社，各聚落各自漁獵、游耕，在雨神眷顧的美麗平原上安然度日。一七九六年（清嘉慶元年），吳沙率三籍墾民大舉入蘭墾拓，自烏石港至蘇澳。從一七九六到一八一〇（嘉慶十五年）這塊土地正式納入清朝版圖，兩年後設「噶瑪蘭廳」止，這十六年間，噶瑪蘭人飽受漢人入侵、奪地，漳、泉大械鬥，海盜進犯等災厄。最後，勢力單薄的族人留下「噶瑪蘭」名號及至今沿用的音譯地名，被迫翻山越嶺遷徙至遍遠的花、東地區，另覓安身處所。對一族群而言是移墾偉業，於原住族群卻是奪地之恨，歷史背後總有殘酷的一幕，端看人要認、不認。

冬山河流域原本分布著眾多噶瑪蘭族部落，如今也只剩位於蘭陽溪、冬山河交匯處的「流流社」尚有幾戶噶瑪蘭人家。兩百年來人事全非，而噶瑪蘭族的聖樹「橄仔樹」（大葉山欖）卻依舊矗立在遺址上，繼續守護這族群衰而不竭的命脈。噶瑪蘭人當然愛冬山河，他們被迫離鄉之日，難道不會頻頻回顧雨中橄仔樹、樹旁茅草屋，一路以高亢的哀歌向雨神、向流淌的冬山河之靈述說自己的依戀與不幸？那麼，若他們之中有巫者詛咒漢人將飽嘗一年落二百二十日雨、每年河水氾濫淹沒稻穀與牲畜，也是合情合理。飄洋過海尋覓新樂園的漢人難道不愛這片沃野？當然愛得如癡似醉。那麼，若他們發下重誓：「山崩而埋，水淹而溺，子孫永世不離。」也是合情合理的啊！

如是，淹水成為冬山河流域住民的宿命。

行至下游，這河仍是一程一蟬蛻，變化莫測。她造出遼闊的濕地與沼澤，摒除人世恩怨，化身成為水鳥國度。讓眾鳥在蘆荻深處、防風林間議論流浪與返鄉的永恆主題。最後，冬山河偕蘭陽溪入太平洋，與龜山島形成三奇佳會。

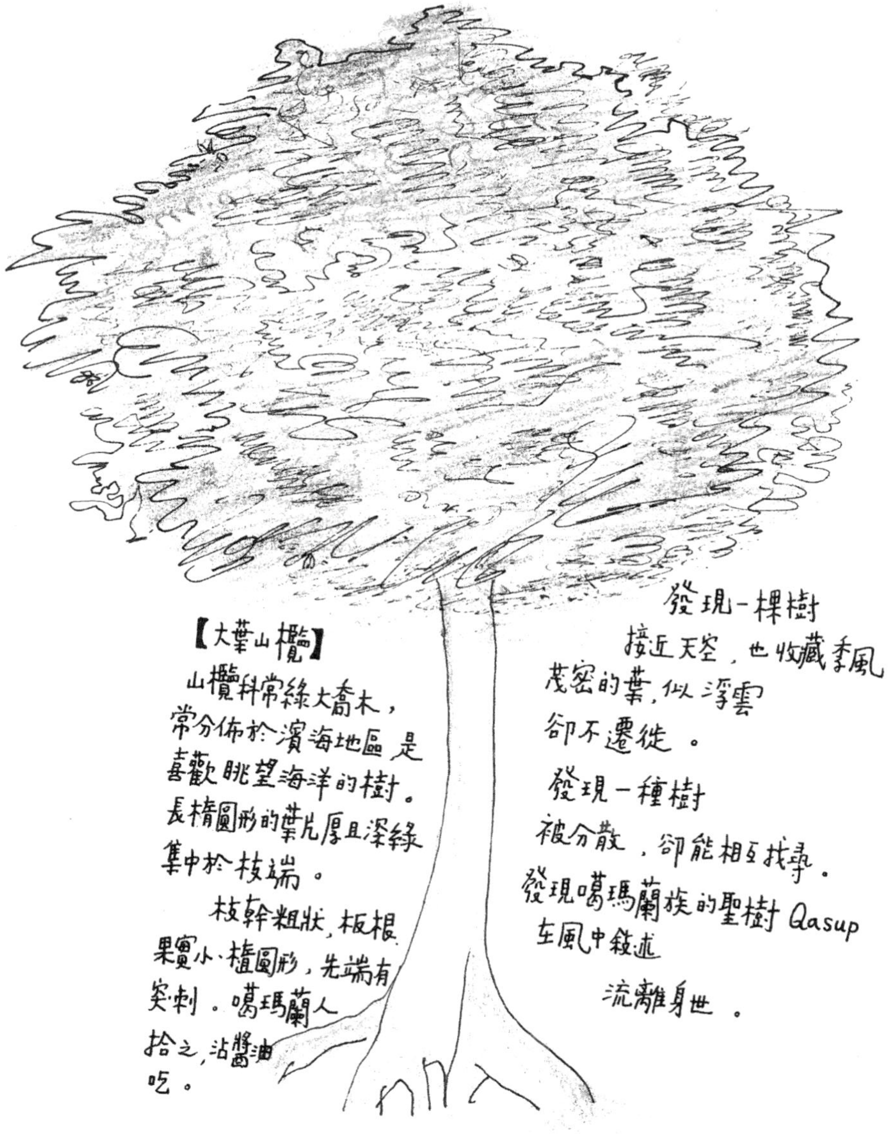
【大葉山欖】
山欖科常綠大喬木，
常分佈於濱海地區，是
喜歡眺望海洋的樹。
長橢圓形的葉片厚且深綠
集中於枝端。
枝幹粗壯，板根
果實小、橢圓形，先端有
突刺。噶瑪蘭人
拾之，沾醬油
吃。
發現一棵樹
接近天空，也收藏季風
茂密的葉，似浮雲
卻不遷徙。
發現一種樹
被分散，卻能相互找尋。
發現噶瑪蘭族的聖樹 Qasup
在風中敘述
流離身世。

你的思緒澎湃，敘述的欲望如大河奔瀉而下。你放任思維漫遊，親親密密地隨這條母河蜿蜒——像孩童拉著母親衣角小跑步，被風一追，竟有小飛之感。你的腦海紛然湧現許多地名：馬賽、隘丁、大坑罟、功勞埔、武荖坑、猴猴、珍珠里簡、冬瓜山、武罕、武淵、三堵、打那美、鼎橄社、奇力簡、加禮遠、五十二甲、一百甲、五結、歪仔歪、阿東社、阿里史、奇武荖、羅東……你從小熟知這些鏗鏘有力的地名，除少數與漢人開墾歷史有關，大多數依噶瑪蘭族社名音譯。流浪至遠方的噶瑪蘭人留下詩歌般的噶瑪蘭語稱誦這塊土地的美好。語言，是最大的巫靈，你這漢人子裔被奇妙的音韻誘引，誦念其音，如飲甘泉，遂在內心深處升起莫名的憂傷與渴慕——想見你從未見過、可能並不存在的親人。標示這些地名的那張古老地圖掛在父祖輩嘴邊，沒有路標與距離，他們或以手指遠處，或遮眉仰望天空浮雲，或在河邊浣衣喟嘆，說你那住在「珍珠里簡」的大姑的悲淒童年，嫁到「奇力簡」的姨婆如何又嫁到「阿束社」，曾祖父在「一百甲」的那塊地白鷺鷥多到能遮太陽後來又如何被誘賤賣，住「歪仔歪」的叔公如何流浪到他鄉，自小送至「打那美」當童養媳的阿姑如何變成靈媒，你外嬤住「馬賽」但她是「猴猴」人，守寡後每次說話必先長嘆一聲……你從小被這些古怪地名吸引，不知如何書寫，不明其意。幾十年後，你才知道「羅東」是「猴子」（Roton）音譯，想必二百多年前那兒有猴群出沒，吱吱戲弄行人。「歪仔歪」是藤，應有大樹盤據，盛產藤蔓。你最親的那塊地「武罕」，原名「穆罕穆罕」，意為新月形沙丘。

如今，這張老地圖泰半粉碎，代之以中正、中山、仁愛、大同等里、路、村名。語言，仍是最大的巫靈。

你找到跟這條河有關的最早記憶，那是一場婚宴。你還小，大約四、五歲，鄰村親戚家娶妻，吉日已訂，不巧正逢颱風稍息大水未退之日。你記得父親站在簷下將你舉高，要你看看小路浮出來了沒？你望見整個世界是灰鴿色的，天空仍飄著微雨，無人。不多久，卻有一葉俗稱「鴨母船」的小舟停泊在曬穀場邊——那景象讓你產生水、陸錯亂之感，以致欣喜異常。船夫戴斗笠披簑衣，奉命前來接人赴宴。鴨母船原是冬山河流域附近養鴨人家必備的交通工具，或用來遊牧鴨群，或打撈浮萍、布袋蓮做為鴨食。船前後兩端均為尖頭形，船身瘦長僅容二、三人，船夫撐長篙行進。想必婚家所在之處未遭水潦，喜宴照常，掌廚的「總鋪師」及珍貴食材均已至，賓客卻被水攔住，不得赴會，婚家才急徵鴨母船相助。經過一番推辭、懇邀，祖母帶你赴宴。二人均披雨布、穿塑膠長筒雨鞋，狀似水鬼。那是你第一次坐船，當小木船划過你家田地，你聽到水中稻禾擦過船板的聲音，心內壓抑著強大的快樂，你首度怯生生地幻想天地顛倒、滄海桑田的景象，遂覺得這一葉小舟宛如浮在空中悠遊，不受管轄。沿灌溉溝渠行至河域，你看到數艘鴨母船、竹筏急急往返途中，船夫們高聲問答，大約是計算尚有幾戶人家待邀罷！

這就不能怪你了，解事之前每逢狂風暴雨，你總有節慶的感覺。

「做大水」是冬山河流域孩子們的共同記憶——平等且沒有階級之分的經驗。整治後這條河已馴化，但你必須自私地承認，最懷念的仍是她的狂野時代。

夏秋之交，颱風破空而來，河水暴漲，淹水速度如眨眼，轉瞬間，水淹腳踝，不一會兒，爬上小腳肚，說幾句話工夫，已到膝蓋高。人以為土地遼闊無邊，得下多大、多久的雨才能積水一寸啊！這道理本沒錯，可惜全被洪水破解，一旦水開始淹，就像全世界的雨都落在你家一般。所有地標、疆界、平地、屋舍、速度、方向……的認知系統全被粉碎；水，是唯一的空間與時間，水是唯一的存在。

你記得暴雨初至之時，大人們急著搬運穀倉內稻穀、搶救日用器物，七、八歲的你則必須遵從指示，火速至竹叢縫、草垛上搭救被風雨嚇呆的三兩隻雞鴨；或是揹起竹籮至菜園拔光所有蔬菜，以免水退後必須連吃一週豆腐乳、蘿蔔乾、醃冬瓜、醬瓜、鹹菜。你總是戴上那頂炸了花的破斗笠，披著半身塑膠布，認分地做每件事，既不畏懼也不抱怨。豆大雨點打響塑膠布，竟似節

• 記憶中的「鴨母船」.
一葉扁舟與一竿竹，養鴨人家
沿著冬山河流域放牧鴨群，
放牧斜風細雨。
童年時，妳看著小船悠然滑行，
認識了跟河流有關的飄浪與
哀愁。

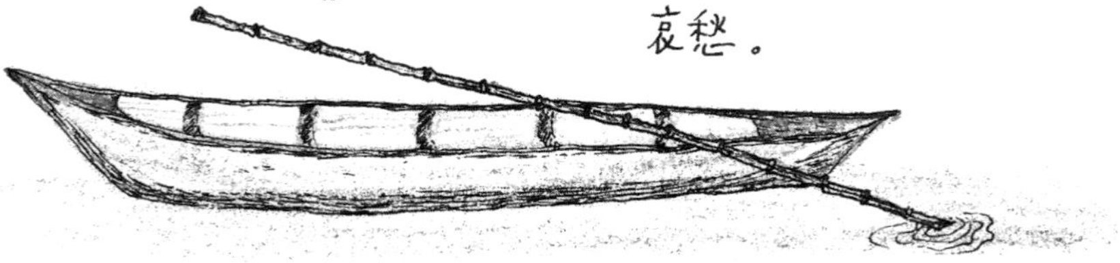

慶鑼鼓，這讓你興起神祕的感應。強風奪了斗笠又把塑膠布吹成翅膀模樣，這種會飛的感覺如此美妙，你忍不住仰首展臂乾脆把颱風吞入腹內。一望無際的平原籠罩在狂風驟雨之中竟有一種孤寂之美，你心內激動卻無法言說——日後你學會爬梳情愫、驅遣文字，回想這一幕，確信當時鯁在喉間的那團情緒若化成文字應是：「啊！無邊的孤獨，我在這兒！」

這剎那間的啟蒙使你成年後每次憶起仍不免眼角微潤。你永遠秤不出這股憂傷混合歡愉的情感有多重，每當置身風雨之中，這情感便沛然莫之能禦，如風飛回風裡，水流入水中。土地孕育形貌，氣候沁潤性格。颱風經驗轉化成內在支援，當你陷入生命幽谷，最想傾訴的對象不是任何人而是風雨聲，那裡面有讓你靜定的力量。這也注定，你總是那麼容易自簇擁的人潮中走開，不留戀人群的氣味。風雨中藏有「毀」的成分，你一定繼承了這基因，故週期性地向舊日告別，讓一切歸零，像大水讓即將收成的金黃稻田在一夜之間歸零。

不鬧大水的時候，冬山河及其支流堪稱風情萬種。野薑花及「過貓」蕨占據極長的河岸，空氣中蒸騰著蝶薑香味，或濃或淡看風的力氣。只要有小學女生放學經過，即能看見她們紛紛掏出課本，摘白色薑花夾入，次日即成淡黃色香蝴蝶。這是每日儀式。她們更不放過抽芽的「過貓」蕨，人人採了一束形似綠色小問號的嫩蕨，帶回家嫌少，乾脆攏成一大把成全一兩人。一隊小童沿河岸邊走邊嬉戲，興致來了，還脫鞋跳下，於水淺處摸蜆放入便當盒中，或翹起小指尖，尋岸邊發育中的葫蘆瓜刻字：「考試成功」、及祝福班上最調皮的那位男生「頭上長五粒瘡」。就這麼逌迌，誰家到了即揮手出列，剩下的繼續隨河蜿蜒。有一段河岸較幽深，密竹野樹遮蔽天光，牽牛花恣意撒網。據說農曆七月常有水鬼出沒，經過這兒，總讓人腳底生涼，森森然彷彿從野鬼身上跨過。然而只在此處對岸有幾棵高樹垂下無數含苞珠串，似天女的瓔珞。小女生最愛持竿鉤那珠串，不慎打落，水中發出叮咚聲。這樹的氣質像曇花，只在深夜綻放花朵，又居於水邊，真是集自戀與孤僻於一身。雖在夜間開花，若清晨路過，仍可窺見一串煙火般的絢麗花束，真是一棵怪脾氣的樹，偏要在絕美處參鏡花水月的禪理。如果夠幸運，小女生們還能撿到橢圓形果實。雖不能吃，殼內硬果卻有一股清新香氣，搓一搓能生出泡沫，具清潔作用，可見它已參透夢幻泡影，故能洗去風塵。幾十年後，你才知道這樹的正式名字是「穗花棋盤腳」，又叫「水茄冬」。但你記得孩子們都喊它「水叮咚」，這名字較親。

你還記得三十年前的河川自成一豐饒世界，稱作河川生態也好，讚為水性宇宙也罷，人不論引水耕作或岸邊浣衣、河裡摸蜆，皆是取一瓢飲之舉，而非逞一己之私，趕盡殺絕。即使在那麼清貧的年代，河蜆不僅可以賣錢亦可佐餐，然大人們仍舊伸出手指告誡摸蜆孩童：「拇指、食指大的可以取，其餘的放回河裡。」因此，被稱為「蜆仔栽」的初生小蜆得以在軟泥中成長，河才有說不盡的語句。你總是感謝童年河賜給你們無比珍貴的摸蜆時光；一群放了學的孩童腰繫小鋁盆、手持竹篩踴躍入河的情景令你難忘，連那高聲嬉鬧的童音、河面光芒、沁涼的水溫仍貯存在記憶特區，隨時閃耀。你相信，如果成長過程未曾與一條河共舞，那童年近似坐牢。除了摸蜆及田貝，捉泥鰍、溪蝦、澤蟹及俗稱「大肚乃」的小魚，亦

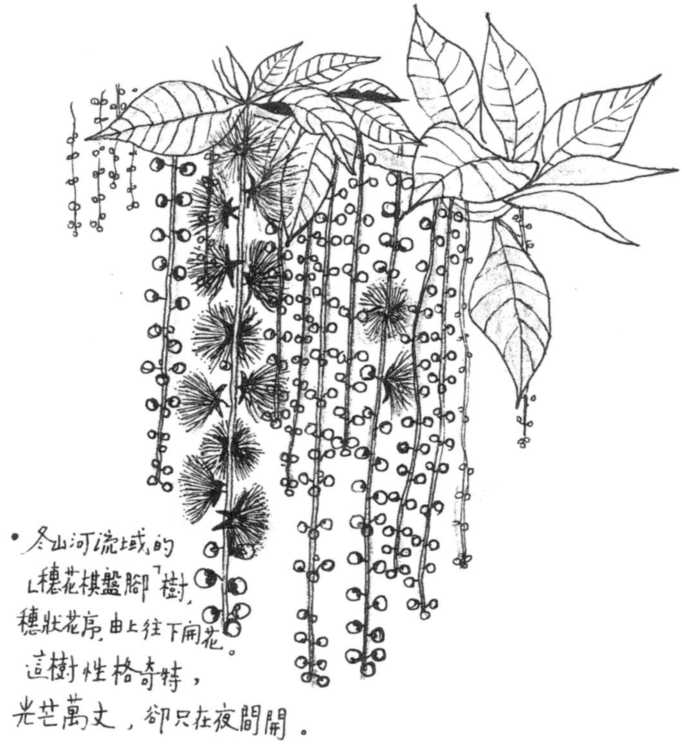
• 冬山河流域的
「穗花棋盤腳」樹，
穗狀花序，由上往下開花。
這樹性格奇特，
光芒萬丈，卻只在夜間開。

是童年樂事。河川提供給孩童的豈僅是潑水泡澡之類親水活動，一條自由的河一定會給孩子成就感，如贈與他生命中的第一顆珍珠。因而，老河的形象著實像一個胖祖母，身穿縫著無數口袋的衣衫，陽光下坐著不動，笑嘻嘻地任憑孩兒們掏口袋，她讓他們皆有所穫。

你無意矯情地誇讚窮困年代，但你確信自己之所以不斷緬懷過往，最重要原因是那時代的大自然有尊嚴，一棵老樹或一條野溪，皆有其風情與故事。人，從它們的故事中穿梭而過，它們也不經意地替人生點睛。

因為有尊嚴，所以在你心中每條河皆具靈性。甚至你臆想著，當摸蜆小孩聽到母親喊叫，上了岸一路水淋淋地跑回家時，那河靈尾隨在後，一溜煙地跟著進屋，躲在湯裡，藏入澡盆內，甚至與孩子同眠，又在半夜的童尿中現身。你猜想每個孩童的書包裡都有一條河靈，要不，為什麼好好的路不走，偏要走河岸呢！走著走著，孩子們總會發現「河裡有我」，我笑他笑，我委屈他也委屈。待年歲長了，當聽到熟識的河被截肢或被傾倒有毒溶劑時，才察覺原來「我之中也有河」，那河藉淚水浮現。

如果可以飄浮於空中，你希望找到一條最像童年河的溪流，先至源頭處，像祝福嬰兒一般願他一生平安、燦爛，然後重溫靜靜地坐在岸邊聆聽河水的幸福。

你希望那是個清晨，因為微風與細膩的陽光最能讓河與人相互留下深愛的證據。這證據會長成一株水草，不斷地在河面及你的心頭招搖。

寫於二〇〇一年三月五日

初雨

給童年

那是無法解釋的神祕召引，
通過某種氣味、影像、顏色或膚觸，
人從既定軌道剝離，徒步往回走，
復身為青年、少年、童年，走回所隸屬的根源世界，
浸潤其中，被第二度洗禮與祝福。

連續幾日雨水的春天早晨，空氣中飄浮著水霧；樓房是軟的，電線杆疲了，巷子像衣袖。妳剛接完一個電話，垂頭坐在書桌前沉思，陷入不確定的浮游狀態。但是妳在笑，讓人摸不清是因為春雨沖刷水泥都市引起縹緲情緒，還是剛才那個人，理直氣壯地用被妳丟棄了十八年的綽號喊了妳。

妳反覆低喚綽號——一個布袋戲偶的名字，懷疑、緊張，妳無法想像被鎖入戲偶箱裡不知多少年的某個布偶，在它「活著」所扮演的諸多角色中的一個名字，突然掉進妳的都會生活，要求結合。我聽到妳發出怪異笑聲，空氣被震出漩渦，漣漪一圈圈地擴散。妳站起，立即輕輕地飄浮半空打了幾個漩，朝書櫃最高層的抽屜遊升；妳清楚地看到蟑螂屎與塵垢包裝著一大疊被妳刻意遺忘的文件，妳拂灰，一粒粒屎蛋浮在水面，像舊時光的痣。那些乾癟的文件吮吸了春雨，居然豐盈起來；其中，一張比巴掌還小的照片趁機溜出來，隨著迴旋的水波翻筋斗。妳追著，喊它回來，忽然聽到一陣喧譁的兒童笑聲從照片裡傳出；妳聆聽著，那些聲音好像在討論郊遊，接著，妳看到前推後擁的一群兒童從照片上浮出來，擠滿妳的書房，空白的相紙變成方框落在他們肩上。妳訝異，這群孩子何等面熟，卻又不敢指認，而他們無視於妳的存在，快速整編隊伍，你數了數，四十七個。現在，妳決定偷偷跟蹤他們，像一個好奇的間諜。

「嘿喲！嘿喲！左腳右腳！左腳右腳！」穿著吊帶裙、水兵短褲，他們扛起一扇木質方框的玻璃窗踏步前進；穿過榕蔭，風梳著鬍子，大樟樹下，蝴蝶邋鞦韆。來到浮散尿騷的廁所，幾個小男生跑進去，其餘的仍然扛著窗子，卻因吃重不耐煩地大叫：「快點啦，那麼慢！」小男生陸續衝出來，一面扯拉鍊一面喊：「來嘍！來嘍！」嘿喲嘿喲，踏過黃沙飛揚的小操場，驚走幾隻從隔籬民家溜來上學的小雞，一條土狗以吠聲開路，窗子走到校門——依照規定，向國父一鞠躬；他曬黑了，由於沒有腳，只好乖乖罰坐。路上，某位女生受不了後面男生推擠，故意踹他一腳，受到突擊的男生迅速拔出插在褲腰的大彈弓，從口袋摸出石頭，朝她的臀部發射。當私人恩怨即將變成男生與女生的集體戰爭時，正巧來到賣枝仔冰與金柑糖的柑仔店。班長喊：「立——定，稍息！」後，逕自跑入店裡。隊伍照例狠狠地對罵，直立的窗子在激動的肩頭上起伏，有一點暈。班長捧著日曆紙包的糖果出來，叫他們張大嘴巴，依序放入糖球。「向前——走！」嗯喲嗯喲，口號泡了糖汁變成快樂的呻吟；窗子輕了，像剛出爐的胖麵包。

夏日的鄉村小路，由於熱，看起來比春天時曲折。一股熱氣悠遊於原野，帶著幻想與慵懶的蠱惑；石子是燙的，青草八分熟，厝邊的蓮霧樹竄起火焰，一粒粒烤紅的小蓮霧，掉也就掉了。妳看到四十七個小童如四十七隻小番鴨，走過田埂、踩過河溝，現在踏上小路了；在他們背後無邊際的金黃稻田，正在一寸寸地縮小，被埋伏在稻浪裡的農人收割了。他們的腳步開始零亂，妳看到被踩過的石子濕了，濡著蓮霧香的腳汗，他們決定到河邊樹林子乘涼。牽牛花盛著一碗陽光，如同孩子們的口袋裝著心愛的金龜子；妳看到一個束馬尾的女童，獨自騎在樹枝上，雙手摀耳又快速拍放，忽然大叫一聲跳下來，告訴同伴：「這樣聽，好像蟬在你的肚子裡叫喲！」妳學習他們坐在岸邊，拍擊水花，光影浮映著密林以及兒童的臉。也許，這就是他們的歡愉世界：一片黃金平原，三兩農舍，一條清澈的河，茂盛的樹林，讓他們隨意鼓臥或與同伴追逐；當他們享有世界，世界也享有他們。忽然，夏雷滾動，「又要炸天了！」他們相信天空需要炸一炸，夏季才有沛雨。一切安靜，蟬群收聲，樹葉沉默，只有三兩兒童捕捉飛蟲的聲音及一粒石子被遠遠踢入河裡的痛。突然，天空迸出裂痕，短暫的靜默後，西北雨摔下，彷彿有位開懷大笑的農夫站在雲端倒一百擔黃豆。「逃啊！」他們尖叫，故意奔跑讓西北雨追，彷彿每粒雨都是小鬼。妳看到迷濛的雨野上，四十七頂黃布帽亂飛，終於還是被雨捉住了，紛紛搗著頭一面喊「痛啊！」一面朝樹林聚集。他們決定將窗子打橫擋雨，雙手撐直，一張張潮濕而興奮的小臉在手掌縫、雨豆跳動間繼續向天空鬼叫……妳看到遼闊的雨野上，一扇窗戶起伏著，軟軟地暈著，漸漸靜止，在時光中凝固，終於變成妳手上這張泛著雨斑的照片。

妳已看了許久，在春雨紛飛的早晨。

然而，妳在猶豫。把小照片壓在玻璃墊下，立即理智地回到案頭工作，不願再思考那通電話。雖然，剛剛妳爽快地答應赴約，對方高興得主動要替妳買車票，親自送到家裡來，我卻知道妳不會出席。妳總是答應對方希望妳去做的事，給予肯定，最後再以突然的否定推翻所有肯定。妳太熟稔都市裡的人際遊戲，以偽裝保持和諧。「不麻煩，我自己想辦法！」「可是清明節人多，火車票不好買，我還是替妳買預售票……」「不用，真的……」對方聽不出妳的弦外之音，兀自慨嘆：「十八年了啊！不知道妳變成什麼樣子？」

我站在妳身旁，刻意撥開桌上文件讓妳看到照片，妳投來冷峻的目光，隨即埋首工作。我囁嚅著：「真的不回去嗎？他們會失望的！」妳丟下一句結冰的話：「回去做什麼？」我一時語塞，無法回答，卻看到玻璃墊下的照片開始發皺，像烈火焚過、汗水淹過一樣，蝕痕愈來愈大，有幾個童臉已經模糊了。「就算，為了紀念吧！」妳喝斥我，拒絕討論，彷彿我是住在妳體內的惡靈。

我們之間的敵意從什麼時候開始的？當天晚上，妳已入睡，不眠的我獨自站在黑暗中，凝視夜雨。窗外的路燈孤伶伶地吐著慘白的光，照亮零亂的雨腳；遠處一兩扇昏黃的窗戶，隱約有人影移動。我尋思妳我之中誰真誰假？誰對誰錯？在這幽冥一般的時光裡。我記得妳曾在赴中學同學會的途中，突然反悔，帶著我走進街角的咖啡小店。那是冬天的晚餐時分，窗外冷冽的寒流正在呼嘯，車輛、行人及枯乾的街樹、多彩霓虹壅塞在妳眼前，而妳彷彿看著廢棄場的垃圾堆，什麼都有，什麼都失去意義。桌上點著一盞小燈，無人的小店更空蕩了。妳的手握著咖啡杯，說：「好冷——」眼光穿過玻璃，像孤獨的行者瞭望荒漠。我追問，何以在肯定的最後加以否定，妳說：「我找不到堅強的理由去見他們，除了記憶的重播——像從書架抽出一冊舊課本，翻幾頁又放回去，只是個動作而不是深沉閱讀。我無法從生命內找到大背景，擺上他們，讓自己渴望與他們相會，其實是渴望再次回到大背景。我們以為人跟人之間擁有某段相同的記憶就是感情的保證書，其實不，如果記憶不能扎根於生命的大背景，則只是零散的資料而已。」妳的傾訴低沉緩慢，像桌上的燭火，微弱卻跳動著光：「曾經把一個夢或定義給了一群人，則往後出現的相同屬性的人群，恐怕很難從我心裡獲得同等重量的夢義。理論上，『同窗』可以涵蓋每個學習階段的同伴；我顯然偏心了，只願意把這兩個字給予小學階段的四十七個人。我不願應酬式的跟中學同學共進晚餐，那只會向自己證明，我與他們的距離有多遠，而不是多親密！」

我追溯幾年前妳親口說過的話，與今天的妳對照，驚訝於妳的改變——一個夢消逝了嗎？一種定義溶解了嗎？正當我沉思往事，在黑夜的雨聲中獨自傷感時，忽然，有人拉扯我的衣角；回頭看，一個束馬尾、額髮披散的小女生無助地看著我。她彷彿走了很長的路，淋過大雨，學生衣裙正在滴水，除了無邪的眼睛，緊抿的嘴唇彷彿不到最後一刻不向人傾訴內心的困難。我蹲下來，托住她的小肩膀：「妳……怎麼來的？」她低聲啜泣，努力壓抑哭聲：「……迷路了，找不到家……」一逕低頭站著，雙手不斷擰絞百褶裙，水滴敲響地磚。我牽起她的手，走進妳的臥房：「去問她，肯不肯留妳？」她站在床邊，似乎畏懼妳那張睡眠中仍然嚴肅的臉。她搖晃妳的手臂，又搖了一次，妳從酣眠中被吵醒非常不悅：「做什麼？……妳是誰？」她用蚊子般的聲音說：「可不可以跟妳睡？……」隨即放聲大哭，彷彿已經預料妳會一口拒絕將她趕回夜雨中。妳驚訝地看著她，又看著我，臉色和緩起來，打開衣櫥拉出一件衣服：「別哭了，我沒有童裝，穿我的吧！」妳幫她吹乾頭髮、梳辮子，鏡子映出那張逐漸紅潤的臉，妳的臉被她擋著，看來像她的身體的延長。「妳也留長頭髮呀！」她從鏡中偷偷打量妳，似乎為這個發現開心：「我們班的男生說我像布袋戲的史艷文，頭髮長長的，我長大後還要留！」妳催她：「睡吧，明天早上送妳回家！」她立刻變了臉，彷彿自尊受傷又不得不在陌生人家借宿一晚，悶不吭聲上床，很努力把自己縮成一條小冬瓜擠在床邊面壁側睡決定僵到天亮一般。妳面對空蕩蕩的大床不知所措，疑惑誰是這張床的主人？妳替她蓋被，她接受了，但當妳躺下，發現她已悄悄踢掉被子不願再蓋。夜雨像一首詠嘆調，黑暗中，思緒忽遠忽近，熟悉的變為陌生，陌生的彷彿熟悉。妳的確不願意春夜的床上仍有敵對，遂向她靠近。她已睡著，發出規律的鼻息。妳鏇起她，讓她的頭枕著妳的臂彎，柔軟的身體散發著兒童身上特有的甜香，僵持的小冬瓜一旦不抗拒，其實會舒放藤葉還開幾朵夢中花。妳不禁撫摸她的頭髮，小小的頭顱像一顆渾圓的星球，彷彿裡面有豐富的想像與愛的信任。妳以手臂輕輕撩過細嫩的臉頰，可能是癢意，她不自覺地抓了抓又翻身環抱妳，妳緊緊抱著她，浮升一股不可解的淚意。她忽然伸來一隻腳，跨在妳的肚子上，依舊發出童鼾。

幾天後，妳站在北迴線自強號快車裡，面朝窗外，像一尊冰冷的石雕。清明節的人潮一波波從月臺湧進來又從車廂往外流，總有回家的人，總有離鄉的人。能夠說服妳上車，已經很難得了——出門時，妳強調：「我不確定要不要見他們，這真是荒謬，丟下一桌子該做的事，要我來回搭火車只為了跟小學同學吃晚飯！妳能給我一個解釋嗎？」所以，妳面朝窗外，背對著安分地忍受擁擠人群巴望早點到站的旅客，這意謂著妳可能在任何一站下車，折回臺北。出門時，我已答應：「妳可以隨時反悔！」

我無法給妳完美的解釋。我們可以輕易解說種子萌生為花朵的過程，但無法解釋一個浪人獨對暮春殘花時，何以泫然低泣？我們不難秤出嬰兒的體重，但如何換算母親對孩子的愛到底幾斤幾兩？我甚至不能用犀利的言辭向妳解釋為什麼期待妳回去？從那通意外的電話開始——他之所以能在茫茫臺北街頭找到妳的下落，因某日與妳的弟弟錯身而過，忽然，他被那張臉吸引，一面走一面回頭看，意外地妳的弟弟也回頭，兩個陌生男子不自主地走向對方，越看越覺得對方的臉是一個答案：相詢之後，兩人撫額拍肩一起進了啤酒屋。他的妹妹與妳的弟弟小學同班，事後，弟弟說：「我連他的名字都不知道，就是覺得那張臉我明明認識！」當然，他與妳小學同班，雖然不知道妳有幾個兄弟姐妹，但茫茫人海中一眼看出這個粗粗壯壯的陌生男人絕對跟妳有關。他說：「失去聯絡這麼多年了，以為再也找不到同學，沒想到找到妳！我記得妳坐第二排前面，綁馬尾。」

那通電話有一股不可解釋的厚重。什麼原因使一個到臺北討生活、四處賃居的泥水匠溢出軌道去追探一張童伴的臉而抄下電話而脫口喊出妳的綽號，問妳過得好不好？什麼原因使他牢記不值一文錢的妳的綽號十八年？

那是無法解釋的神祕召引，通過某種氣味、影像、顏色或膚觸，人從既定軌道剝離，徒步往回走，復身為青年、少年、童年，走回所隸屬的根源世界，浸潤其中，被第二度洗禮與祝福。人將更清楚看到自己的生命如何像竹子般節節推進，藏納在內心底域的美麗或醜陋、善良與邪惡、愛或恨、寬恕與瞋怒的種苗，都可以在段落上找到出現的位置——有些被保留下來成為一種信仰而延續到現在，有的被刻意遺忘——當根源世界擁有的愛與美越多時，人越渴慕回到過去，甚至癡情地想把那一座樂園播遷到此時此刻的現實，與周圍的人分享。妳的同學——臺北街頭百千萬個泥水匠中的一個——他的雀躍不是為了找到妳，而是通過妳找到他的美麗根源；妳不難從他的聲音想像，彷彿剛跳入柳煙中的藍色湖泊，悠游著、嬉戲著，忘卻了泥水匠的辛勞與拮据。他甚至慷慨地要把分散各地的小學同學找出來，吃一頓團圓飯。他像一隻興奮的番鴨向天空呼喊其他四十六隻番鴨的名字：「回來嘍！回來嘍！我找到遺失的湖泊！」

他找到，因為他信任。而多年來，妳所居住的新潮社會暗示妳不應該成為懷舊的濫情主義者。如果想成為新時代群體的一分子，則必須揚棄過去——尤其是對根源世界的緬懷，才有可能跟上文明社會的運作。一個舊時代消失了，一群舊族人消失了，舊時代的舊族人像傳家寶般交給妳的「信仰」，在文明社會眼中，看來像不值錢的古董。

「難道只為了回去跟小學同學吃頓飯？」像空隆的車行聲，這句話在妳的腦海飛繞。妳面朝窗外，翠綠的山巒像翡翠流星劃過，妳安靜地站著，彷彿站在無人的車廂裡，妳用理性包覆著的抗拒意識一層層剝落，記憶的浮木一段段漂出來。從松山到羅東，沿途將停靠八堵、瑞芳、侯硐、雙溪、福隆、頭城、礁溪、宜蘭。妳單純地數著，記起現在置身於臺灣最美的鐵道「北迴歸線」上——那是少女的妳給它的祕密命名，為了收藏每次從臺北火車站上車後，凝視窗外起伏的山巒與壯麗海洋時，不斷在心裡安慰自己：「回家了！回家了！」所流下的少年淚。

我相信眼淚裡有「愛」與「信仰」的光，妳對某處土地所流的淚越多，意謂著妳已經用淚磚將那塊不起眼的窮壞砌成「理想國」了。妳不會嫌棄它，那是親手建造的，裡面有虔誠的信仰。哪怕見識到更繁榮的文明之國，妳也不會把名字刻在異國牆上，要寫就寫在茅茨土屋的、自己的信仰裡。

「愛」隱含能夠無限擴大自身的動力，如同「信仰」渴望無限傳播它自身的光；那麼，我終於明白何以妳夢境草原上的「理想國」越來越幅員廣闊；一座座由小而大、相互挨築的城堡都被愛與信仰的光鍊銜接了，因著它們的擴大而面積擴大。我不難從中倒推回去，看見所有肯定的來源；那座最初的、分外美麗的小城堡——這就是使少女的妳不斷在北迴歸線上流淚的母鄉了。我看見原野上的稻秧像綠濤一般湧動，直到連接了湛藍的天空，三兩個耕種中的農人向路頭走來，竹叢下，一位老婦懷抱剛滿月的嬰兒，喜悅地招呼田中的鄉親來看看她的長孫女。他們彷彿瞧著一顆珠寶，靦腆地擦拭泥垢的手，輪流抱著嬰兒，黝黑的臉上竟有敬重的神色，彷彿那是大家的嬰兒、稻田的嬰兒，是河川的孩子，也是浮雲的孩子。他們祝福，信任她絕對可以平安地長大。那一口口餵食的米飯裡，摻有愛與信仰的種子，彷彿是他們的祕密禱文：「讓她長大，讓她身上的愛與信仰比我們的更大，大到足以涵蓋她父母耕種過的土地、曾祖耕種過的土地，讓她總是看到自己的命運在族群的命運之中，不做一個背恩的人！」

車過福隆，海洋現身。妳平靜地聆聽我的敘述，凝視無垠瀚海拍擊岩岸；陰鬱的天空掙出蠶絲般陽光，飄在軍毯綠的海面上，像龜山島張口吐出的氣息。妳凝視，被海洋的力量吸引，恍惚間，一座浪頭捲空襲來，破入車窗，銀濤刺穿妳我身體，又從另一扇窗衝出，飛成春深山林的一陣白雨。妳驚醒，看著濕漉漉的我，燦然而笑。車內的旅客或瞌睡、閱報、交談，全然沒發覺妳我的遭遇。就在整理濕衣時，車廂的門被推開，一名女童探頭探腦地進來——那位曾在妳的床上鬧脾氣、次晨不告而別的小學生。她打出手勢，要我們跟她走。在最後一節車廂，兩排長條椅上空無一人；看來像為了容納返鄉祭祖的人潮，特地掛上一節古董級的慢車車廂。

她坐在對面，小身體隨著車的節拍擺動，甜甜地對我笑，又假裝對窗外的某間房子笑。從窗口灌進來的風吹飛頭髮，她似乎喜歡風抓她的感覺。兩隻襪子結在百褶裙的吊帶上，大約為了防止遺失；那兩隻小鞋顯然也在遊戲之中，一在椅上順向，一在地板上逆向，車靠站，她立刻挪動鞋子到下一格窗線，非常忙碌的樣子。我有點明白她在測量回家與離家的站數。

「妳怎麼知道我們在車裡？」我問她。

「因為離開家的火車會把大海壓扁，要是回家的火車，海水就會從窗戶衝進來。我剛才趴在窗口唱歌，看見海水跑進妳們的車廂，所以知道了。」

「為什麼？」妳好奇地問。

她睜大眼睛，皺著眉頭，彷彿如此簡單的道理居然有人不知道：「海水在找它的瓶子呀，瓶子回來了，它就自己裝進來了啊！」

我看見妳臉紅，支吾著：「那……，為什麼是我們不是妳？」

「我是小瓶子，妳們是大瓶子；小瓶子裝滿了，換大瓶子。」她晃著兩隻腳，像在說一個快樂的真理。

妳移到她身旁，捧起臉蛋，看著她的眼球裡的兩個妳，說：「妳……長得好像一個我認識的人，妳說的事，我好像聽過……」她撥開妳的手，迅速跑到我身邊，彷彿妳是一個有敵意的人：「我不要她去我家！」她的話妳一定聽到了，我看見妳孤單地坐在那兒，默默收拾她的鞋，整齊地放在妳的腳邊，然後看著窗外飛馳的田園，似乎懊悔那一夜為何攆她？妳從不曾如此軟弱，空空洞洞，像一只被踩扁的瓶。

「去吧！她是無心的。」我催促她。

走了幾步，她停住了，猶豫要不要接受妳，我看見妳張開懇求的手，用力抱緊她，彷彿這一抱再也不准她離開了。她低聲說：「好吧，跟我回家！」淚滑下妳的臉，妳從不曾如此無助對一個孩子請求：「不要趕我走！」她揉縐妳的衣，還調皮地咬住鈕釦像掩飾自己的不好意思又像真的要咬下鈕釦才甘心：「妳不趕我，我就不趕妳啊！」妳放任她嬉鬧，彷彿要鑽入妳的身體般忙碌。妳耳語著：「是啊，跟妳回家，然後，然後參加小學同學會，我還是副班長呢！」

「我也是副班長！」她從妳的懷中鑽出頭來，摟著妳的脖子，像一隻騷動的番鴨：「妳告訴我妳們班長得什麼樣子，看一不一樣？」

我看見妳的臉上浮出神祕的笑，像一只瓶子準備傾倒海水：「我們這一班，叫孝班。」

「誰都不相信我們班從入學第一天到哭哭啼啼唱畢業紀念歌為止，完全沒有分過班。當時，全校只有十二班，每年級分忠、孝兩班。這樣的小學根本不需要智力測驗分班、特殊才藝實驗班或其他把山羊與綿羊分開的教學伎倆。那時候，農村還是農村，我們完全沒聽過課外補習、英文數學輔導課或鋼琴小提琴家教，當然，也沒有近視眼鏡和明星國中。我們全心全意玩六年，男女生一起打躲避球，夏天時打土芭樂、蓮霧；還在地上畫方框組成兩國搶國寶，我總是第一個被推死的，像是敵國用來振奮士氣的牲禮。後來，國王把我調到內宮看守國寶——一粒石頭。我唯一立下的汗馬功勞是當敵軍攻破我國時，把國寶藏在口袋裡一溜煙跑掉了，他們在後面追，我死也不給。」

車到羅東，離晚宴尚早。難得一個不下雨的清明節，妳們決定步行回家，說不定路上還會碰到一兩位同學，在妳講述孝班的故事時突然蹦出來。

妳說最怕跳土風舞了。遊戲時，男女生忘情扭打乃天經地義的事，舞蹈中要求拉手摟肩甚至攬腰，聽了就破膽。小學版本的「愛情檢定法」，拉手就是戀愛，摟肩不就是夫妻嗎？所以操場上，只見老師氣急敗壞、疲於奔命抓姿勢不合格者，終於逮到一對天才，他們用兩根樹枝各執一端避免直接接觸，老師命令他們上司令臺，示範最正確的拉手摟肩法，底下的嚇得臉色發青，勉強拉手總比上臺接受公開表揚「夫妻」事實好些。但是，沮喪揮之不去，人人認為自己在舞蹈中被欺負了，課後紛紛跑去洗手——彷彿不洗的話，這輩子恐怕要嫁給他或娶她當老婆了。

除了不分班凝聚了感情，你們四十七個人都有親戚關係。全班只有十四個姓氏：九個姓林、八個姓賴、七個姓陳……從孿生兄弟、親姊妹到堂兄弟姊妹，再來為同曾祖或高祖，最遠的也不難找到鄰居關係或從母親娘家串出一條線來，照樣喊得熱呼呼。最尷尬的，還有輩分，叔姪、舅甥，甚至其中一個得天獨厚，與另一位同學的祖母同輩。上一代「論輩不論歲」的宗親觀念落在這群同齡孩子肩上簡直礙手礙腳，叔叔好意思揍姪子嗎？堂弟能欺侮堂姊嗎？親戚關係很自然地要求每一個人在成長過程學習更大的融合而不是敵對。除了一兩天時限的小爭執外，從來沒有發生尋釁報仇或圍毆的校園暴力；當學校變成家庭、親族、緊鄰關係的延長時，沒有一個小孩會在群體中孤單甚至受欺凌，偶發的私人爭吵很容易變成兩族談判，雙方「長輩」即時出面理論、調停，末了，以一種「我會好好管教我的不肖子弟」的權威表情帶走滋事分子。由於以父姓集結的各個親族間，交叉重疊母親從娘家帶來的另一條宗脈，使得大多數人找不到立場，這面看不見的雙綱大網使你們沒有機會練習敵對或暴力，就連班上唯一具有外省血統的女生——她的父親是撤退來臺的山東人，不知何故流落到小農村來。你們從不曾取笑她的血統，母親方面綿密的宗親網絡保護了她及其父親。一切是那麼自然而然，上一代用愛與信仰鞏固了宗親、鄉情，你們延續它。

唯一的衝突是「國語運動」，凡在學校講方言的必須受罰。老師製作兩個木牌，交給擔任副班長的妳執管，誰講方言就把牌子交給他，他得想辦法在放學前把牌子交給下一個講方言的人，否則會在次日受到處罰。這場賊抓賊的國語運動使妳變成班上的「小特務」，連帶地考驗原本和諧的班情。妳不了解為什麼要強迫已經會說國語的你們放棄閩南語交談？那陣子，下了課的教室瀰漫著恐懼的安靜，不說閩南語根本無法聊天，誰能用標準國語即興搬演布袋戲裡「藏鏡人」與「小金剛」大對決呢？妳很快發現自己被孤立了，在球類運動中變成男生們的敵人。他們摒棄賊抓賊的遊戲規則，連成一氣抵制木牌子，所以跑到大樹下講、附在耳畔講，妳束手無策。漸漸，端上檯面了，有一天，妳明明聽到有人用閩南語講「狗屎」，跑過去交牌子，對方拒收，把牌子掃到地上，他說他是用國語講「高塞」，「高塞就是高的塞」（狗屎就是狗的屎），雖然心照不宣，但言之成理，當然不能交牌。於是變本加厲了，「加爸」（吃飽）、「來兮」（來死）……紛紛插播到談話裡。某日，有人在黑板上寫「懶覺」，底下開始竊笑，他賊溜地大聲念：「懶覺！懶覺！懶覺！」全班笑成紅臉關公。妳沒有交牌，這的確是標準國語，總統來念也是這個音。沒多久，國語運動就睡懶覺去了。

討厭國語運動並不代表討厭外省人。妳說至今無法用省籍觀念劃分人群，導因於童年時期那兩個外省人留下的好印象。其一是同班同學的父親，住在附近；妳仍記得星空下的大稻埕，他與幾位阿婆坐在長板凳上搖扇子、閒話莊稼的情景。他總是嘰哩咕嚕一大串鞭炮的山東話夾雜幾句荒腔走板的閩南語，她們則氣定神閒地以閩南語對答。事後，妳問她們：「聽有？」「聽無。」「伊講啥妳知？」「知。」那真是神祕不可解的包容。或許，把根扎入泥土深層的人自然而然擁有恢宏的胸襟，去容納飄泊到小村來的異鄉人，撥給他一片抬頭天，娶妻生子，當他釘起自己的門牌，也一樣是地瓜簽稀飯的日子。

另一位是以校為家的級任老師，住在教室後面，用三夾板隔間，只有床及書桌，簡單得像一張草圖，你們打掃教室時也順便打掃老師的家。他很胖，像吃過很多苦頭才胖出來的，自知鄉音濁重，盡量放慢速度講課、加強板書，久之，也適應了。他是那種只要是孩子，就自然流露父性的老師，捨不得對學生凶。你們知道他一個人年節不像年節，總有人拎幾粒粽子、黑草粿說：「老師，請您吃！」後來，學校撥給他一間小宿舍，你們興奮得像準備一起住進去一樣，天天催他搬。某日，他開心地宣布：「現在搬！」立刻搶掃把的、提水桶的、扯抹布的，一溜煙衝出去了，後頭跟著捧書的、扛鋪蓋的、抬書桌的……滿場飛奔，很像一個胖胖的外省爸爸帶四十七個營養不良的閩南孩子準備「成家」了。校樹如此青青，庭草依然萋萋，什麼樣的流浪史讓他掉入這所小學校，你們不知道，只知道師生之間擁有共同的記憶；他教了課本上沒有寫的東西，你們給他成績單上所沒有的安慰。一個人被四十七個孩子記憶著，意謂著他已不再流浪。的確不再流浪，當他翻閱辭書，想把班上兩個女生的名字改得獨一無二、響叮噹時，也許他正偷偷沉浸在做父親的幸福裡。妳說，雖然只是更動一個字的部首，妳也了解這種幸福的背後很苦，因為妳是其中之一。

在崇山峻嶺與壯闊海洋之間開展的這塊母鄉平原，妳相信它是戰神與美神交鋒下的結晶。在任何一條春日的河域潛游，妳都可以感受地底有一股渴望大變動的力量，在水草招搖間、河蜆吐納間絲絲冒出，與另一股嚮往大安靜的溫柔力量——或為雨水、浮雲、遊煙，相互激進，共同匯聚在妳以及所有的童伴身上，妳相信這就是性格的來源。

像神祕的啟蒙者召喚祂們的學徒，妳說山巒與海洋把豐富的想像與飛翔的心靈揉成一粒粒果子，撒在成長的路上讓孩子撿食。妳說當一輪血玉般紅潤的日頭，水淋淋地，從開闊的天空緩緩向山巒降落時，妳凝神注視，被震懾、吸引，寸步不能移，彷彿宇宙間只有妳與它存在，而妳的靈魂已向它飛去，攀升、翻騰，頃刻間站在山之巔峰，伸手，輕易地托住那輪紅球將它嵌在炸了葉的斗笠中間。落日已沉入山背，歸鳥飛掠將熄未熄的天空，妳回復為鄉間路上襤褸的女童，卻有飽滿的喜悅流竄，彷彿，萬里長空也不過是一頂鑲著太陽的桂冠而已。

妳說秋季的海邊，妳們在沙灘上躺臥或嬉鬧；海洋呼嘯著，召喚著，像一個憂鬱的女神要求一只能容納她的瓶子。億萬條女臂向陸地抓攫又絕望地退回，妳決定像一只瓶子向她走去，滴水不剩地吸盡她，讓她在妳面前裸露淹溺太久的珊瑚膚體。妳看到自己的靈魂已經俯身吮吸，急速撤退的海水在陽光中飛濺，發出藍寶石似的碎光。妳終於看到乾涸的大陸塊，鯊鯨跳躍、礁岩嶙峋，一艘艘沉船鼾睡著，五彩魚群舔食鏽黑了的船體，妳看到紅珊瑚延長枝椏，很溫柔地像舞蹈中女神的手臂，慢慢露出懸掛其上的一副副銀鑄骷髏。靈魂復位，一座海洋在體內奔竄使妳重重跌坐沙灘，妳掙扎站起，發現身體變成一只透明瓶子，藍色海水正在攻擊紅色的心臟。妳必須釋放海水，在瓶子迸碎之前；遂向天空狂喊，寶藍海水從妳的七竅噴出，歸流，復合，平靜如酣睡中說夢話的女人。

山與海兩股大力量敲鑿童騃的妳，遂相信神祕的天庭裡有兩位神，一化身為陽剛之山，一為豪放女海，妳自此無法拈除戀父戀母情結，在內心底域與之對話、傾訴、爭辯。夏秋之際，颱風肆虐，帶來山洪暴發、海水倒灌，以一種大毀滅的決心襲擊手無寸鐵的小農村；妳看到竹叢連根拔起、屋瓦飛墜，大水像從半空奔蹄而來的億萬惡神，殺氣騰騰地破門而入，妳看到雞雛的浮屍與漂流的空鋁鍋、塑膠碗，彷彿取笑妳及所有的村民不過是討一碗飯吃的乞丐，生命像螞蟻般卑微。妳沒有驚恐，只有鎮定，憤怒即將爆破前的鎮定；妳必須爬上屋頂，以紅磚、石塊鎮住它，暴雨毒打妳的身體，妳怒視汪洋，怒視使嫵媚的綠色平原突然變成汪洋的那兩位神，以祂們教妳的那股生命力痛斥祂們企圖毀滅一切的力量，妳幾近狂怒，大聲叫囂：「來啊！再來啊！把我們全淹死！」妳的心裡清楚明白，為了捍衛家園，不惜在妳所執戀的原父原母座前，叛逆之！叛逆之！叛逆之！

妳說，災難時扎的根比任何時候都深。

你們班全部住在災區，恢復上課後，話題不離：「淹到哪裡？」「穀子浸水了嗎？」「餓了幾頓？」好似一群憂鬱的小農夫。你們的便當多了肉，水厄過後，大人照例要獻上一隻存活著的雞，感謝老天爺慈悲。

你們的家境都清貧，電視、冰箱被視為帝王用品。既然平等地窮著，無從比較物質生活，你們安分地從腦袋裡創造遊戲，自給自足。沒有錢買玻璃彈珠，就用龍眼的黑籽代替；撿汽水瓶蓋，寫將士車馬包，也是象棋；最風靡的是用食指頂住大手帕中間，套上紙臉，手帕兩邊各綁一根筷子當作手，一群花花綠綠的布袋戲演得天昏地暗；男生流行鬥陀螺時，女生玩「揀沙包」（注）；他們摔紙牌，妳們跳橡皮筋。妳說一直想要一個洋娃娃，課本上的女孩都有。偷偷從母親的衣櫥揪出一塊布，不會畫比例圖，靈機一動從竹搖籃內抱出小嬰兒，壓手壓腳描人形，躲到稻草堆後做針線，塞去半缸米，做出來的布娃娃比兩歲嬰兒還重。妳說，算是有過一個洋娃娃。

「妳願意永遠做我的洋娃娃嗎？」妳抱著她問時，我們已經來到竹叢裡，一群麻雀驚飛。

廢棄多年的老厝散發一股潮氣，門口的芒草亂藤像水似的，一寸寸往裡淹，瘦小的芭樂樹仍然站著，每年總會結幾粒硬邦邦的土芭樂，像最後一個兵，盡責地看守門扉。大廳內，神明、祖先牌位已遷往臺北，神案、酒杯、長明燈仍在，彷彿給諸神留個原鄉，當祂們想回鄉的時候。妳了解上一代搬人不搬心的播遷手法了，讓子女悄悄回鄉時，仍可以在老厝內煮一壺水，或找支掃帚拆幾張蜘蛛網。

「那是我的獎狀，妳看，這學期的！」她指著牆壁上一張注明三年孝班、泛黃的獎狀說。妳抱起她，「也是我的，還沒有改名字以前，都二十一年了。」妳端詳那張獎狀，泛了

注：一九六、七〇年代流行於校園的遊戲。以布縫成四公分長、二公分寬長形，內裝沙子或米粒，縫成沙包樣。五個小包為一組，玩時，以單手揀、拋、接，完成指定動作，不出錯、不漏接者為勝。

霧的鏡面映出妳的臉及她的臉。黃昏的餘光中，她的小臉蛋漸次擴散、模糊，融入那張獎狀，凝聚在名字上，妳彷彿聽到她一面揮手一面喊：「再見喲！不要忘了我！」妳確信她不斷地揮手，毛筆寫的名字上揮出一枚小小的指紋。妳確信二十一年前，她已在對妳揮手。

夜色，淹入老厝。

「該去見見老同學了，不知道變成什麼樣子？」妳對我說。

走出竹叢，小路上三兩聲狗吠，晚蟬唧唧。妳回眸，看老厝一眼，彷彿聽到她的回音。

「再見喲！不要忘了我！」

妳抬頭，早月已經升空。

刊於一九九一年九月八～十日人間副刊

煙波藍

給 少 女 與 夢

我們已各自就位，在自己的天涯種植幸福；
曾經失去的被找回，殘破的獲得補償。
時間，會一寸寸地把凡人的身軀烘成枯草色，
但我們望向遠方的眼睛內，
那抹因夢想的力量而持續蕩漾的煙波藍將永遠存在。

海洋在我體內騷動，以純情少女的姿態。

那姿態從忸怩漸漸轉為固執，不準備跟任何人妥協，彷彿從地心邊界向上速衝的一股勢力，野蠻地粉碎古老的珊瑚礁聚落，驅趕繁殖中之鯨群，向上竄升，再竄升，欲摑天空的臉。浪，因卻在衝破海平面時忽然迴身向廣袤的四方散去，驕縱地將自己摜向瘦骨嶙峋的礫岸。而有哭泣的聲音。

我閉眼，感受海洋在胸臆之間喧騰，那澎湃的力量讓我緊閉雙唇不敢張口，只要一絲縫，我感覺我會吐出一萬朵藍色桔梗，在庸俗的世間上。

暮秋之夜，坐在地板上讀妳的字，涼意從腳趾縫升起。空氣中穿插細沙般的摩挲聲，像兩座大洋跋涉萬里後在耳鬢廝磨。我被吸引，傾聽，又不像了，倒像三五隻藍色小蜻蜓互搓薄翅。於是，那聲音遂自行搭配油綠的山巒印象、嗚咽小溪、柔軟陽光及果實甜味，悠悠然在我的想像裡漫遊。我忽然想喝一點紅酒，這原本尋常的夜因妳的字而豐饒、繁麗起來，適於以酒句讀。

妳的信寄到舊址，經三個月才由舊鄰託轉，路途曲折。妳大約對這信不抱太多希望，首句寫著：「不知道妳會不會看到這封信，妳太常給別人廢棄的地址。」

廢了的，又何止一塊門牌。

妳一定記得，出了從北投開往新北投的單廂小火車，只有兩條路可走：一條是油膩膩的大街，大多數學生走這兒到學校；路較短但人車熙攘，活生生是一條食物大道。捏飯糰的胖婦永遠捧著她的木桶杵在火車站出口，烙燒餅的外省老爹在第一個紅綠燈邊，蒸饅頭的南部老闆在大轉彎處，加上攤蔥油餅的、開麵館的、賣豆漿的，沿路招呼永遠睡不夠的高中生。走這條路是酷刑，讓人錯覺青春身軀是一尾遠洋鮮魚，路兩旁皆是磨刀霍霍的大廚，等著削你的肉做生魚片。

另一條是山路，鋪了柏油，迂迴爬升之後通往半山腰的學校後門，人雖少但多了一倍腳程，我們願意走這兒。清早的山巒是潮濕的綠色，遠近籠著晨霧，自成一場淒迷氛圍，好像在這路上弄丟的東西永遠找不回。空氣比市區薄了些，但隨著季節不同飄浮各種野地花草的香氣，山素英、木樨、七里香或是不知從哪裡盪出的混合草味。跟著路走的，是山溪，經年摟著大小岩石洗浴，水聲忽緩忽急，聳立的岩塊背面被洗出青苔，彷彿這也是一種愛的方式，只要勤勞地愛下去，終會被記憶。鳥，總有幾隻，不時躍至路面，或莫名地跳換枝椏，驚動了亙古不移的寧謐，卻也擴大了寂靜的版圖。

離山路幾步之遙有一幢廢屋，妳也一定記得。從柏油小路岔入庭院的石徑被野草嚼得只剩幾口，廢得日月皆斷，恩義俱絕。站在路上，面朝廢屋，可以清楚地追蹤在它之後山巒起伏的弧線。雖屬低海拔暖濕矮山，看起來也有一份壯勢。妳或許同意，臺灣的山巒藏有繁複的人世興味，構成山色的相思樹、筆筒樹、麻竹、梧桐、菅芒……只要有些歲數，那山看起來就有一份蒼茫，好像見多了滄海桑田，嘗盡了炎涼世情之後，有點累，想要坐下來，捶一捶膝頭，順道原諒幾個名字，想念幾個人，因而那蒼茫是帶著微笑的。單獨一屋，靠著這樣的山，不免也有飄泊的性格。

約略記得院牆一側站著一群相思樹，應是從山腳斜坡延伸而來未遭屋主砍伐的，既然續了山勢，樹自是高大蓊鬱，然而那種綠有著時間的鐵鏽味，以致於樹群看久了，也有傷兵面目。

院牆另側，爬滿複雜的蔓藤與野地植物，通泉草、蟛蜞菊、霍香薊，間雜郊野常見的軟枝黃蟬、紫花槭葉牽牛。再怎樣的亂世，都有人可以手臉乾淨地過日子，那些花開得繽紛，像隨手倒貼在鼠灰色墓域的一張「春」字。院門是兩扇矮木柵，斑剝的藍漆接近慘白，門都脫臼了，有一扇被野蔓纏住，刺了一身花花綠綠的七情六欲。

那寬闊的院庭留給我憂傷印象，像渴愛的冤魂積在那兒，等人喊他們的名字。因有說不出口的苦，以致終年瘀著散不去的冷。掩在亂草雜木之後，是日式木造屋，被時間蛀得只剩半副骨架。屋頂塌去大半，幾根交錯的木頭上勉強扣著黑瓦，像十幾隻集體自盡的烏鴉屍體。四壁已面目模糊，然而朝向院庭處卻兀自站著半面牆，想必是地震、強颱沒帶走的。牆中間嵌一扇窗櫺，鬆成酒紅色，在雨水中浸久了，嘔出敗壞氣息，似毫無商量餘地的幻滅。牆後，在那原應是清雅閑適、有娟秀女子與她的夫婿坐在明式桌椅上品茗談心的客廳位置，姑婆芋大手大腳地開著，肢體橫陳，幾乎要吃掉那牆。從未看過喜陰濕的植物像它那樣，開得有狗吠聲。

就這麼僵在那裡，彷彿沒有人理會也可以跟自己天荒地老。有時，覺得這荒園靜得接近失憶，時而又有一兩陣微風吹過，樹群咳出幾聲蟬。

這廢屋適宜養鬼，或收留我們那埋在青春身軀裡的憂鬱眼睛。

我相信妳不會忘記它，在全校美術比賽中，妳以此為題材，摘下寫生組第一名。

原本報名參賽的我，那日卻放棄了，獨自躲在操場邊榕樹蔭，讀《惡之華》。風，閒閒地吹動書頁以及齊耳的頭髮。大屯山的天空總有幾朵閒雲，在淡水河口與山城之間迴旋。我凝視遙遠的山稜，彷彿看見妳揹著畫架到那兒，一個人靜靜地參悟廢屋的意義。我們從未談過對荒蕪庭園的感覺，但我確信自己對同質者有一份靈犀，如攬鏡自照，知道妳與我一樣，靈魂常在那兒棲息。頹廢、幻滅絕對具有蠱惑力，煽動每一個現世體制亟欲將之推向光明軌道的青澀靈魂。我一度認為頹廢裡含有高度的忠誠，而幻滅，無疑是一種痛快的自虐，不屑與笑咪咪的世俗體制多費唇舌，遂轉過頭去，不言不語，調自己的酒，把生命調成只有自己才喝得出來的具有甜酒味的死亡。

獲獎作品在圖書館展出。我們念的那所學校一向缺乏像樣的升學率，但在音樂、美術方面卻有沛然成績。妳的畫在同時展示的各幅書法、水彩中是那麼特殊，彷彿成熟大人與唱兒歌的小孩同臺。我十分驚訝妳出手大膽，選用靛藍色系語言鋪排廢園的神祕、衰頹與汨汨滲出的森冷氣息。藍，是難以駕馭的一支色裔，像色彩中的遊牧民族，自由隱沒於晴空、砂丘、草原、瀚海與深淵之間，在它們身上，既看得到死亡的蔭谷，也反映出稚兒無邪的藍瞳。但妳並未耽溺在藍色系的魅影裡，亦細膩地掌握草花的喧鬧，給它們輕得像煙的蜜黃、薄紫色層，彷彿雨後新晴，花葉上光影玓瓅，有一種浮升的活潑感，晃動畫面，使它不致因墨綠、暗藍的大塊吞吐而產生壓迫與墜落。妳讓秋陽在那扇蒼老的紅窗櫺上遊移，幾近撫慰，遂有甦醒的暗示。妳的畫讓人停下腳步，思緒澄淨，靜靜聆聽色彩與光影的對話而讓思維漸次獲得轉折、攀越。妳題為「時間」。

時間，讓盟誓過的情愛灰飛煙滅，也讓顫抖的小草花擁有自己的笑。妳的畫如是敘述。

不久，我們將沉入冷冷的幽暗裡，
別矣！我們夏日太短的強光！
我已聽到悲傷碰撞的落地聲，
響亮的木頭落在庭院石板上。

我抄下波特萊爾的詩〈秋歌〉首段，趁老師迴身寫黑板時傳紙條給妳。我相信妳從這張沒頭沒腦的字條中可以理解，我不贊成妳藉輕盈的草花色彩、明亮的光影試圖釋放死亡的壓迫力道。那時的我無疑地嚮往一種驕奢的毀滅，好像要天地俱焚才行。

從一開始，我們即是同等質地卻色澤殊異的兩個人。然而，不管我多老、離純真歲月多遠，我都願意以歡愉的心情跨越時光門檻重回青春年代，再次欣賞妳的亮度、暖澤以及很難在少女身上發現的優雅。即使是現在，行走於煙塵世間多年之後，我看到的大多是活得飢渴、狼狽的人，勤於把自己的怨懟削成尖牙利爪伺機抓破他人顏面的憤世者，鮮有如妳一般雍容大度。妳笑起來真像好天氣，白皙素淨的臉上總是閃著光輝，似一種累世方能修得的智慧，完整地帶到這世，妳有一雙修長的手，相較於嬌小身量，那十根手指絕對是為了藝術而來。

妳的眼睛裡有海，煙波藍，兩顆黑瞳是害羞的，泅泳的小鯨。

起初，我並不欣賞妳。正由於妳太晴朗了，而我情願把自己縮至孤傲地步，如一枚蠶繭化石，埋入永不見天日的冰原底層。因為同屬瘦小，使我們毗鄰而坐，這意謂著交談的機會比他人多；有時，一方忘了帶課本更併桌同看。我總是不自覺地瞄向妳的手，觀察妳無意間轉換的手勢，如馴睡的白鴿、高崖上等待為明月撥雲的松枝，如款款而舞的水草，或五條岔路之迷宮。我揣測有著這般纖手的主人該配何種命運？浪跡天涯的鋼琴師，擁有一畝私人苗圃的園藝家，習慣把皮尺繞在脖子上的服裝設計師？這手會用一生的氣力去抓住什麼？最後又是誰握住了它？

如今想來，對妳的好感是從嫉妒開始的。

我們遇到一位霸氣但顯然懷才不遇的美術老師，她絕不允許美術課變成英、數老師用來補課、考試的公共時段，更以嚴厲的口吻批評那些叫學生回家畫蘋果、香蕉而上課時漫談羅曼史或坐在講臺上打毛線的同儕們。一輩子至少要畫一張像樣的畫，她說。

石膏像素描、靜物寫生、戶外練習捕捉光影，她玩真的。我們當中雖然不乏躲在畫架後附耳聊天，素描時愛饅頭超過愛炭筆的（注），但也有如妳我，期待每週一次到那間掛著紅絨窗幔、畫架環立的美術教室。

我以為我是最好的，直到素描課告一段落進入水彩階段，她在畫室中央高臺上擺了瓶花要我們臨摹，我才知道從小到大積存的繪畫信心竟是那麼不堪一擊。

玫瑰、百合、向日葵搭配龜背芋葉，失序地插在青瓷闊腹瓶內。大約擺太久了，花垂葉敗；多雨的冬季午後，光，垂垂老矣，眼睜睜看著豔麗花朵被時間凌虐而無法給出一點安慰。我一定在那間畫室感應到生命中有一股恣意蹂躪靈魂，齧咬青春、夢想、情愛，把種種昂貴事物摔得粉碎的暴力，才有鬼魘之感，以致完全修改那瓶花的擺設，跳脫寫生框架。我只畫玫瑰，枯萎的玫瑰田一隅；彷彿被激怒般大量選用紅、黑、褐，層層塗抹，砌出立體感，暗影籠罩下的紅玫瑰，看來像一群醉酒骷髏。

畫尚未完成，劣質畫紙因承受過量顏色而起皺。她站在背後，我知道她已站了一會兒。我以為她會理解壓在年輕胸膛上的苦悶而給予一兩句暖語。但她似乎對我的「不守規定」惱火，以失去理智的尖銳聲調批評：「妳這是什麼畫？」然後，輕蔑地「哼」了一聲。

她要我看看妳的，她說妳畫得非常之好。

必須等到數年之後，有人發瘋似地在大學社團活動中心一再播放唐．麥克林（Don Mc Lean）的〈Vincent〉，坐在窗邊推敲一篇文章的我被音樂吸引，墜入記憶中大屯山城的「Starry, starry night」而重新回到使我放棄繪畫的那堂美術課，我才消弭餘怨並且承認，那日是生命中險峻的大彎道，促使我毀棄那幅枯玫瑰的不是美術老師的譏諷，而是看到妳的才華那般亮麗耀眼，遂自行折斷畫筆，以憾恨的手勢。

遺憾像什麼？像身上一顆小小的痣，只有自己才知道位置及浮現的過程。

青春是神祕且熾烈的，凡我們在那年歲起身追尋、衷心讚嘆之事，皆會成為一生所珍藏。我終於知道畫筆會是妳的第十一隻手指，妳要去朝聖的地方，布有梵谷、塞尚足印。而我，約達一年之久將自己鎖入孤絕冰冷的洞窟，日復一日提問生命意義而不可解。我的臉上一定充滿敵意與抑鬱，多年後妳才會說當時的我看起來像莫迪里亞尼筆下的〈藍眼女人〉。青春是這麼難熬，尤其不知自己欲往何處的慘綠歲月，每一步都是茫茫然。就這麼積壓著，直到困惑夾雜憤怒如沸騰的泥漿即將封喉，我求援似地在紙上寫下第一個句子，彷彿觸到出口，接著第二個句子敲掉巨鎖，理所當然第三個句子出現，將門踹開。

星空下，牧羊人指認祂的羊，天地悠然而醒。

才華既是一種恩賜亦是魔咒，常要求以己身為煉爐，於熊熊烈焰中淬礪其鋒芒。然而鍛鑄之後，江湖已是破敗之江湖，知音不耐久候，流落他方。彼時，才賦反成手銬腳鐐，遂無罪而一生飄零。

首先，妳的家庭遭逢變故，一夜之間變成無家可歸的人，接著是情變。畢業多年後，在一家咖啡館享受下午茶時，同校女友一面用小銀叉挑起蛋糕一面透露輾轉聽來的關於妳的消

注：早年學校美術課畫素描，老師會發白饅頭，做為「橡皮擦」之用。

息，我以為妳的一生應該像姣好的容顏般風和日麗，至少，不應有那麼多根鞭子，四面八方折磨妳。

她說，沒有人知道妳還畫不畫。這讓我憂慮。當時，與妳同期的美術社團社員已有數位嶄露頭角，以新銳之姿受到畫壇矚目。然而在我心目中，妳是最亮的，命運可以欺負人，但才華騙不了人。我祈求妳不要潰倒，一旦崩潰，人生這場棋局便全盤皆輸。

活著，就要活到袒胸露背迎接萬箭攢心，猶能舉頭對蒼天一笑的境地。因為美，容不下一點狼狽，不允許掰一塊尊嚴，只為了妥協。

人的一生大多以缺憾為主軸，在時光中延展、牽連而形成亂麻。常常，我們越渴慕、企求之人事，越不可得。在他人身上俯拾皆是的秉賦、智慧、美貌、真愛、家庭、財富、機運，對自己而言卻像稀世珍寶不可求。年輕時，我們自以為有大氣力與本領搜羅奇花異卉，飽經風霜後才懂得捨，專心護持自己院子裡的樹種，至於花團錦簇、鶯啼燕囀，那是別人花園裡的事，不必過問。

收到妳寄來的結婚照，依稀是夏天剛過完時。擺脫一般婚紗攝影的俗套，你們選擇南臺灣礁石林立的海邊為背景，架起三角架自動拍攝。在一座高聳的黑岩上，你們完全顛覆新郎新娘的角色扮演；身著無袖及地白紗禮服的妳，笑咪咪地抱起西裝革履的新郎——他一手高舉捧花另一手驚險地勾住妳的脖子，表情如即將墜海的幸福男人。約是清晨光線最柔美的時刻，在你們背後的海，藍得如煙如霧。

照片背面，妳說「終於有個家了」，一筆一畫都抖著幸福。

當我們尋覓家，其實是追求恆久真愛，用以抵禦變幻無常的人生，讓個我生命的種子找到土壤，把根鬚長出來。情愛，是最美的煉獄，也最殘酷。畢竟，兩情相悅容易，與子偕老難。願意將所有的情愛能量交予對方，相互承諾、踐行的情偶，乃累世修得之福報。多數戀人，這生才相逢、相識，纏縛、瞋恨的課業正當開始，或雖積了一些，尚差一截痛、幾行淚水，也就無法於今生成全。對帶著宿世之愛來合符的兩人而言，真愛無須學習，乃天生自然如水合水、似空應空。只有在煉獄中的人，才需耗費心神去熔鑄、焊接，成形之後，還是一塊冷鐵。

冷鐵無處去，要用牙齒一口一口嚼爛，成灰成土了，才還你自由。

梵谷〈星夜〉明信片背面，妳寫著：巴黎的冬季冷得無情無義，但比傷心的婚姻還暖些。星夜，有著詭異的筆法，形成漩渦、潮騷，似不可違逆的力量，把人捲至高空，獲得俯瞰的視界，但也從此囚禁在無邊際的虛無之中。妳淡淡下筆：生命裡好多東西都廢了，來這兒看能不能找回什麼。冬天實在太冰，把顏料凍裂。

廢了的，又何止一塊門牌。

繞行半個地球，妳回到畫布前。才華秉賦果真是涵藏「孤寂之旅」與「聖美殿堂」的一則預言，必須不斷被鐵耙犁心，犁到見肉見骨，連十八層地底的孤獨種子都露臉了，前往聖美之殿的地圖才會浮現。這樣苦苦地追尋有何意義？也許，對他人毫無價值，卻是甘願苦行者一生中最尊貴的一件事。這世間多的是庸俗之人、便宜之事，總要找一樁貴一點的吧！

妳沒留地址，想必是居所不定。巴黎，被稱為藝術心靈的故鄉，但我相信對一個嬌弱的東方女子而言，現實比銅牆鐵壁還重。唯一能給妳熱的，不是家人、朋友或前夫、情侶，是妳自身對藝術的夢——從少女時代，妳那閃動著煙波藍的眼睛便癡癡凝睇的一個夢。

泅游於南極冰海的巨鯨，被捕殺之後，捕鯨人以尖長的剝魚刀自頭至尾剖開鯨體，清除內臟，再將鯨的尾翼綁在船頭，航行時，讓海水可以徹底沖洗牠。即便如此，若航行時間太長，置身冰冷海水中的鯨，骨頭也會因內部所產生的高熱而焚燒起來。我想像，當異國風雪拍擊賃居公寓的窗戶，唯一能給妳熱的，只有夢。

數年，失去消息，無人知曉妳在世界的哪一個角落？

生命的秋季就這麼來了。白髮像敵國間諜，暗夜潛入，悄悄鼓動黑髮變色。起初還會憤憤地對鏡撲滅，隨後也懶了，天下本是黑白不分，又何況小小頭顱。中年的好處是懂得清倉，扔戲服般將過期夢想、浮誇人事剔除，心甘情願遷入自己的象牙小塔，把僅剩的夢孵出來。

浮世若不擾攘，恩恩怨怨就盪不開了。然而江湖終究是一場華麗泡影，生滅榮枯轉眼即為他人遺忘。孵出來的一粒粒小夢，也不見得要運到市集求售，喊得力竭聲嘶才算數。中歲以後的領悟：知音就是熠熠星空中那看不見的牧神，知音往往只是自己。

忽然，暮秋時分，老鄰居轉來妳的信。

是張畫卡，打開後一邊是法文寫的畫展消息，另一邊是妳的字跡。第一次個展，與老朋友分享喜悅，妳寫著。

是啊！時間過去了，夢留下來，老朋友也還在。

印在正面的那幅畫令我心情激越。畫面上，寶藍、淡紫的桔梗花以自由、逍遙的姿態散布著、幽浮著，占去二分之一空間，妳揮灑虛筆實線，遊走於抽象與實相邊緣。畫面下半部，暈黃、月牙白的顏色迴旋，如暴雪山坡，更似破曉時分微亮的天色。如此，桔梗之後幽黑深邃的背景暗示著星空，黎明將至，星子幻變成盛放的桔梗，紛紛然而來。

藍，在妳手上更豐富了。令我感動的是，這些年的辛苦並未消磨妳的雍容與優雅，文學、藝術工作者一旦弄酸了，作品就有匠氣。也許，妳也學會山歸山、水歸水，現實與藝術分身經歷。藝術難以改變現實，但在創作意志的導航下，現實常常壯大了藝術。

妳留下地址。

不需回信了，我們已各自就位，在自己的天涯種植幸福；曾經失去的被找回，殘破的獲得補償。時間，會一寸寸地把凡人的身軀烘成枯草色，但我們望向遠方的眼睛內，那抹因夢想的力量而持續蕩漾的煙波藍將永遠存在。

就這麼望著吧，直到把浮世望成眼睫上的塵埃。

刊於一九九八年一月四～五日聯合副刊

渡

給 愛 情 及 一 切 人 間 美 好

我們在愛情裡找到的是他者，
或雌雄同體的另一個自己，
還是啟示我們有一個更高的人生值得追求的使徒？
愛情只能單獨存在，
還是攜帶種種人間美好一起實踐？

1 問

關於愛情，我們知道得夠不夠？

愛情是不是最容易在青春領土發芽，卻只在滄桑岩層茁壯？大多數的愛情不管初始多麼驚心動魄，最終不免墜落平地、淵谷或沼澤，有沒有一種愛情仍在雲空遨遊，依隨時間航行，航向凡人不能察覺的永恆邊境？

兩人世界是愛情的鐵律嗎？能否三人共享、四人均霑，建築愛情新樂園？

若有擅情者營造一種迷人夢境，引人陷溺其中如一名夢奴，凡事需以之為中心，又用香軟情話、旖旎情絲要求這對象維繫夢境不滅——這夢奴感動了，遂斷手砍腳當作木柴，投薪以助夢境火勢。這算愛情，還是誘捕愛情貢品的蜘蛛網事件？

如果愛情與婚姻不能兩全，有愛情無婚姻、無愛情有婚姻孰優孰劣？都說婚姻是愛情的墳墓，難道婚姻永遠不能變成愛情的沃土？

愛情是不是道德最喜歡投宿的地方——如帝王微服出巡，欣欣然奔赴最想念的那幢民宅。不蘊含德性的愛情還叫愛情嗎？

不聆聽、閱讀對方內心，不憂其所憂、樂其所樂，這算愛嗎？

「女式愛情」與「男式愛情」哪一種更接近演化真諦？

靈與肉可以分開隸屬、各自體驗嗎？不曾有過性愛的靈性知己與香豔的情欲伴侶，哪一個會在時間試紙顯出淒美顏色？誰更教人魂牽夢也繫？

等待是必要的嗎？等時間成全兩情相悅卻不得不分離的戀侶？等負心人浪子回頭？等無力承諾的人許下山盟海誓？

是愛情扭轉現實困境，還是現實判定愛情的命運？

我們在愛情裡找到的是他者，或雌雄同體的另一個自己，還是啟示我們有一個更高的人生值得追求的使徒？

愛情是否有境界之分？若有，居於低境者與高海拔國度的愛情子民看到的人生風景有何差異？

愛情只能單獨存在，還是攜帶種種人間美好一起實踐？

愛情是自渡渡人的修行事業嗎？

弱水三千只取一瓢飲的是什麼人？仿神農氏嘗遍天涯芳草不枉費一生風流的又是誰？

誰能說一說「曾經滄海難為水」的奧義？

誰解相逢太遲之苦？

有沒有一種泉水主遺忘，一把不流血的刀可以斷糾纏，一帖靈藥治療情場上的傷兵殘將？

關於愛情的提問還有意義嗎？那群會被浪慢情懷感動、視愛情如世間寶石的人（通常被歸為上世紀舊人類）還活著嗎？

或者，心已死？

2｜人間美好

搬遷一年後，您被風災趕回來。

新世紀第一個秋季，名叫「納莉」的颱風以魔鬼手法支解繁華臺北。好好一座鑲金綴玉的城市一夜間變成蒼茫泥洲。滾滾黃流挾帶崩土、枯木與穢物灌入所有矮屋、地底建設及玻璃帷幕大樓地下室。暴雨下得令人絕望，不眠的市民搶救身家財物卻無處可放。有人索性上頂樓，閃著手電筒燈光觀賞雨的獠牙，看原本停駐車輛、懸掛市招的商業大道變成蠻荒年代的怒江；那些車輛只不過是河底安靜的死螃蟹，交通燈號浮在水面像極了擱淺的樹枝。人，猶似黑夜惡水上的浮塵草屑。

風災癱瘓您居住的大樓，您不得不與兩個女兒、一個孫子踩過厚及小腿肚的爛泥搬回受創較輕的山坡老屋避難。我們又重逢了。

也許，這是天意，要我們以水厄為背景，促膝長談。

於是，我們忘年知交的歲月因此又多出一段桂花香秋日；微風薄雨都在窗外，您我日日一壺好茶，如泛舟於無情滄浪之上，釣回您的逝水年華。

•

先說我們吧。

我們最初也是在災厄中相識的。

十七年前，我與您的二女兒皆是踏出大學校園不久的社會新鮮人，不約而同進入一家文學雜誌——我們至少還有三處相同：皆是父親早逝的孤兒、念中文系，最重要，都暗暗磨好一枝筆要完成文學夢。

命運沒讓我們有太多機會相互了解。次年春天，她因重感冒轉成腦炎昏迷數週、醒後變成一個——唉，怎麼說呢？——變成一個需要長期被照顧、復原機會渺茫的人。如果可以選擇，她絕對願意如一隻折翅蝴蝶投靠死神，但命運強迫她以這種「失魂落魄」的方式度過二十四歲以後的人生。

就在她昏迷那期間，我出版第一本書，極平順地踏入文壇。蒼天厚愛我，凌虐她，不知道理何在？

因這場病，我認識您這位強韌的母親。

那年您四十九歲，有著深淵似的柔情雙眸，渾身散發自信與成熟的女性風華。您有一股不平凡的水的質感，讓靠近您的人不由自主投影其真實面目。然而，女兒住院半年，您以院為家一手照護，深邃的眼睛開始凹陷，烏黑髮色沾染霜白。才相隔半年，春日時分您帶著劇烈頭痛卻不掩美麗的女兒進醫院，秋風初起，領著短髮如亂草、神情凝滯的女兒回家。星球依然運轉，景物如昔，只是被人奪去摯愛，心破了大洞，永難癒合。

兩年後，您舉家遷往郊外山坡一座半荒廢的別墅社區。歸隱林泉本是一種境界，對您而言卻是解決困境的唯一途徑。不獨她需要「杳無人煙」的處所療養才不至於「干擾」左鄰右舍，身心受創的您也決定離群索居。人生，就像家家戶戶門前晾衣竿上曬的一床被單，花色圖案相異，質料優劣有別，如今，您扯下那被單也不進屋了，星空下，把餘生丟給荒涼。

如果沒這場病，正值黃金壯年的您原打算開創事業第二春的。四十三歲那年您守寡，獨力養育分別念大一、高二、小五的三個女兒長大。六年後，女兒們都能自立，您又生出豪情壯志，想發展所愛的幼教事業。

沒料到，生涯藍圖毀於一小撮病菌手裡。

有一天晚上，您在電話中告知您家隔壁房子待售，此山莊遠離塵囂唯有清風明月適合作家卜居，問我有無興趣接手？我想，一定是某個跟我有關的故事渴望開始，才促使我做出不可思議的決定吧！當時二十八歲的我陷於出版事業中焦頭爛額，又因投資創業而身無分文，依常理不可能承接。可是，心底渴望停泊，現實上，出版社亦需倉庫藏書。買或不買，內心交戰不已。最後，我背負極沉重的貸款壓力，在秋天，一個人搬進那屋。

如今想來，當時購屋理由都是水面枝節，真正原因是，您的人生與我的人生必須交集。

比鄰而居一開始，我們把兩家院子的隔牆打掉；您種的九重葛載欣載奔不出數年纏住兩戶三層樓高，春日一到，開成瀲灩的紅瀑布。相處日久，發覺您我志趣相投、性情契合，毫不受制於年齡鴻溝。您說我像妳年輕時候，又說從我身上看到二女兒影子。有一天，您若有所思，說了一句千斤重的話：「妳能住在我隔壁，是上天對我的補償。」

若我真能安慰您所承受苦楚的百分之一，那是我的榮幸。算來，我們毗鄰的十一年間，有六年是真正相依相伴的。有段時間，我在家工作，您體諒我單身開伙不易，邀我到您家共飯。一日兩餐，您站在院子喊：「吃飯嘍！」在二樓書房工作的我亦扯開喉嚨喊：「好，馬上！」這種對答情景如在無人荒島，頂多驚動一兩隻小雀，十分自在。後來我出外覓職，下班歸來總到晚上八點多鐘，早已過了晚餐時間。您仍舊在廚房留熱飯與菜餚，我只需攜一盤盛飯揀菜、回家「微波」即可。不多久，家妹與我同住，姊妹倆依然「靠行吃飯」，每晚兩盤，如是數年。這事讓我母親極度不安，囑咐我應補貼伙食費用。哪需母親提醒，初始我就提了，您拂一拂手堅持不收，頗有「區區飯食何足掛齒」之不屑神情：「想當年，八個孩子吃飯，男生正當發育一餐可吃四『碗公』牛肉麵，饅頭吃八個，四個男生光是麵要吃……」嚇得我瞠目結舌，暗想「軍營」也不過如此。您隨即神色黯然，幽幽而嘆：「有緣同桌吃飯，是我的福氣！」

實言之，像您這麼博愛的人並不多見。當年您家「食客」先後有六人（其中四人與您們同住），加上全家四口，全盛時期有七、八人同桌——二女兒必須先吃，飯後進房，房門鎖上，才能將熱湯熱菜端上桌換眾人用餐。通常，她會透過房門上的小窗興奮地呼叫我們的名字，我們也用稀奇古怪的話題與她對話。如果世間仍有某處角落、某些時刻足以讓人暫忘憂愁，當年幾個萍水相逢的年輕人在您的呵護下同桌共飯、自在談笑的情景，大概就是您忘憂之時吧！

後來都散了。眾人各有路途，散居南北，連見一面都不易。我雖住隔壁，成家後也得舞鏟才行。您家那張八人座、橢圓形餐桌又空了下來。油亮的褐漆反射著燈光，像無蛙的池塘。來者自來，去者自去。您像個擺渡人，靜靜地閱讀自己的滄桑。

有時，我聽見您在院子裡斷斷續續哼著小曲，持花剪修葺盆景，咔嚓，停頓，咔嚓，像在修飾一條離奇的曲子。生命中如潮浪起伏的喧譁與冷清，您是見多了，因而養出一股從容——像獨步於深秋樹林，風吹落枯葉，颯颯如收屍小卒。天要暗了，您依然照自己的速度、路徑行走。天不催您，您也不為難天。

「要把握當下，」您常常與我共品香茗，在說完某個故事之後，淡淡作結：「時光不再啊！」

也是。十多年前您我日日尋訪花草的時光也已不再了。

通常於午膳後，您我各持花剪，沿山坡小路散步。那時，社區仍處荒廢狀態，風與空氣還很自由——比如說，抬頭望見高處一棵大樹樹梢搖出新鮮的風，那風在空中醉醉地吹，等吹到我們身上也還是新鮮的。即使是半幢廢屋，只要數年無人干擾，自然長出荒野美貌。

如今，您把盆景
搬到我院子，說：
「想到的話，
賞它一口水吧！」
這意思，我懂。
2001年．秋日．

說來，我們的野地之行意在把渺小自身投入自然境界以暫忘人世，而不在採摘花木。自然也慷慨地撫慰我們，五十出頭的您與未滿三十的我一起恢復孩童眼界，因發現一叢薏苡或找到綠油油的落葵而驚呼、喜悅。時光彷彿悄悄靜止，放任您——一個挑重擔的心暫時卸下無解的痛苦與折磨，悠閒幾步路，開一兩朵微笑。在建商整頓這社區之前，處處可見的野地就像快樂的拾荒浪兒，爭著揪出寶物取悅您這位在我看來也像大半生飽嘗牢獄之苦的感情囚徒——您自己也說過：「來世做一朵花就好，讓人看了忘憂。莫再做人，人受感情牽絆，太苦！」

時光雖已不再，記憶卻如野地

花草繁茂。那段時間，您每每在途中因草木提醒而說起往昔的花木生涯——您與已辭世多年的丈夫都喜歡園藝。花木有情，有情人見花木更覺情深意濃。您提及有一回沿中山北路散步，那日兩人特別有閒情，丈夫摘了路邊老榕的一截新枝說紀念這日吧，返家後插入花盆細心呵護，香柱似小枝竟長出根鬚活了起來。養了三十多年，枝幹也有嬰兒手臂粗。散步歸來，您特地從後院將那盆榕樹搬到前院與我共賞。看起來只是尋常枝葉，卻蘊藏足以抵擋時光的情愛力量。您彎身摘除舊葉、修剪冗枝。看在我眼裡，頓覺這樹是您心中某種刻骨銘心的象徵，甚至剎那間覺得，您輕手輕腳、百般疼惜的樣子不像對一棵樹，倒像服侍一個戀人。

您必定有一段不尋常的愛情，一段不隨生命消失而變質的愛情啊！大多數的愛情與婚姻，不管初始發下多少重誓，最後都回到地面化為煙塵，而您的，我相信仍在雲空。

某日，您打開一盒首飾，雖非高價珠寶，看來都是巡了幾條街才選中的精品。您說，每年結婚紀念日，丈夫會送上小禮及字條，感謝您為家庭付出。字條微微泛黃，端正的字跡依然清晰，話雖短短幾句卻充滿綿密愛意與感激。在您那一輩，鮮有男人會這樣珍惜、感謝妻子的。

又某日，您讓我看一本舊日誌。時間是一九七九年，「那年八月他過世，」您說：「這是二月過完舊曆年他在日誌上寫的，那時根本不知道自己半年後會死！」

那段話是一個五十六歲男人的私密獨白：「回想三十二年前倉皇來臺，一生顛沛流離，苦多於樂。然，能得一紅粉知己為妻，老來又有三個乖巧可愛女兒陪在身邊，夫復何求？」

我決定代替您二女兒寫下您的故事（若她不病，必定會寫）。一則紀念我與她的特殊情誼，再者，感謝您十多年來「渡」我以種種人間美好。我期盼自己有足夠的文采寫好這個故事，讓它像一朵閃著純金光澤的蓮（如您芳名「金蓮」）在這世上飄遊，去邂逅懂它的眼睛。讓它真的成為蒼天對您的補償。

3 大稻埕女兒

妳出生那年是個災難年。

一九三七，日本帝國在中國土地點燃被稱為第二次世界大戰第一場戰役的導火線——中國現代史的記載是：「民國二十六年，七七事變，八年抗戰開始。」一八九五年發生在臺灣的故事，現在在中國上演。

海島這邊，被平假名與片假名統治的眼睛無須看牆上月曆也知道今年是「昭和十二年」，再過數月，街上應會掛出「始政四十二年紀念」布條。戰場上的消息只在上層社會流傳，大部分百姓仍舊低頭過日子，他們無法想像就在這年，臺灣命運與中國命運又糾纏在一起了；臺灣人軍夫首度被徵調到中國戰場作戰，接著，徵志願兵的海報張貼於通衢大道，一批批臺灣兵雄赳赳氣昂昂誓死效忠天皇陛下奔赴遠方戰場，打了一場令他們之中的倖存者與後代始終無法擺脫「歷史錯亂感」的戰爭。也在這年年底，臺北州開始推行「國語家庭」，接著，「皇民化運動」風潮狂亂地吹著殖民海島的每一片屋瓦，每個人都應該努力成為「日本人」！

妳出生在臺北州靠近淡水河邊一個叫「大稻埕」的繁榮商業區，六十多年後，妳依然可以背出地址：「太平町四丁目二一〇番地」。毫無選擇，妳是商業世家的大女兒。

「大稻埕」（今臺北車站西北方，靠淡水河濱一帶）這地名很直接，即是一大片可以曬稻穀的空地。這裡原是平埔族「奇武卒社」居住地，漢人移墾後，此地散居少數漢人與平埔族，耕種為生。清咸豐元年（一八五一），漢人開始在此設立店鋪，毗鄰的淡水河水路暢通，各種貨船麕集在大稻埕碼頭吞吐，不久這一片田園、荒野褪去泥濘面貌，搖身變成繼艋舺之後臺北地區最繁華的黃金地段。日治之前，漢人店街、洋人商行、清官府機關重地共同架構出大稻埕的鑽石陣容。日治後，洋人勢力消退，日人新建的街道、市區取代大稻埕的部分榮景。即使如此，這裡仍是首善之區，除了商業性格，更因文人、思想家匯聚而成為文化發展史上風起雲湧之地。

妳家世代經商，父親是長子，也是家族事業的掌舵者；他上有寡母、旁有兄弟三人，屬三代、四房同堂總共四十多人。妳家住中街頭（現迪化街部分路段），房舍、商號、倉庫等不動產堪稱龐大。家中經營五金、回收、貨運及其他相關業務，屬中盤商，雇用的工人至少維持六、七十人。所以妳常以略帶豪氣又不免悵然的口吻說，妳家是一百個人吃飯的；流水席從早開到晚，廚房裡大竈大鼎幾乎不停火，負責採買的伙夫每天清晨從批發市場運回幾大簍蔬菜。一般人數年才碰到一次的建醮、廟會百人流水席，對妳而言卻是家常小事。難怪妳說從小沒坐著吃過飯，生在這種家庭，三天不吃飯也沒人知道。

妳母親是恪守傳統婦道的女性，對丈夫的權威絕對服從。在婆婆與家族面前，必須樹立長媳、長嫂典範，因而克勤克儉投入工作，其賣力程度不下於一頭牛。她的人生以工作為主，懷孕為輔。二十年之間，懷孕九次生出十名子女（含一對雙胞胎），夭折兩個（一兒一女），剩下的八個孩子中只有一個男孩。苦勞永遠抵不過功勞，她的生育史其實是一條背負沉重生兒使命、幾乎抬不起頭的心酸路。她多產卻被迫不斷與骨肉分離；存活的七個女兒之中，妳是長女所以未送人當養女（但也有五、六年被留在鄉間不在父母身邊，近似半個養女），以下的女嬰就沒這麼幸運了。一對雙胞胎女兒出生後不久，在婆婆安排下送給藝旦間老闆的女兒當養女，老闆女兒無法育嬰，又把這對嬰兒拆開交給兩個奶媽哺育，直到六、七歲才回到養母身邊。

再來終於生出一兒（即是妳唯一存活的弟弟），讓她稍獲喜悅。可是接下來她必須承受眼睜睜看著孩子夭折的痛苦；一個是兩、三個月大的女嬰，另一個是次子，長到四歲得腦膜炎不到兩天就沒了。妳母親永遠忘不了這個特別聰明貼心的孩子自個兒捧著背巾，發高燒慵慵地走到她面前，要求媽媽揹的情景。失兒之痛如白蟻啃噬木頭，好長一段時間，妳母親不自覺佝僂，彷彿還揹著燒得滾燙、高溫透入背脊把她內臟給燒焦的小兒子。表面上一如往昔忙進忙出當然不忘繼續懷孕生產——這期間又產下一女嬰，也是滿月後送人當養女，卻常常在某個恍惚時刻躲到倉庫暗處摀嘴大哭，把她那飢餓不堪的人生哭飽了，抹乾涕淚整頓表情，拿手絹拂一拂衣服上的灰塵，又是一張和藹可親、擅日語、好客多禮的頭家娘的臉。

幾年後，妳母親生下第六個女兒，一樣必須送人。那時妳已從鄉下返回，才十五歲居然有膽有識，不動聲色探知養家某日晚上要來抱，當天黃昏即偷偷抱著嬰兒溜到外面逛街、吃小攤、訪友、拜神，直到晚間十一點左右才返。家人問，妳謊稱不知情，贏了第一回合。另日養家又來，妳端出第二回合劇本。養家懷疑妳父母誠意，不要了。這無辜的嬰兒才得到命名的機會留下來。當然，妳被毒罵一頓。

在根深柢固視女兒如油麻菜籽如賠錢貨如外姓人的傳統觀念裡，妳的行為近乎不可饒恕。妳家財力雄厚非養不起女兒，是掌權者服膺這套觀念且以捍衛者自居才導致這種結果。做為一家之主，妳父親擁有絕對的權威；他過於「大公無私」、事事要親作表率，嚴厲要求「大房」——也就是自己的妻兒必須為家族犧牲奉獻。弟弟們的女兒不必送人，他自己的卻必須送人以免妨礙妻子的勞動力。弟弟們的子女可以一路受教育，自己子女卻必須背負「念書無用論」早早投入家族事業。置產以弟弟們及姪兒優先，自己最後。在他的領導統御術裡，女兒如祖宗牌位前香爐內的野草，若養育自己的女兒又供給念書，如同拿公家資源浪費在外姓人身上一樣，絕對違反家中長老的公正、清廉原則。妳父親終生捍衛這套觀念，妳祖母更是嚴格的監督者。

要命的是，三年後妳母親又產下一女，毫無疑問地很快又覓得養家。妳已十八歲，兵來將擋的魄力更勝當年。這個妹妹同樣在妳主導的躲迷藏遊戲中逃過「送養」一劫。妳又被罵得風狂雨驟，好長一陣子，妳看到的都是臭臉色。說來不免傷感，妳父母邁入老年至今逾九十高齡，全靠妳這個妹妹噓寒問暖、求醫尋藥。在他們觀念裡天經地義需負起奉養責任的兒子、媳婦，則是另一齣不可測的戲了。

妳好大膽子擋下兩個妹妹，可惜最小的、與妳相差二十歲的么妹沒讓妳擋住。趁妳不在，匆匆送去養家。

雖然妳生在商業世家堪稱當地富商，整個童年卻像一朵放逐的雲。妳感慨，經商大家族其實是最缺乏家庭暖意的地方。從有記憶起，妳在迷宮似的房宅流浪，置身於近百雙匆匆忙忙、宛如遷徙鶴群的腳陣裡因而學會穿梭，妳在防空洞與民房兩個方位反覆奔跑。妳習慣了孤獨，以及無止境的放逐。

一九四一年太平洋戰爭爆發，臺灣大規模投入戰事。戰爭迫使城裡人躲入鄉間，妳家在景美一帶擁有大片土地，由叔叔一家耕種。美軍空襲臺灣那年妳八歲，全家避至景美，之後家人返回大稻埕，單單把妳留在鄉下，過著種田割稻、半夜起來到菜園掌燈抓菜蟲、照顧小孩的生活。一聽到警報，八歲的妳揹著四歲堂妹跑田埂到防空洞躲藏。妳永遠記得堂妹好重，永遠忘不了陰濕的防空洞裡一隻蛙突然自妳眼前躍過。

念過一年日文小學的妳，光復後，繼續留在景美上小學。妳不明白也賭著孩子才有的倔強脾氣不問，為什麼臺北家人不接妳回家？（妳後來猜想是時局動盪的緣故，臺灣光復、

二二八、國府遷臺都在妳念小學期間發生。可是，這理由不夠堅實，光復前妳母親連生二子，大的三歲小的剛出生，雖然後來小的長到四歲夭折了，可是這期間正需要人手照顧幼兒。妳已八、九歲，好用得很，為什麼大人不叫妳回大稻埕，寧願讓妳在叔嬸家照顧堂弟妹？）妳認分地過寄人籬下的生活，聽從叔嬸指示，做好一個孩子能做的所有家事。

五、六十年前的景美仍是一片綠茫茫稻田，荒山小丘隨意起伏，幾間民房散布其間。一條豐沛的景美溪蜿蜒而過，河寬可行舟，妳常常看到戴笠老農撐一條小船運載農具，或撒網撈些魚蝦佐餐。白鷺鷥總是單飛，妳在上下學途中有時會被莫名的力量吸引，坐在那一條跨溪竹橋上看天地臉色，然後發現白鷺鷥的孤獨宿命。妳是早熟的，一方面得了商家遺傳具有獨特的精明能力，一出手能「轉」逆境為順境，可是在內心深處，妳嚮往一個跟帳簿與算盤完全無關的世界，一個不再放逐的國度。

或許，這憧憬太迷人，有一回，妳坐在橋上唱歌，兩隻腳晃呀晃地，竟把一隻鞋給晃到河裡。妳驚叫一聲，想撈，撈不到，那鞋像打盹的船隨河水去了。妳趕緊脫下另一隻，塞入布包，光腳丫沿河岸追。晃動的長辮子好幾次險些勾住岸邊樹枝，妳滿臉通紅，微喘，卻又像一頭冷靜的小豹劃開芒叢、躍過土堆去追獵物。妳一生都這麼孤獨、冷靜且熱情。追了好長一程，那鞋不見了。妳說那天非常難過，倒不是可惜新買的鞋就這麼丟了，而是替布包裡的那隻鞋覺得難受，它從此只能孤伶伶了。

天涯海角的另一邊，有個年輕人孤伶伶地站在澳門碼頭等船，腳下擱一只皮箱。隆冬二月，他戴一頂黑呢帽，穿大衣，看起來屬高瘦身材。碼頭上，人聲雜沓，行李包袱箱籠貨物到處堆著，搬運聲、吆喝聲不絕於耳。那是一九四七年，逃亡潮前夕。海風如小刀劃臉，那年輕人找了一處光線較足的角落站著，從大衣口袋摸出一本線裝書讀了起來，身邊好大一個亂世彷彿跟他無關。離他幾步遠，一個老人家頗有興味地瞧著，待他看足一段落，老者喊了一聲「喂」，向他招手，說：「過來，過來！」他走近，老人家笑著：「來，我幫你看個相。」

這年輕人二十四歲，福建安溪人，出身富裕，家中粗婢細僕甚多，堪稱當地豪門。他父親因元配未生子，又娶相差二十五歲的小姑娘當偏房，生下他兄弟二人，老父異常寶愛。兄長較不讀書，他則自幼喜文墨，尤得父親歡心。私塾之後，送到縣城念私立學校，至專校畢業，也在小學教過書。他的國學底子深厚，文采過人，頗得同儕讚揚。許是在縣城見了世面，他對自己的人生原有一番描繪的，可是安溪老家作主的仍是父親，擅作主張替他訂了一門媳婦，他從縣城返家過節，才知道自己有了妻室。

這也罷了，那年代大多如此。偏偏等著他的是個大亂世，他那代人完全束手無措；空有滿腹經綸、萬里雄圖，也擋不住一個亂字。國共內戰剿匪期間，政府抓男丁當兵，他被迫穿上軍裝，在軍隊裡當師爺，專司文書——他也只能做這事，別看他身量高大，其實膽子小，一聽到槍聲兩腳就發軟。這弱根一直跟到十七年後開塑膠工廠，工人雙手被切割機割傷血流如注，他這老闆一見立刻頭暈腳軟快不行了，全靠他妻子野豹似地撲來，從血泊、材料堆裡摸出斷指，趕緊送傷者就醫。他最怕人命關天之事，因此，當兵當得極其痛苦。

有一夜，輪到他站衛兵，忽然，營內反亂，嘩啦啦一群兵逃了，他不敢開槍擋，喊也喊不回來，深怕被定罪，槍一扔，也跟著逃了。摸山路走了幾天幾夜，提心吊膽躲老虎、躲翦徑凶徒，總算命大逃回安溪老家。

沒多久，又被抓回軍隊。

那年代像他這樣二十出頭的年輕人若不上戰場，必是殘了、逃了、死了，總歸一句，出生來送死的。他心想自己讀那麼多聖賢書何用？最後大概也是沙場一屍罷！沒料到，命運給他一條縫隙。一九四七年回家過年，他父親打點門路要他逃到臺灣避風頭，等局勢穩了再回來。他兄長年前已去臺灣當巡官，有一條關係在那兒，渡海赴臺成了唯一之途。他走得匆忙，只收一提箱像赴五天四夜的一趟旅行。拜別老父、母親及沒說過幾句話、肚裡已懷有他的孩子尚無人知曉的妻子，他踏出大宅院。

澳門碼頭，老人家瞧手相，彷彿能從沙漠參出綠洲；先淺淺點出書香墨華，接著斷言：「你一生娶三妻，得一個半子。」

4 迪化街

景美鄉間吹的是不問世事的風。

對妳而言，寄人籬下的生活談不上好與不好，反正什麼苦妳都能吃。唯一最恨醉酒的叔叔發酒瘋：大冷天，買一袋枝仔冰，三更半夜把全家挖起來吃，不吃就揍人。妳被迫吃枝仔冰，眼淚滴在冰棍上，妳永遠記得那冰棒是鹹的。

妳跟堂妹感情很好，妳說她是個單純、善良，一輩子為了成全別人寧願委屈自己的乖順女孩。妳們同一屋簷的時間只有五、六年，可是在她心中，妳永遠是她最親最近的大姐。四十多年後，操勞過度的她罹患肺癌末期，家人了解她的個性必定不能承受故瞞著，謊稱只是肺功能受損，沒什麼大礙。她也相信，一面咳嗽一面天真地以為只要好好調養還是可以繼續操心兒子當兵、女兒未嫁，繼續做生意攢家產。妳一想到羸弱的她窩在菜場、夜市旁公寓樓上乏人照顧就心疼，與她家人商量後，由她女兒陪著到妳家中靜養。妳說堂妹一輩子只知勤儉持家、辛勞工作，連自己生命所剩無多都不知道，還有比這更教人不忍的嗎？其實妳是泥菩薩過江，照顧生病的女兒已夠累了，還要撥力氣呵護重症末期的病人。或許這就是「泥菩薩性格」吧，手臂化成泥水之前，能渡一人，算一人。

妳真的如春風吹拂枯草，日日與堂妹閒話家常、回憶往事。妳變出精緻可口的菜餚、補品伺候她，讓一輩子守著小店鋪三餐吃便當的她胃口大開。陽光美美的時候，妳陪她在院前散步，姐妹倆談話的語聲拌了猛烈咳嗽傳入我耳朵，於是我隱在二樓陽臺藤花之後，窺見微風吹亂白髮，卻吹不散妳們親親密密的模樣。妳攏了攏牆頭花草，摘一葉、掐一花遞給她，解說馬纓丹的氣味、龍吐珠的個性，她聞了聞，哦——一聲，是這樣的呀是這樣的呀！我看得入迷，多麼像小姐妹手拉手一起走入童話世界。我心裡告訴自己：「妳真是個幸運傢伙，妳總是恰好看到命運之神極少流露的仁慈眼光。」當祂這麼看，那被看的人與事裡就有純粹的、永恆的愛。

就這樣，在她生命終程，妳忍住傷感給她一段美好時光，如同當年八歲時妳揹她跑警報，妳心裡很急很怕，她在妳背上顛顛盪盪覺得好玩，竟咯咯地笑開一樣。她闔眼之前仍不知自己得絕症，卻口口聲聲念著姐姐對她這麼好。

小學畢業返回迪化街家中，十四歲的妳一併結束童年期、少女期直接混進成人世界。妳堅決不放棄求學機會，自己打理一切進入靜修女中就讀，一路念到高中畢業——就妳那一代女性來說，加上生在極度重男輕女家庭，這學歷夠高的。妳頗自豪，隱隱然欲捲袖扠腰指天，說：「能念書，都是鬧革命鬧出來的。」

念書這事最立即的效用是，妳有能力給多災多難的母親撐腰。她做工做得像老牛瘦馬，卻因不識字常常遭妳嬸嬸嘲諷，妳一副天不怕地不怕站在嬸嬸面前應嘴應舌：「有什麼事，交給我。」

嬸嬸最恨妳，不獨因為妳目無尊長，更關鍵是，妳在短短幾年內如淺灘之龍歸返大海，妳的商業天賦令人驚嘆，在那個只能仰賴人工作業的時代，妳一手管理家族事業的財務。妳管的帳又多又雜，卻隨時隨地一清二楚，旁人想摸都摸不著邊。妳嬸嬸捶心肝、恨到無計可施，居然偷看妳的日記。這下換妳氣得發狂，生平第一次感受五內轟雷的滋味。但妳畢竟是個有勇有謀的角色，忍，不撕破臉也不聲張，隨她愛看就看，反正妳不寫了。「寫在腦子裡，砍頭也看不到！」妳說。

所以，藏匿在商場江湖的某個角落——原先在五斗櫃內一本日記裡，後來移到腦海某個風平浪靜的岬角。妳卸下所有商戰鎧甲，向自己描繪一個浪漫世界，一個被愛占領的人生。妳說少女時期受大塣埕文風鼎盛影響欣賞有文采的人，心內也非常渴望成為作家。於是，在資產負債與損益平衡表之間，妳悄悄養了一頭夢。

・

原以為拎個皮箱到風平浪靜的海島躲幾日，等硝煙散了就要返鄉開拓人生的那個年輕人，此刻已成為數百萬渡海來臺的「外省人」之一。命運特別為他開了一條縫，可是鑽入這縫之後他的人生開始一小股一小股地扭，麻花似地，離他原先構圖的書齋學院的文人生涯愈來愈遠。

首先，不管喜不喜歡，他已有妻室了，但那萍水相逢的老相師卻斷他「三妻命」，他哈哈一笑說不可能，心裡不免嗤他江湖術士一派胡言。接著，腳一落臺灣地，史無前例的海島風暴已醞釀成形，兩週後「二二八事變」點燃，他這「外省人」在兄長安排下匆匆避入大稻埕某商家的倉庫間。他在那暗處除了聞到貨物味、霉味，還嗅得近似女人長期滴淚化成結晶的一股鹹氣。朦朦朧朧半餓半睡之際，他隱約看到一個四、五歲小男孩的背影掠過。他不知自己的人生中了什麼邪，怎麼逃到哪裡都有亂事？二二八之後，他一夕之間改變了腔調，但改不掉命運。家鄉來信，說局勢愈來愈糟，說他妻子懷孕好幾個月。再過數月，算一算產期將至，又有信來，說烽火漫天，逃難潮起，北往南、西往東；說他妻子難產，大人胎兒雙亡，是個男嬰。

他想起倉庫間那個男孩影像，難道冥冥之中嬰靈離胎到天涯海角見父親一面順道訣別？他痛了一陣子，每天茫茫地出門，暗夜又茫茫歸返兄長家。他嫂嫂原以為這小叔只來住幾天，沒料到局勢壞得天翻地覆，心想家裡長期住個遊手好閒的人吃飯還得了，表情動作語氣漸漸不耐，某晚乾脆將門反鎖讓他進不來。

他陡然醒了，知道不能再失魂落魄。透過別人作媒，他匆匆娶了妻。

5 暗潮

妳悄悄養了一頭夢。夢還沒養壯，接二連三發生的事件逼妳擺出對峙態勢。

首先，妳堅持念書，這已經讓人不高興了。接著，妳攔下兩個妹妹不送養，直接挑戰妳祖母「男如命、女如土」的權威——那年代奉行「重男輕女」信條，人人如此。妳弟弟在家的地位僅次於祖母，誰也不能「碰」壞她的金孫銀孫心肝孫。弟弟做錯事，父親要打，祖母把枴杖一扔，如猛虎摟著可愛小兔說：「先把我打死了再打他！」如此這般養出皇帝手筆，妳弟弟長大後氣勢磅礴，曾把收得的幾十萬帳款一晚上撒光；他吆喝一幫朋友上舞廳，叫老闆「把大門關上，今晚大爺我全包了」，與舞姐兒們狂歡作樂，還叫小姐倒啤酒讓他洗手。當年那筆錢夠買兩間房子，或是任何一個公務員爸爸騎二十年腳踏車上班才攢得出送兒子出國留學的一筆數目。妳弟弟沒放在眼裡，酒醒後嘿嘿一笑，又是一天的開始。

妳祖母不疼妳，父母老實說也不親，叔嬸視妳如釘，處境堪稱暗潮浮動。這期間，妳又插手管了一事。

出生後即送給藝旦間老闆女兒的那對雙胞胎，養母不僅沒讓她們念書，還支使十多歲小孩送毒品，天真無邪的小姐妹被抓進警察局，警方找到生家。妳父親氣急敗壞，把姐妹花收回來養。請老師教她們識字，從此留在家裡工作，等於多添兩個女工。

長到十六歲，小的被派去跟隨貨車押貨，南北跑情不自禁跟貨車司機相戀有了身孕。妳父親哪裡容得下這等奇恥大辱？家族裡說得上話的人不勸圓滿反而火上潑油，妳父親一怒將女兒掃地出門。

一個十六歲有孕女孩就這麼拎著小包袱踏出像家又不像家的家門，沒人敢留她、幫她、問她去哪裡？妳早一步溜到街頭，攔下這個淚流滿面的妹妹，拉到暗處，塞給她錢，得知她只能去蘆洲投靠那男的，也知道男方家境清寒，與寡母相依為命，再過幾個月又必須當兵。任誰聽到這些線索都能想像往下的人生有多顛簸？把十六歲還算懵懂且懷了孕的女孩扔入這種困境到底要證明什麼？妳是個軟心腸的人，雖然自幼分離跟這妹妹不親，想她生在富商之家卻像個乞兒，送給養母又轉送奶媽，六、七歲回養母家、十多歲回生母家、沒幾年安穩又被趕出門，如今一副狼狽樣去敲婆家的門。妳最見不得別人孤伶伶陷入困頓，當下有了盤算；與她密約每月某日到第一劇場會面，妳資助她生活費。即將生產時，她丈夫在軍中，妳得知消息立刻騎腳踏車到蘆洲幫她請產婆；小孩發燒沒錢看醫生，妳塞給她醫藥費。

妳暗暗做這些以為天衣無縫，其實難免掉了蛛絲馬跡被有人心察覺。大家族除了人多事多話多，還有暗箭多。妳知道，但沒怕過。妳天生有一種耍關刀的魄力，管他明槍暗箭，妳站著擋。

二十歲高中畢業算大人了，說什麼也無法讓妳再考大學。山不轉路轉，妳偷偷考上小學教師資格，打算踏出生涯規劃的第一步。

妳萬萬沒想到，命運要妳踏上另外一條路。

•

轉眼間年輕人來臺已十年。

民國四十六年的臺灣，《自由中國》社論批判「反攻大陸」說，蔣經國出任「國軍退除役官兵輔導委員會」主任委員，「戰士授田」政策開始實施。這些大事都跟他無關。嚴格說，他是個夾縫人；不屬於彼岸、此岸，無法歸類於這族群、那族群。明明是個文人，偏又在商業工會做些令他不屑的商務工作，原先只想來避風頭，卻一步步生了根。

他跟第二任妻子從婚後數日開始不和——這有預兆的，結婚那日逢上颱風，派人買喜燭，那個沒大腦的買不到就罷了偏偏買一對白蠟燭回來，他一見心就沉了只是沒說。大約這些毛躁躁的預感影響心情，加上匆促成家，雙方觀念、個性差距極大，事先毫無了解，爭吵遂成為慣性。吵了十年，孩子生下五個。他愛孩子如命，這又多了一條導火線可以舌戰。光陰似箭，每一箭都刺穿他那悒鬱的心，終於在這一年跟妻子辦離婚。孩子尚幼，他雇她照顧，所以一家仍然同住。

三十四歲的人不能再算年輕，有時他坐在書桌前，呼呼地抽悶菸，煙霧迷離，恍然回到澳門碼頭那個孤伶伶的寒冬午後，愣在那一時間點不移動。讓滔滔巨浪去趕路吧，他只要借港邊一隅安安靜靜醉入書中世界就好。澳門碼頭就這麼成為他心內的避風港，一處祕密巢穴。

每當他從複雜的商務或不斷輪迴的爭吵現場抽身而出時，他總是回到那一孤獨的時間點，暗自慨嘆：好長一段青春、好大一捆抱負被劫走了。他常在記錄家用收支的札記簿邊緣角落寫幾句感觸，排遣滄桑情懷。時而又自嘲只不過在向螻蟻訴苦罷了，非大丈夫所當為。

6 叛變

家人反對妳教小學，這是合理的，他們怎肯放走一個得力助手。妳開始感到自己像個人質，被押入傳統父權大牢。長輩暗示妳，必須學會「逆來順受、忠貞服從」才可能擁有幸福美滿人生。女性像支釘子，隨時有榔頭等著，要把它敲得牢牢地。夜半不寐，妳睜著美麗深邃的眼睛望著窗外明月，叛變的念頭像一隻輕靈小貓，在屋瓦上跳躍。

二十二歲那年夏天，有一門親事找上妳。

對方是個醫生，與妳家有些親戚關係。妳父親十分中意，依他的想法，「知會」妳一聲這婚事就可以辦了。

妳怒不可遏，昔往被嬸嬸偷看日記的那股火又竄出來，沒想到這回衝上妳父親。妳堅決不從，父親堅決不准妳不從。家人嚇得不知怎辦，明明是結了冰的氣氛，還不得不裝成若無其事。偏偏城府深的人懂得利用這氣氛下蠱，故意指桑罵槐，半鬧半笑地說：「唉呀，你連自己女兒都管不了，還有資格管別人嗎？」

妳父親最禁不起激將，他那家族長老的權威寶座不允許任何一隻蟲蟻騷擾，更何況妳是他女兒。他下命令，妳非嫁不可。妳說這輩子第一次感到萬箭攢心，可是不痛，因為心跑了，心不在那裡。

隨後，妳手上的工作被父親抽回，又不准出門，等於是軟禁。這婚事就這麼僵在那裡。有一日，妳無意間聽到叔叔建議狠招：把妳關入井內，不信妳不屈服。

那一瞬，妳恍然大悟，自己從來就是個孤魂。

妳樂得清閒，在家照顧妹妹——那兩個被妳劫留的小嬰，此時一個七歲一個四歲，正是喜歡玩鬧的年紀。家人看妳成天當孩子王，笑嘻嘻地，料想過段時間火氣散了，應會答應婚事，畢竟，女人哪有硬邦邦的骨頭？

妳天生具備運籌帷幄的才華，表面上不動聲色，暗地裡慢慢鋪路。妳探得「空軍育幼院」徵幼教老師，供食宿，妳洽妥一切條件，備著。又編理藉口，差使堂妹幫妳把戶口遷出。這兩件事都辦妥了，形式上，妳已自由。時序入冬，妳整理衣物文件，或燒或棄或轉贈。大家族的好處是，無人發現妳正在剔肉還骨。

次年二月，舊曆年剛過，寒風刺人。正好有一筆生意必須某人來洽談才行，而那人正在一條街外的倉庫間。妳母親忙不過來，要妳跑一趟。妳答說：「好，我穿件外套！」回房，妳速速穿上數件衣服、毛衣，又加上外套，揣著僅有的五塊錢，匆匆跑出，還親切地要客戶喝杯熱茶稍等一下馬上就回。妳小跑步跨出家門毫不遲疑，轉入一街鑽出一巷，招手叫三輪車，要他載妳到空軍育幼院。整個大稻埕的冬風攔不住妳決絕的身影。

妳就這麼消失，無聲無息。

當家人確定妳離家出走時，妳父親遭到生平最大的侮辱，大怒，說他從此沒妳這個女兒。當他們更發現妳兩手空空不帶走金銀珠寶時，總算明白，妳的意志竟然可以純粹到一塵不染。

空軍育幼院以收容空軍子弟為主，約一百多名院童，大多是單親，更有一半以上是孤兒。以妳的學歷正是他們求之不得的，妳選擇這裡落腳完全因為供食宿之故。妳負責照顧十多名幼童，與他們同房而眠。年紀小的孩子想念母親，拉妳衣袖說：「我叫妳媽媽好不好？」妳離家後誰也不想，最想四歲的妹妹，想得心痛。兩股情感相互需要，妳與孩子們很快就親親密密了。

其中，有一對小兄弟非空軍子弟，他們的父親透過關係將孩子暫時送到院裡照養。妳聽聞家裡尚有三個，兩個上小學，一個才兩歲。

妳的人生與他的人生在此會合。

那時春天只有五分熟，妳與他在院內相逢。初始，妳只覺得這男子彬彬有禮、談吐不凡，關心孩子生活、注重教養，對他頗有好印象。繼而相談之下，發現他兄長是妳家那一區派出所警察，算是舊識，而他當年躲「二二八事變」的倉庫間正是妳家的。一絲一縷看似輕微，對妳而言卻別有一番親切況味。他服務的工會與妳家業務有些關聯，故而也聽說妳的處境。

他長妳十三歲，自然流露兄長關懷，叮嚀妳萬萬要珍重自己，不可氣餒。他說自己千里迢遙浪遊到這海島，特別能體會天涯淪落人的心情。

妳這人一身膽量能擋明槍暗箭，可是有一樣弱點，妳最禁不住別人真性情地關懷妳（這是妳從小最缺的）。表面上，妳只是淺淺一笑謝謝他關心，其實心內起了一場山崩地裂。

繼而，妳側面得知他已婚變兩年，甚覺詫異。有時不免揣想，一個書生靠固定薪水要養育五個子女、付前妻生活費，不能不算重擔。妳是商場出身的，眼睛比刀子還利，只需眼角一掃，一個家的收入、支出立即浮現。何況前一年（民國四十七年），他與兄長透過特殊管道「用金條鋪路」將母親從安溪老家接來臺灣——他母親來臺後述及他父親因是地主被共產黨大批大鬥，遂纏綿病榻。某日，他母親至廈門遊玩歸來，發現他父親已氣絕多日，腳趾被鼠群啃爛。他一聽老父慘死放聲嚎啕，瞋怪他母親為何丟下病人自行出遊？從此母子關係惡劣，爭吵不休——料想經濟上是困窘的。將孩子送到孤兒院來，應是撙節開支之故。妳不免嘆了一口氣，他這擔子像挑山挑海，心境必是沉的。

不多久，妳收到一封信。一手漂亮極了的小楷如迂迴流水、如微風吹過柳岸首先擄獲妳的眼睛，繼而字裡行間穩穩埋著金石重量般情意令妳不禁讚嘆其文采。妳不敢相信這信是寫給妳的！可是信中自言不情之請、託妳多加照顧那兩個小孩，又旁引詩情詞境勸妳整頓灰暗情緒、寄望未來，明明跟妳有關。那是第一次，妳如此怦然心動。濃郁的墨香似乎摻了菸草味，妳捧信一讀再讀，摺好放入信封，又取出再看一眼；從來不曾如此，妳感覺有個男人靠妳這麼近，在妳耳畔輕聲細語。

妳回信，尊他一聲大哥；情感的閘門一旦有縫，波浪再也關不住了。

妳沒料到他很快覆信，數張十行紙寫得酣暢淋漓，字生字、句生句，越來越有傾訴的痕跡。

妳說妳一生最擋不住作家的那枝筆，比劍還鋒利，要人哭要人笑，還取人心肝。即使數十年後妳仍然毫不猶豫地承認，妳愛上這人的才華。

在你們的年代，情書如一葉小舟，停泊在思慕者的枕邊。舟裡總有華麗的辭藻如水草，有隱喻與暗示如善躲藏的魚，有詩句——那當然是懂得守口如瓶的貝類才吐得出的珍珠。枕邊自成一漁港，舟內寶物一一登陸，進入思慕者夢境，築成只准兩人同歡的水族世界。

接著，水呼喚水。你們渴望見面。

通常在黃昏時分，他下班搭十九路公車到南京東路五段育幼院門口等著。妳忙完孩子們晚膳後，與他相會，兩人隨意彎入任何一條巷弄散步。那時間正是家家戶戶動鍋揮鏟、吆喝老小吃飯；你們沿路聽聞食材下鍋的滋嚓聲，嗅一縷縷被牆內老樹搧出來的菜香，不免猜測人家飯桌上的菜色。猜著猜著，竟沉默了。走了一段長路，他握住妳的手，嘆了氣，說：「我配不上妳！」

妳何嘗不明白，他是個有責任感的父親：五個孩子尚幼，在奶瓶、尿布、書包的縫隙，容得下新感情嗎？更何況仍與前妻同屋簷，解得了法律關係解不了現實瓜葛。再換個話題問，妳自己又有多粗的臂膀，撐得住五個小孩？

苦澀的滋味漸漸滲入雙方心頭。然而，愛情裡的苦澀其實是愛神的陰謀，這滋味會誘發強烈的憐惜與愛意，使戀侶更渴望分分秒秒相聚。每一次相聚又因事先抹了一層苦澀，且有艱困的現實做背景，這相聚遂更加纏綿。

若時間能停止該多好？讓你們走到山外之山、天外之天，找一處岩洞躲好了，時間再開始運轉。妳想。

有一種感覺清晰起來，如果從此跟這人毫無關係，妳的人生也就半廢了。

不多久，妳的身體作亂，不知何故腸胃腎皆有發炎現象，全身燒得滾燙，育幼院同事送妳至「空總」住院。妳躺在病床上既孤單又驚恐；人是浮著的，不在雲端，倒像潛入地底伏流，頭上罩著黑黝黝的岩層。妳一刻也不想躺卻起不來，無法指使身體的感覺迅速與記憶中所有孤獨、飄蕩與淒苦的經驗串聯起來，形成一種被蠶食的感覺，如葉片只剩脈網，妳知道自己在醫院，除此之外什麼都糊了。

忽然，他站在床邊，輕聲叫妳的名字。

陪他來的是空總的醫生，他的舊識，妳也認得。醫生解釋病症及用藥情況，他專心聽，一連問了幾個問題，妳倒插不上嘴了。那醫生只對他說話，彷彿他是妳的監護人。妳心裡覺得好笑，真的笑了，整個人才活過來，笑完，他們還在討論，妳認真地想：「他是我什麼人啊？」

妳說，這場病是天意。他那麼細心呵護妳，使妳生出不可思議的情義膽量要與他偕手；愛情不是用來享福，是用來患難與共。

你們除了散步，仍然什麼都沒說。但是，他一定從妳的眼神讀到「一個家」的訊息。有一天黃昏，初秋天空鬆了幾筆霞影，歸家的腳踏車時而響出一串鈴鐺。妳大老遠看見他站在門口等，向妳揮手。

妳忽然調皮起來，走慢些，再多拐幾個彎，讓他多等一會兒吧。兩個都看到對方了，這等是有甜味的等。

妳笑容燦爛地站在他面前，這長妳十三歲像個大哥的戀人眼中毫無惱意，反而有一點羞赧。他從背後現出一大蓬花，說：「送給妳！」

換妳羞起來，不敢直視他的眼睛，但妳感覺他正癡迷地、專神地看妳，那眼光有熱度，正烘著妳的臉頰。

三十三朵淡雅的粉紅玫瑰，附了一張他事先拍下的花的照片，寫著：「即使花凋謝了，照片裡的花依然美麗。」妳明白他以花喻容顏，暗示妳在他心中永遠美麗。妳問他為什麼是三十三朵？他含蓄地說：「這是花的語言……」妳看著他，他認認真真地往下說：「三十三朵，代表『最愛』。」

從來沒有人把妳捧在手掌心，沒人對妳說過：「妳是我的最愛。」這時刻，妳情不自禁紅了眼眶。

妳取出一朵，回贈他，說：「這也是花的語言！」

妳沒說他沒問，但妳知道他一生都明白，那一朵花說的是：「你是我的唯一！」

中秋之後，在文具店買了結婚證書，他邀兩位朋友當證人，妳找堂妹與大妹——同時透過她向妳母親取圖章蓋主婚人印；妳母親給了印章但沒說什麼，妳明白母親心裡還是有妳，也願意成全妳、祝福妳，這就夠了，妳要的也只是這些而已。你們與四位證人在小餐館共進晚餐，算是喜宴了。

7 渡

妳端的這碗婚姻飯夾沙拌塵，不易吃。

婚後，你們租一小房間算是新居。平日他仍回舊家與孩子同住，妳也住育幼院，只有假日才回到小窩。妳說，家不成家。他是個注重孩子教養、極有責任感的男人，妳甚至形容他「愛孩子愛到刻骨銘心，可惜孩子不了解」。理智上妳贊同他的作法，可是情感上不免有些委屈。妳也只不過二十三歲，卻必須逼自己有四十多歲肚量！

即使是月亮，也只有一天是圓的，不是嗎？妳告訴自己：愛他，就要連他所愛的一起攬進來。

直到妳懷孕待產，你們才真正有自己的家。在這之前，他買了房子讓前妻與五個孩子住，年節時則兩邊跑。

他是個淡泊且雅好文藝的人，閒時喜拍照、看電影、閱讀、書畫、園藝，好茶一杯、菸幾根即是無上享受。他愛孩子，可是一生中最漫長、最折磨的苦惱卻是來自於跟五個孩子關係不和，即使到生命最後一刻，這痛苦仍然啃噬著他。

「他跟前妻常常為了孩子爭吵，加上他對孩子的管教方式太嚴厲，都是原因。孩子無辜，或許情感上也認為父親『背叛』他們吧！」妳說。

所以，除了妳自己親生的三個女兒，那五個念小學初中高中不等、四男一女的孩子時常占據妳的生活，有一段時間也搬來與你們同住。「我沒有門了！」妳笑著，彷彿說一件有趣的事。

妳本來就有孩子肚量，跟他們相處毫無問題。尤其最長的兩個只小妳十二、十五歲，對他們而言，妳更像個大姐。難就難在，他與前妻燃起爭吵硝煙，妳也不能倖免；他持著舊社會「萬般皆下品，唯有讀書高」鐵律逼孩子功課，甚至管教過嚴，造成父子之間親情轉淡，妳卡在中間，也是左右為難。妳說夫妻之間的觀念鴻溝猶如滾滾大河，若赤手搏浪，徒遭滅頂而已，得學會架橋造舟，慢慢地渡。

妳的三個女兒皆早慧，功課一向名列前茅。相較之下，念同一所小學的男孩們因貪玩，課業表現不夠出色。學期終，女兒們總有獎狀獎品，男孩皆空手，做父親的火氣當然又升了。

妳為了降低火氣不得不用謀，掏錢買獎品去跟老師商量，請她找機會、找名目「獎勵」男孩們。這老師了解妳的用意，欣然答應，也因此與妳成為數十年好友，兒女相互往來，至今情誼不變。

他雖疼愛孩子，骨子裡仍是「重男輕女」的。譬如，事先買獎品，對孩子們宣告：「誰成績最好，就給誰。」買的都是機器人之類的男孩玩具。妳了解他用心良苦要刺激男孩，事實上，得賞的都是女兒，當然又把機器人讓給哥哥們玩。妳堂妹送給女兒們一張書桌，做父親的說：「妳們還小，書桌給哥哥用吧。」女兒說好。有人送妳二女兒一枝名牌鋼筆，爸爸說：「先給哥哥用，他要寫文章的。」女兒也說好。她們都不爭，一是本性使然再者也虧妳潛移默化。即使如此，妳二女兒成年後與妳言談笑鬧如姊妹、知交一般，卻也曾搖頭評論妳的婚姻說：「媽媽，妳好傻！」亦嗔亦嬌地再追加一句：「妳都把自己女兒排在最後。」

「難啊！」妳說。漫漫時光都過去了，只是，若當年知道二女兒會年紀輕輕病成這模樣，妳必定不會因「勤儉持家」之故吝於給她們添書桌、買新筆吧！

妳的婚姻裡除了八個孩子，還有一個婆婆。她輪流住兩個兒子家，在安溪老宅時即是婢僕簇擁的少奶奶，來臺後氣派不減。她從沒抱過孫子，自承當年兒子都是奶媽、婢女帶的，沒沾過嬰兒腥，故常常一身薄綢輕紗飄然樂遊。老人家習慣吃巧穿好，偶有不順意，也會在飯桌上發作。嘆一聲，拍筷推碗站起，作顫巍巍狀，去廚房取醬油澆飯，擺明著削兒子、媳婦的臉。妳說在大家族裡見過各式各樣場面、臉色，已能沉住氣，不搭理自然沒戲文。妳與她沒婆媳問題，倒是她與他母子間一生拌嘴鬥氣不曾停歇，嚴重時冷戰，妳得兩邊傳話，當一條晃來晃去的吊橋。

除此之外，妳還得經營一家塑膠工廠。婚後第四年，因債務關係不得不接收別人的塑膠工廠機具。那些機具無法變賣，你們只好下海開工廠。五十三年，他辭去工會祕書工作，變成妳的助手。工廠雇了十多個工人，一開工沒多久，碰上「八七水災」，損失慘重。

妳出身商業世家，天生具有馳騁商場的能力，於是身兼老闆娘、會計、業務，還偷學維修師傅技術，最後連機械小故障都能抄起扳手、螺旋鉗自己修——我初初搬家時，自個兒牽電話線在每一樓層設分機已屬奇人了，沒料到妳連水路、電路都懂，還大談家電「安培數」與省電之道。妳是女性中兼容陽剛與陰柔之美的，就說「剛」的部分男人也不是妳對手。所以，妳不諱言，他是文人，平生最惡奸商，經營工廠他只摸了輪廓，實際上是妳在操盤。

我常覺得好可惜，妳是一條蛟龍，憑妳足以經世濟民的天賦若取得知識力量、社會歷練不難成為一方之霸。面對事情，妳獨具一種「架構」能力，能將混亂紛雜的資訊架出空間立體感，有門有窗有階梯有暗室，妳心中看得一清二楚，出手，自然擊中要害。譬如，當年妳派大女兒尋屋，她看中這棟山坡別墅，交給妳平面圖及屋主電話，妳照顧二女兒無法分身，連屋子都沒看過。不到一個月，妳只憑三通電話殺下一大截房價還別出心裁發仲介費給屋主夫婦及自己，買賣雙方皆興高采烈。妳的口頭禪是「攑牛頭不抓牛尾」，故能掌握全局，加上心思縝密，妳若定案就無人能破。放眼紛紛擾擾世局，檯面上那些人物，鑽洞、跳梁大有人在，我常常說妳有機會走那條路，定能造福許多人。妳不免黯然而嘆，說自己當年不夠勇敢，挑了婚姻擔子不得不放棄自己的夢想，如果時光重來，不走這條苦路。沉默一會兒，妳又說，也不要做人，太苦了啊！說完，兩人皆唏噓。

民國六十四年，工廠經營第十一年，因政府建高速公路，廠房被徵收，你們盤算經濟上已有基礎，加上他也不耐在商場打滾，乾脆收廠、搬家，結束了在臺灣經濟發展史上五、六十年代處處可見的以家為廠、以廠為家的打拚生涯。

那一年，他五十二歲，妳三十九歲。青春與夢，在婚姻的那頭；災厄與磨練，仍在婚姻這頭。

8 碑

相對於妳所承擔的現實重擔，在天秤另一端，他放上無盡的恩愛與感激——這是妳的活水泉源。萬家燈火，哪一盞不需勤勞擦拭就能點亮呢？若單靠一方做工，這婚姻不破也空；感情亦如此，必須雙向對流。妳說，婚姻只是個容器，裡面大多是現實界的柴米油鹽，有或沒有無所謂，但人一生總該有一場真愛，否則白來。

我笑說，這是妳那一代的愛情信仰，對年輕一輩而言，「真愛」論調近乎迷信了。我問：「妳覺得妳得到真愛了嗎？」

妳點頭，篤定地說：「我得到完美的愛情！」

這是何等的評價！換我肅然起敬了。

工廠歇業後，你們真正過了四年神仙眷屬般的悠閒生活。那五個孩子大了，都不在身邊，唯一苦惱仍是他們對他不親。

人與人之間的恩怨情仇能否存善去惡，除了靠當事人的意念，更繫乎周遭樂於撮合的力量是否大過撕裂，繫於是否有人蓄意破壞？若有，即使是血親，也可能終生不得和解，甚至視如寇讎。

譬如，妳曾試著向父親致意，又不敢貿然行動。終於等到他大壽之日，訂蛋糕致賀。妹妹們都體會妳的苦心，絕口不提妳的名字。做父親的一看蛋糕店住址，當然知道箇中原委，高高興興要切蛋糕了，偏有人不知是蓄意或無心，嚷聲說：「哎呀！看也知道是誰誰送的啦！伊這麼有心，你一定要吃哦！」局破，老人家不吃了。

妳說，就一生背這「不孝」的名吧！而他，同樣吞著親子形同陌路的痛苦。

天容不下人間神仙，就在第四年，他因腹部不適就醫，竟被診斷出罹患肝癌。當醫生私下向妳宣告，妳腦中一陣轟然如幼年跑美軍轟炸機般：「怎麼可能？三個月前才做過健康檢查……」醫生只問妳他能不能承受實情？妳咬著嘴唇，說：「先瞞著！」

「好。」醫生說。

妳鼓起勇氣問：「他還有多少時間？」

「三個月到半年。」醫生說。

難就難在明明心已被千絲萬縷撕得滲血，還得故作鎮靜，談笑風生，照樣轉動一個家。時而，妳坐在病床邊看他安然入眠——兩鬢已霜白，卻不知自己的生命已至末程，再也忍不住流淚。妳願意吞石頭、吞刀子，只要換他一小段無憂無愁時光。

他一向有菸癮，有一天，點了一支菸，連一口都吸不進，自己恍然覺悟，說：「啊！我快不行了吧！」

他看著妳，眼神裡沒有恐懼只要求實情，妳坦承。出乎意料的是，平時他的膽量不大，開工廠時工人有皮肉傷，他就嚇得腳軟，此時，卻異常靜定，彷彿生命是一間失修老屋，他只想聽明白到底荒得多嚴重。面對生死關頭，最能摸出一個人的底，他渾厚且從容；這回，換他做船身，「渡」妳一程。

於是，病榻時光就像你們牽手出遊躲入岩洞避雨一般，有說不完的世間酸甜，道不盡的恩愛回憶。他依然用厚實的手掌重重握妳的手，說：「天可憐我，這一生才遇到妳，謝謝！」

有一天，他要求立遺囑。

有一天，他要妳找那位承包墓園的朋友來，託他在陽明山公墓找夫妻雙穴地。他要在白雲飄遊、群樹吟哦的地方造一個冥府小家，等妳來。

他自己擬好墓碑文字，只空下時間而已。又特別囑咐墓工在主穴旁另立一小碑，碑上嵌一張你們年輕時坐在公園草地、彼此含情對望的黑白照片，他寫下十字碑文：

愛永不渝至永恆的一對

又交代墓工：「為我們種一棵含笑樹吧。」

生命最後一程，回家靜養。他的身體承受極大的折磨，可是偶爾精神清明時想的仍是臨走前還能為妳做什麼事？他深知妳勤儉克苦，總是苛待自己，要求妳換沙發、買新電視，妳一一照他的意思做。他想到以後家裡沒男人，妳與三個女兒的安全必須加強，又命妳重換鐵門。更囑咐妳，「夫妻相會有魂夢」，切記不可單獨去墓園。

整整二十年即使生命已到盡頭，他仍是那個恨不得把妳捧在手掌心、藏入心坎的大哥，他仍然視妳為最愛，交給妳「永恆」。

雷雨夏日，這個渡海而來的五十六歲男子在妳手中、妳懷中、妳戀戀不捨的淚光中，告別世間。

往昔飄搖年代，那個在澳門碼頭等船的年輕人焉能想像，他浪遊天涯海角，竟是為了在這塊土地尋找最愛，為了立下愛的紀念碑！

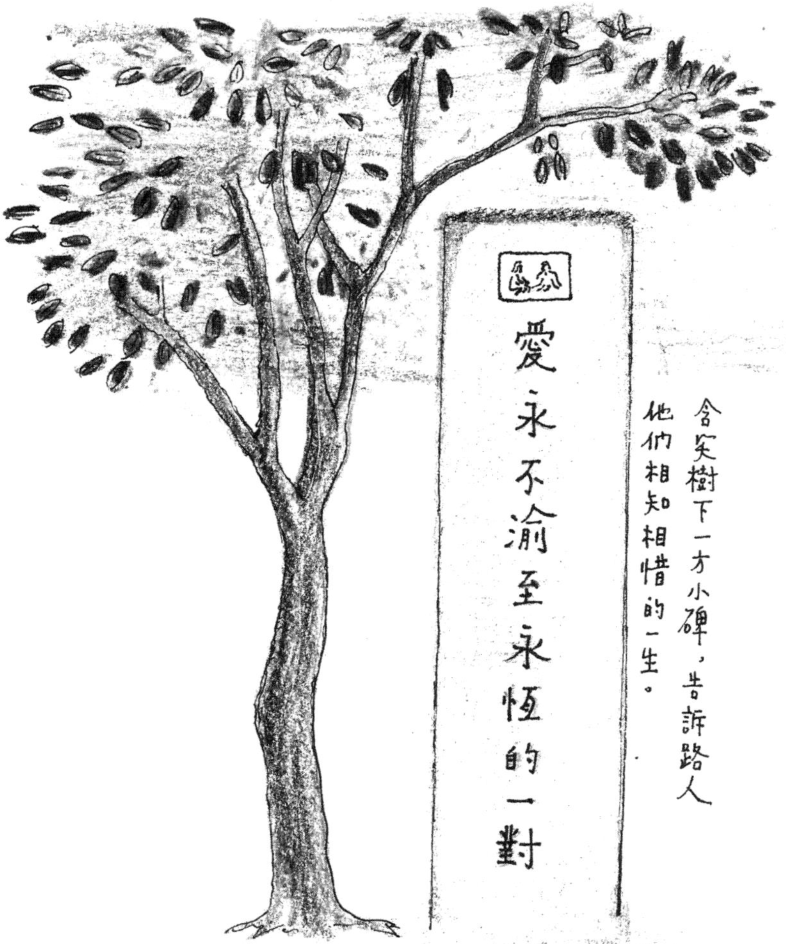
愛永不渝至永恆的一對
含笑樹下一方小碑，告訴路人
他们相知相惜的一生。

9 乘願

關於愛情，我們知道得夠不夠呢？

有沒有一種愛情不墜入凡塵，值得眾樹仰望，雲雀為它高歌？

如果沒有，這世間簡直庸俗到令人難耐，若有，又讓我極度心疼。因為，相愛的人必須歷劫遭難，才登得上一切的峰頂。

那路，太苦太苦！

所以，有幸與妳結成忘年知交的我，除了對妳一生堅定保有純粹的情義致上最高敬意之外，我真真不忍祝福這樣的愛情重來。

永恆，只有一次，也只要一次就夠了。

如果生命有輪迴，我想，妳這輩子吃的情感苦糧大概是別人兩輩子的分量，來生不妨休息，如妳所說，做花就好。

不，花會癡情，也不好，還是做一株忘憂草，在海濱或水之湄，自在逍遙。

來生，乘願不再來。

寫於二〇〇一年十一月十八日

作品小註

1〈浪子〉

一九九三年十一月，聯副與福建省文藝團體合辦「原鄉之旅」，邀祖籍福建之作家至祖居地尋訪，我亦隨行。回臺後，寫成〈先祖的血路〉刊於同年十二月十日聯副。刊出後，甚得宗親迴響，蒙賜《簡氏族譜》，捧讀後意猶未盡，更覺欠渡臺先祖一篇文章。

遂拆解前文，重新架高、架寬歷史現場，得林嘉書《南靖與臺灣》、曹永和《臺灣早期歷史研究》（及續集）、簡添益《簡氏族譜》、陳水源《臺灣歷史的軌跡》、吳密察《唐山過海的故事》、天下編輯《發現臺灣》、楊緒賢《臺灣區姓氏堂號考》、李壬癸〈從李姓族譜看宜蘭縣民的遷移史和血統〉及其他資料輔助，擷取史料、鋪排旅路，勾勒簡氏先祖遷徙、渡海的路線圖。

把族史與歷史並列地看，是一件有趣的事。才發覺這小小的島，乃浪子天堂。

2〈浮雲〉

本文以清．陳淑均《噶瑪蘭廳志》、柯培元《噶瑪蘭志略》為藍本，旁參：《平埔族調查旅行》（伊能嘉矩著，楊南郡譯）、《臺灣土著民族的社會與文化》（李亦園）、《清代之噶瑪蘭》（廖風德）、《臺灣歷史圖說》（周婉窈）、《噶瑪蘭族》（木枝．籠爻〔潘朝成〕）及其他相關資料，鋪排而成。

清．噶瑪蘭通判姚瑩《東槎紀略》載，道光四年（一八二四），姚瑩因「民番未能和睦，時有械鬥，又頻歲多災」，故「設厲壇於北郊，祀開蘭以來死者。為漳籍之位於左，泉、粵二籍之位於右，列社番之位於地，以從其俗；城隍為之主，列位於上。是日，文武咸集，率各民番，盛陳酒、醴、牲、核以祀之。至者二千餘人，社番亦具衣冠，隨眾跪拜，如漢人禮。祀畢，又使民番互拜……」

本文時間背景定在「噶瑪蘭厲壇祭」之前一年，距嘉慶元年（一七九六）吳沙率墾民入蘭已二十七年，漢人足跡踏遍噶瑪蘭平原，開墾局面已定。換言之，是噶瑪蘭族人凋零的開始。

3〈朝露〉

這篇四萬字文章是我寫過最悲愴的一篇，成於因緣湊巧。

一九九三年冬，札記上寫著遊漳州遇碑的經過：「小巷裡，一塊方正大石鐫著朱字：『簡大獅蒙難處』，一旁即是簡氏祠堂，三進大宅，梁棟斗拱看得出當年氣勢。請同行友人為我留影，並戲稱自己的桀驁難馴乃祖上真傳。倚碑而立，我感到自己第一次捱得那麼近，看著臺灣的滄桑。」

實言之，我沒料到滄桑得那麼深沉，沒想到曾有一個世紀末，人血是臺灣島上最常見的胭脂。

七個多月研讀相關資料，日日回到乙未現場隨戰火前行、靠血跡認路，又日日需回到以「政治正確」判定敵我善惡、視人權與尊嚴如糞土的現實「聆聽」政商高層、海內外權威夸夸高言臺灣論而一呼百諾。偶爾，歷史的暈眩感讓我興起浩浩蕩蕩一百零六年間無處寄身之感；偶爾，會癡然望著窗外茂密綠竹，想：這世上是沒有公道的！

我等於沿路為吳湯興、姜紹祖、徐驤、吳彭年、林崑崗、簡大獅等無數先人又收了一遍屍。我只能將他們埋入字裡行間，攏成這麼一堆文字塚，強迫我的讀者路過時看一眼。我這麼做沒別的大道理，只是年屆中年心境移轉，回想這島最悲涼的那一頁歷史與自身身世，想要「感恩」而已。

因緣湊巧之處還包括從來沒有過的「黃虎旗故事」、「馬偕紀念展」皆落在寫作期間，每隔一陣子就有相關線索出現。寫八月二十八日「八卦山會戰」吳湯興、吳彭年戰死那一段，赫然驚覺當天就是八月二十八！這不是靈異，是回音。尋覓者踏遍崇山峻嶺找到失蹤者，被找的人知道了，願意安息的意思。

寫完這篇文章那天是二〇〇一年九月十一日，正是震驚全球、美國紐約世貿雙塔及五角大廈遭擊的「九一一事件」。這天對我而言是「難度之日」，甫自百年前的戰場回來卻又目睹新世紀的廢墟與鮮血。我感到即使人類的科技文明已能複製生命、代理造物者之職，尋求和解的能力仍然這麼薄弱。

也許，和平之路仍是二十一世紀最難找的一條路吧！

附錄本文參考書目，並向作者、譯者致上謝意。

本文參考書目：

1. 《臺灣通史》，連横著／黎明文化
2. 《攻臺戰紀──日清戰史．臺灣篇》，日本參謀本部編／許佩賢譯／遠流
3. 《攻臺圖錄》，鄭天凱著／遠流
4. 《攻臺見聞──風俗畫報．臺灣征討圖繪》，許佩賢譯／遠流
5. 《臺灣抗日運動史（一～四）》（出自《臺灣總督府警察沿革誌》），臺灣總督府警務局編／王洛林總監譯／海峽學術出版社
6. 《乙未抗日史料彙編》，王曉波編／海峽學術出版社
7. 《臺灣歷史的軌跡（上、下）》，陳水源著／晨星
8. 《臺灣歷史圖說》，周婉窈著／聯經

9. 《臺灣抗日祕史》，吉安幸夫著／武陵
10. 《從人物看臺灣百年史》，吉田莊人著／彤雲譯／武陵
11. 《臺灣先民奮鬥史》，鍾孝上編著／自立晚報
12. 《南靖與臺灣》，林嘉書著
13. 《臺灣的城門與砲臺》，戴震宇著／遠足文化
14. 〈《攻臺戰紀》與臺灣攻防戰〉（論文，為《攻臺戰紀》導讀），吳密察著
15. 〈日據初期臺灣北部抗日硬漢——簡大獅〉（論文），簡笙簧著

4 〈天涯海角〉

這篇文章比較曲折。原隸屬於十多年前一個以月分串聯主題的寫作計畫，故原名〈五月歌謠〉，這個計畫只寫了兩篇（另一篇〈四月裂帛〉已收入《女兒紅》）便中止了。叫停的原因很複雜，一則興趣轉移，二來，文字來自熱情，我已失去執行這計畫所需的澎湃的敘述能力。

於是，〈五月歌謠〉就這麼擱在「未結集」櫃裡十三年。之所以不收入其他集子，乃因這篇文字的曲調太特殊，它需要一個可以放懷朗誦的地方；而我也私心喜愛，因為像這樣富含音韻的戀曲與哀歌，我再也寫不出來，故留在身邊做紀念。

此次稍作修飾，改題入籍。文末附錄〈秋殤〉（曾收入*THE CHINESE PEN*〔Taiwan, winter 1999〕，張惠娟譯），二文相隔十一年，卻宛如應答，在此一併呈現「愛深恨成」的情緒吧！

5〈水證據〉

二〇〇〇年八月間正構思河川主題，逢《聯合報》副刊策畫「世界老了，我們仍年輕——二十世紀回眸專輯」，應陳義芝先生之邀，先寫成適合副刊承載量之〈河川證據〉三千餘字，刊於同年十一月三日，後收入廖玉蕙主編《八十九年散文選》（九歌版）及*THE CHINESE PEN*〔Taiwan, winter 2001〕，李燕芬與史大樹譯）。隨後據〈河川證據〉擴篇而成本文，為免混淆，改題為〈水證據〉。

6〈初雨〉

原題〈小同窗〉，曾收入林錫嘉主編《八十年散文選》（九歌版）及鍾怡雯、陳大為主編《天下散文選》（天下文化版）。

二〇〇二年小札（兼後記）

1

為了尋找一種高度，足以放眼八荒九垓又能審視自己這卑微的存在，遂有此書。

2

書寫中，一度被整個社會蒸蒸騰騰的對立情緒牽引而感到沮喪，受汙風濁雨影響而抑鬱不歡，所幸靠著積存在內心底層、少女時期對文學的那份「初發心」支撐，自覺再怎麼老成、世故，再怎麼氣餒、冷淡，也不該辜負那少女。

這一想，心口漸熱，彷彿又可以扔掉一件厚外套。

3

自古至今，這島擁有許多名字；有的蘊含中心、邊緣判斷，有的指涉墾荒時代之險況，都不美。我最喜歡的還是十六世紀中葉，葡萄牙人喊出的：「Ilhas Formosa」，福爾摩沙。據湯錦臺《前進福爾摩沙》書中考證，葡萄牙語「Formosa」更貼切的譯法是「可愛的地方」。

我喜歡定在這一時間點，從遼闊的海洋視角來「發現」這座島，喜歡這名字所傳達的那一份永遠的驚奇與讚嘆。

是以，我竟希望每個人重新回到浪子狀態，漂流、發現、呼喊，再一起歡喜上岸。

4

副書名「福爾摩沙抒情誌」，意謂著這書收藏的只是一個微渺的人賴以寄世的一些情懷與結論。

我衷心感謝故事中的每個人物，不管是十七、十八、十九世紀或近在眼前，他們向我展現海洋般熱情與高崖似的典範，有了他們打地基，我才能一眼認出自己的身世，並且得到確切的結論：

「北極冰海與尼羅河終會一起轉為潮濕的雲」，那麼，固執地劃分涇渭，豈非完全違背這島、這歷史所提示給我們的海洋性格？

如果，十六世紀那艘葡萄牙商船再次經過二十一世紀初的臺灣海峽，同樣一群人望見這島面貌，他們還會大喊「可愛的地方」嗎？

該怎麼說呢？

在選戰、族群、災難、醜聞共同控管的島上，若我還有力氣許願，無非是願這島養得出巨大的心靈，願這土地得眾神庇佑。

願島上的人不辜負「福爾摩沙」之美名。

5

至於我自己，仍然遠離江湖，在僻靜的角落紮營。日日坐在自家門口，看殘陽薄暮，看雜草叢生似我白髮。雲浮著，人老著，兩相平安。

僅有的力氣都用來熬煮一鍋自以為是的靈糧；人愛吃給人吃，人不吃，就餵那八荒九垓的草木鳥獸蟲魚。

一生也只是一生啊，管他——

瘦了人間，肥了江山。

再版後記

世間故事總是如此，看似已了其實未了。

《天涯海角》於二〇〇二年三月出版後，頗獲迴響，來自老友與老讀者們的反應出乎我意料。也許，我無意間觸及某些人心中的瘀血，以致引發他們的痛感。於是，原本出書後即告一段落的書寫慣例竟出現變局，不僅不能告一段落，而且還另起一段。

首先，六月上旬，在「臺灣麥克出版公司」與「北京漢霖文化發展中心」安排下赴大陸福建省福州、泉州、漳州、廈門等地大學、書店舉行演講、座談，行程由福建最具文化氣息的「晚風書屋」排定，一行人披星戴月，馬不停蹄自東徂西橫越閩地。雖僅是車窗外速速飛馳而過的景象，近十年來這省分的變臉速度已夠讓我驚訝的了。一九九三年初次入閩的印象仍留在腦海，卻完全無法與眼前的景物拼貼；同一條高速路、同一座城市、同一條街，短短十年彷彿前世今生。

行程緊湊之外，主辦的朋友得知我甫出版《天涯海角》，且其中一篇〈浪子〉記述當年尋根之旅，遂問我是否尋到南靖縣梅林鄉的簡姓祖居地？我實話告之，九年前那趟路過於匆促只抵南靖縣城而已。朋友一聽下定決心似地，說這一回到漳州參訪土樓一定要把我「拉」

到祖居地，才算圓滿。

我心想，圓滿豈能求得？乃需有不可思議的機緣與幸運才能摸到邊；更何況我的祖居地遠在群山萬壑之中，在飛鳥也需問路的雲深處，在天涯外的天涯。

不可思議之事開始發生，且帶著試煉意味。

六月十五預定參觀土樓之日正逢端午節，凌晨二時許，我自睡夢中醒來，腹痛如絞，是從未經歷過的，接著水瀉數回，幾乎耗盡全身氣力，整個人軟化如一條蚯蚓，自忖應是飲食不潔引起的急症。我出遠門一向鴻運當頭、五毒不侵，故只帶補品不備藥，此時搜遍行囊也只搜出半包蘇打餅乾、一瓶雞精、礦泉水及一管不知何時塞入的治腸胃小藥粒。我把該吞、該喝的送入腹內之後，只能躺在床上輾轉，虔心稱誦「我佛慈悲」了。

清早，告知同行友人病況，他們又搜來另一款日製腸胃藥，說是能鎮住臺胞腸胃的。土樓行程出現變數，去或不去，一行人糾著眉頭等我定奪。我初步判斷自己應無脫水之虞，且此時不瀉不絞痛未發燒，只要禁食、休息，應可冒險一遊。事後才知確是冒險，往返超過八小時且泰半是顛簸狹仄山路，連當地人都暈車作嘔，再怎麼說都不適合虛弱的病人。

也許，這就是試煉，測一測我的意志有多強。

清晨出發，七人座小巴士如箭，朝閩西、閩南交界的山群疾馳。雄偉的城市後退了，樸實的縣城讓路了，原本玻璃窗上大匹閃亮的初夏陽光變得影影綽綽，偶有枝葉拂窗，像不問世事的村落若有外車前來，總有好奇孩童先來拍窗一樣。

進山了，我知道進山了。窩在後座閉目養神的我仍覺虛弱，意識卻相反地清晰、純粹起來，且因進入高純度狀態而逐漸脫離我執，如一朵雲之漫遊，如風中落葉；無所謂來，無所謂去，祛除動機、目的之垢，不附著於既定時空，遂能如遊魂自由。腦海裡忽而浮現撰寫此書時自己常有的「獨自一人，長途跋涉」之蒼茫感，忽而隱入兩三百年前某位從天涯要走向海角的浪子的心酸情事裡，忽而睜眼，看藍空白雲，看遍植翠竹的連綿山巒如一群斂翅綠鳥，任風吹拂綠絨絨的羽毛，看一幢幢古老土樓藏在山坳處，不免一嘆：生，所為何來？書寫，所為何來？浪跡天涯，所為何來？浮生悠悠，所為何來？

許是這樣的情緒發酵之故，當車終於停在梅林鄉長教簡氏世居的土樓前，我一下車，指認滿眼綠茫茫的景致與孤獨地隱在翠微之中的「和貴樓」時，竟湧上淚意。踩著先祖踩過的土地、站在他踏出離鄉第一步的地方，我感受滾滾的歷史煙塵迎面撲來；於是時空粉碎，意識在瞬間化成千家百姓後裔，急急吸盡漫天煙霧，終而感到被重重一擊——被數不盡人子人夫人父欲跨海開闢天堂、落地生根的莊嚴意志所撞擊。

這麼重的力道豈是單薄的我能承受的？遂哽咽而久久不能言語。淚光中，覺知自己彷彿是一炷香，此時此刻才算完成尋根旅程中最後的「迎靈」儀式。

這，必也是先祖於試煉之後賜予的庇佑吧！

土樓是非常奇特的民居建築，依山傍溪，或方、圓形，或獨棟、組群，約四、五層高，皆是同姓聚族而住、數代同堂之所；裡面舉凡水井、穀倉等生活所需，瞭望臺、灌水道等防火禦敵設備俱全，祭祀廳堂、私塾學堂亦齊備，自成一小社會，堪稱是中國式城堡。

黑瓦黃牆的土樓恣意地嵌鑲在蒼綠的山群之中，確是視覺上的饗宴。無怪乎到處可見縣政府設置的「支持南靖土樓，申請世界遺產」標語。土樓之美，又以黃姓家族的「田螺坑土樓群」最負盛名，造型「四圓一方」——四座圓樓圍住一棟方樓，自高處俯瞰，彷彿是數學家以規尺畫出，要不就是外太空祕密基地。在中國建築裡，這種「幾何」趣味是少見的。有人以地上冒出的蘑菇形容土樓之視覺印象，我倒覺得像老天在這兒演算數學習題。

簡家「和貴樓」屬五層方樓，入口處（即大門）牆上石刻門聯：「和靚既康祿，貴子共賢孫。」進入後，眼光立即被天井上的一間獨立小屋吸引，這屋有屋頂、有門、有窗，自成一格，十分特別。經居住在和貴樓內的族親說明，方知是「學堂」。這對我而言是神奇且歡喜的，一般居家規劃，莫不以接待賓客或具祭祀功能的廳堂為先，鮮有一進門就入書房的。想這老樓裡世世代代沉浸在風雨聲、雞犬聲、鼎鑊聲、朗朗書聲之中，不禁為之神往。果然，學堂內懸掛數方匾額，說明這棟樓出了幾位懷抱淑世理想的讀書人。

距「和貴樓」不遠另有一棟「懷遠樓」，亦屬簡氏家族所有，乃保存最完好之雙環圓土樓，氣勢不凡。唯樓內景觀不似「和貴樓」整齊、潔淨。

南靖現存土樓均有人住，但受經濟磁吸效應影響，年輕人多往城市謀生，土樓裡以老人、孩童居多。這對土樓最著稱的家族傳統之延續，是一項隱憂。再者，在官方大力宣揚之下，觀光客漸次湧入，一來干擾土樓內寧謐的家居生活，來客四處巡視、拍照，嚴重侵犯隱私；

二來，因著觀光客來訪，土樓內亦起了微妙的化學變化；譬如老阿婆端出自製的菜乾兜售，其中又以「和貴樓」最具經營概念，訪客入內需購門票，隨即有專人導覽，詳加介紹土樓傳奇（因著我的緣故，我們一行人的門票全免，倒也顯出姓氏的獨特力量）。

傳統延續與現代化發展之間的難題將繼續考驗這座世外桃源，要用老土樓換什麼呢？恐怕是土樓子孫該認真想一想的啊！

長教這塊簡氏祖居寶地，顯然已是臺灣簡氏耳熟能詳之處。十多年前臺灣簡氏宗親募款集資，於一九九三年在此設立「長教中學」，以紀念「長教開基祖」簡德潤公當年作育英才、教化山城子弟之志。有什麼比這樣的結局更美麗呢？兩岸簡姓，不問種種紛擾，只願共同記住一段春風化雨的故事。

尋根路程至此，堪稱圓滿。

另一件必須交代的是〈渡〉文起了波濤，驚心的波濤。

就在出書後不久，故事主人翁張金蓮女士接到她的么妹電話，提及，曾試探九十五歲老父是否願意「邀大家回來聚聚？」父親不置可否亦不露慍色。么妹因此判斷老父聽懂這話暗示要邀已四十三年未回娘家的長女金蓮回來團圓，不露慍色即表示首肯——恐怕心裡早就想這事，只是礙於老輩大家長尊嚴，不可說破。

么妹說，母親節乃好時好日，回家吧！

金蓮女士心中波濤洶湧，四十三年前冬日離家出走恍如一夢，於今白髮蒼蒼，有情有債的世間滾過幾回了，只剩與父親之間的心結未解。老父九十五，她也六十六了，這結再不解，恐怕得等來世。

她對我說，長夜不寐，只想著種種苦楚。她問，為何「結將解」的感受不是喜悅，是一波又一波的心酸？

母親節中午，眾弟妹都已返家，用餐畢，在客廳閒話，老父正與鄰居下棋。金蓮回來，踏入家門，喊了聲：「爸爸！」

老人家從棋局中抬頭，眐了一瞬，站起身，溫溫地開口：「哦——妳是誰？我一時認不出……來，進來吃飯！」就這麼四兩撥千斤，將四十多年的艱難都撥掉，拍著她的肩膀輕輕一帶，把大女兒收回來。

在一旁看得心驚肉跳的家人對那么妹說：「爸爸是不是認不出大姐了？」

么妹噓了聲：「你閉嘴，往下看。」

不一會兒，老父踅至廚房，私下對那么妹說：「妳大姐吃過未？妳『傳』給她吃啊！」怎會認不得呢？圓滿缺一角，缺了半輩子，今日補齊。

我滿心歡喜地將兩件圓滿與讀者分享，在告最後一段落之前，我忽然有悟，也許天涯與海角的距離，只在轉身間。

寫於二〇〇二年十月

【二〇二〇印刻版小記】

風中之葉，徘徊於大洋之上

二〇〇二年，為這書寫後記，二〇二〇年的今天，再為她寫新版後記。十八年，歲月流轉，自己與自己相逢。

如果把書視為作者之一子，出版即誕生，自有其命定旅程非作者能左右，那麼，《天涯海角》是我二十多本作品中最鍾愛卻也是最坎坷的一本。

她是一本「身世」之書，承續一九八七年《月娘照眠牀》自兒童眼睛觀看故鄉之田園人物，這書自歷史與地理放眼，從家族血緣簿與台灣開墾史追索自身所由來。童年眼中看到的風土人情，處處是豐盛的自然美景與樸實情味，雖瀰漫淡淡憂傷，情懷是雀躍的。成年眼中看到的歷史與墾拓軌跡，翻查到的竟是大規模沉默與被遺忘的血痕，於是在父系、母系探求下，另外開路寫了獻給一八九五年抗日英魂的〈朝露〉，我對譜系的認知是除了血緣之外，所有為這塊土地獻身的，都是我必須慎終追遠的祖先。至此，我踏入一條政治不正確的識別之路：在傳承與剪斷之間選擇傳承，記取與遺忘之間選擇記取，包容與剔除之間選擇包容。

我寫這書，這書也寫我，提醒我生在島國，需涵養海洋性格。

至於書運坎坷，於今視之也是小枝椏：譬如當年把書稿交給信任的編輯團隊，卻在付梓前那團隊散了；譬如執行編輯的青年作家，期盼繼續合作竟忽然仙去；譬如因突發事件之干擾，原就隱沒在書籍隊伍中當隱士的這書被我收回，自行斷版。

如今，在全世界被疫情封鎖之年，能在善意中獲得成全以新面目重現，異常珍貴。我祝福重新出發的這書得好的命運，有新奇旅程。

驀然回首，十八年，夠我從壯年盛景走入往事如煙、記憶似霧的薄夜。至今，會引動激情的事物所剩無幾，看前塵往日，重閱書中故事，已懂得少年時聽長輩喟嘆過的滄桑。昔年提問的十八年後依然沒有答案，期盼的十八年後仍舊空茫。人也好，書也罷，因為懂得滄海桑田，因此對堅持的事理更堅定，物可換星可移，一個人活一場，心裡總要有不變的東西。正因為這一點固執吧，重讀此書，遇見以前的自己，心是安的。

環島的海濤不息，不論在太平洋上如何徘徊，願我們鍾愛的「風中之葉」，撕裂的得以彌合，怨憎的獲得化解，壓抑的領取伸張，願她帶著海洋般浩瀚的傳奇寫下光榮，朝向永恆。

簡媜作品

1 水問　一九八五／散文／洪範
2 只緣身在此山中　一九八六／散文／洪範
3 月娘照眠床　一九八七／散文／洪範
4 私房書　一九八八／札記／洪範
5 下午茶　一九八九／散文／大雁，一九九四洪範出版
6 夢遊書　一九九一／散文／大雁，一九九四洪範出版
7 空靈　一九九一／散文／漢藝色研
8 胭脂盆地　一九九四／散文／洪範
9 女兒紅　一九九六／散文／洪範
10 頑童小番茄　一九九七／散文／九歌
11 紅嬰仔　一九九九／散文／聯合文學，二〇一九由印刻重出
12 天涯海角　二〇〇二散文／聯合文學，二〇二〇由印刻重出
13 跟阿嬤去賣掃帚　二〇〇三／童書繪本／遠流
14 好一座浮島　二〇〇四／散文／洪範

文學叢書 640

天涯海角——福爾摩沙抒情誌

作　　者　簡　媜
總 編 輯　初安民
責任編輯　林家鵬
美術編輯　陳淑美
校　　對　簡　媜　陳佩伶　林家鵬

發 行 人　張書銘
出　　版　INK 印刻文學生活雜誌出版股份有限公司
新北市中和區建一路249號8樓
電話：02-22281626
傳真：02-22281598
e-mail:ink.book@msa.hinet.net
網　　址　舒讀網 http://www.inksudu.com.tw

法律顧問　巨鼎博達法律事務所
施竣中律師
總 代 理　成陽出版股份有限公司
電話：03-3589000（代表號）
傳真：03-3556521
郵政劃撥　19785090 印刻文學生活雜誌出版股份有限公司
印　　刷　海王印刷事業股份有限公司

港澳總經銷　泛華發行代理有限公司
地　　址　香港新界將軍澳工業邨駿昌街7號2樓
電　　話　852-2798-2220
傳　　真　852-2796-5471
網　　址　www.gccd.com.hk

出版日期　2020年 10月 初版
ISBN　978-986-387-347-1

定價　350元

本書由 公益信託星雲大師教育基金 授權出版

國家圖書館出版品預行編目(CIP)資料

天涯海角：福爾摩沙抒情誌／簡媜 著.
--初版. --新北市中和區：INK印刻文學，2020. 10
面； 17 × 23公分. --（文學叢書；640）
ISBN 978-986-387-347-1（平裝）

863.55　　109008776